Rudolf Jagusch

Leichensabbat

Über dieses Buch:

Der Schock sitzt tief. Als sein Kollege im Dienst schwer verletzt wird, zieht Hauptkommissar Stephan Tries für sich Bilanz: Er hat seinem Job viel geopfert, sogar seine Ehe … und wofür? Tries braucht eine Auszeit. Auf dem Land will er sein altes Elternhaus renovieren und zur Ruhe kommen. Doch auch hier holt ihn die Arbeit ein: Die attraktive Charlotte braucht Hilfe. Sie hat bemerkt, dass in dem beschaulichen Städtchen plötzlich viele ältere und kranke Menschen sterben. Der natürliche Lauf der Dinge? Bald ist sich Tries sicher, dass ein Mörder umgeht – aber welche Rolle spielt Charlotte dabei?

Über den Autor:

Rudolf Jagusch wurde 1967 in Bergisch Gladbach geboren. Seit der studierte Verwaltungswirt 2006 seinen ersten Roman veröffentlichte, ist er eine feste Größe in der deutschen Krimi-Landschaft. Er lebt mit seiner Familie im Vorgebirge am Rand der Eifel, wo auch die meisten seiner Romane spielen.

Rudolf Jagusch

Leichensabbat

Kriminalroman

Genehmigte Lizenzausgabe 2018
der Buchvertrieb Blank GmbH, Vierkirchen

Dieses Buch erschien bereits 2007
unter dem Titel *Leichen-Sabbat: Tatort Vorgebirge*

Umschlaggestaltung: HildenDesign, München (www.HildenDesign.de),
unter Verwendung von Bildmotiven
von Shutterstock.com / ohenze, Marcin Perkowski,
djgis und anyaivanova
Gesamtherstellung: GGP Media GmbH, Pößneck
Printed in the EU
ISBN 978-3-94601-280-1

Dies ist ein Roman. Die Handlung und ihre Protagonisten sind frei erfunden. Jede Ähnlichkeit mit lebenden oder toten Personen wäre rein zufällig.

Für Susanne

»Glücklich der Tod,
der kommt, eh man ihn ruft.«

(Publius Syrus – »Sententiae«)

Prolog

Mir kommen die Tränen, wenn ich ihn so hilflos da liegen sehe.

Er lächelt mich an.

Ich berühre seine Hand, versuche Zuversicht zu vermitteln.

Er holt röchelnd Luft, hustet verkrampft. Seine Augenlider flattern.

Die Wirkung der Schlaftablette setzt ein. Ich taste nach seinem Puls. Kaum noch zu fühlen. Jetzt schnarcht er leise. Sachte ziehe ich das Kissen unter seinem Hinterkopf hervor. Ich glätte das Kopfkissen auf meinem Schoß, greife es dann mit beiden Händen und stehe auf.

Es soll schnell gehen. Alles andere wäre grausam und unnötig. Er wehrt sich kaum. Wie friedlich er danach aussieht, so glücklich und entspannt. Ich küsse ihn auf die faltige Stirn, lege dann das Kissen wieder unter seinen Kopf. Als ich die Haustür hinter mir schließe, erfüllt mich ein tiefes Glücksgefühl. Er ist erlöst.

So viele warten noch auf mich.

Kapitel 1

Kriminalhauptkommissar Stephan Tries passierte gerade das Autobahnkreuz Köln-Ost, als sein Handy klingelte. Er betätigte die Freisprecheinrichtung, meldete sich.

»Na endlich! Mensch, was ist mit deinem Handy los!«, hörte er die ärgerliche Stimme seines Chefs, Oskar Wagner.

»Hatte ich aus. Bin ja nicht im Dienst.« Stephan war ärgerlich. »Schließlich muss ich mich auch irgendwann mal um die Hinterlassenschaften meiner Mutter kümmern. Ist Zufall, dass du mich überhaupt erreichst.«

»Es geht um Lutz. Er wurde angeschossen!« Die Stimme seines Chefs klang gepresst.

Stephan trat auf die Bremse, blinkte und fuhr auf den Standstreifen. Sein Herz hämmerte wild.

»Wie schwer?«

»Halsdurchschuss und Oberschenkelschuss, zerschmetterter Knochen. Er wäre fast verblutet.«

Stephan atmete auf. So schwer die Verletzungen auch waren, Lutz lebte noch. »Wo liegt er?«

»Mehrheim, auf der Intensiv. Sie haben ihn drei Stunden operiert.«

»Bin unterwegs.« Stephan unterbrach die Verbindung. Er fädelte sich wieder in den Verkehr ein und kurze Zeit später parkte er seinen Wagen auf dem Besucherparkplatz des Mehrheimer Krankenhauses. Er hastete durch den Haupteingang, die Treppen hinauf und musste sich beherrschen, an der Pforte zur Intensivstation nicht Sturm zu klingeln. Endlich öffnete eine blaugekleidete Krankenschwester die Tür. »Wir haben keine Besuchszeit!«

Stephan registrierte ihren schroffen Ton. Doch so schnell ließ er sich nicht abweisen. »Es geht um meinen Partner, Lutz Kleinschmidt.«

»Den Kommissar?«

Stephan nickte. Am liebsten hätte er die Schwester zur Seite gestoßen und die Station gestürmt.

»Ich darf nur Familienmitglieder einlassen.«

Stephan holte tief Luft, drängte seine Aufregung zurück und antwortete: »Dann geht das schon in Ordnung. Wir Polizisten sind eine riesige Familie, verbringen mehr Zeit miteinander als mit unseren Angehörigen.«

Er versuchte ein freundliches Lächeln, vermutete aber, dass ihm bestenfalls eine Grimasse gelang.

»Da geht es Ihnen genau wie uns. Meine Überstunden würden bis zur Rente reichen.«

Die Schwester machte ihm den Weg frei. »Letztes Zimmer links. Sie sind doch der Bruder, oder?« Sie zwinkerte.

»Klar, danke.« Stephan eilte den Flur hinunter. In der Tür des Zimmers blieb er wie angewurzelt stehen. Dieser Mann dort in dem Bett sollte tatsächlich sein Kollege Lutz Kleinschmidt sein? Der Zweimeterhüne mit durchtrainiertem Körper, sein Partner, mit dem er gestern noch im Dienst unterwegs gewesen war? Jetzt lag er in Verbänden um Oberschenkel und Hals eingehüllt, das linke Bein mit Gewichten gestreckt. Schläuche steckten in seiner Nase und dem Mund, führten zu Maschinen, die um Lutz herumstanden. Stephan hörte ein gleichmäßiges Piepsen. Vermutlich ein gutes Zeichen, dachte er und trat zögernd näher. Es roch nach Desinfektionsmittel. Stephan setzte sich auf einen Stuhl am Bettende. Lutz Augen waren geschlossen.

Schläft er oder ist das ein künstliches Koma, dachte Stephan. Es hätte auch mich erwischen können.

Kripobeamte verdrängten meistens ihre Ängste, scherzten oft über die Gefahren. Doch insgeheim wusste jeder, dass sie sich etwas vormachten. Ihr Job war gefährlich. Warum waren sie alle bereit, dies zu akzeptieren? Wegen ein wenig mehr Gerechtigkeit? War es das wert?

Hauptkommissar Stephan Ludwig Tries, zweiundvierzig Jahre alt. Geschieden, eine erwachsene Tochter. Glücksgefühle in den letzten Monaten: keine. Privatleben: Fehlanzeige. Sein Leben: ein Scherbenhaufen, der sich über Jahrzehnte angehäuft hatte. Wollte er wirklich, dass es in Zukunft so weiter ging? Bis es dann irgendwann ihn erwischte, eine Kugel ihn zum Krüppel machte oder ins Jenseits beförderte?

Wo waren seine Träume geblieben? Eine von Liebe erfüllte Partnerschaft? Kinder? Ein Haus im Grünen? Die Kreuzfahrt, von der er seit Jahren träumte?

Stephan spürte eine tiefe Unzufriedenheit, doch bevor er einen Entschluss fassen konnte, öffnete Lutz plötzlich die Augen und sah sich ängstlich und desorientiert um. Stephan ergriff Lutz' Hand. Sein Partner blickte ihn entsetzt an, versuchte etwas zu sagen, doch nur ein Krächzen kam heraus. Die Maschinen piepten schneller.

Erschrocken sah Stephan zu den Geräten. »Ruhig Lutz, bleib

still liegen. Du bist verletzt, aber es kommt alles wieder in Ordnung. Du wirst wieder ganz der Alte, wenn du dich schonst. Du musst ganz ruhig liegen bleiben. Hast du mich verstanden?«

Lutz nickte, kniff dann die Augen zusammen. Tränen sammelte sich in den Augenwinkeln. Stephan sah verlegen zur Seite. Es war ihm unangenehm, seinen Partner weinen zu sehen.

Als die Schwester einige Minuten später erschien und Stephan höflich zum Gehen aufforderte, war er froh, der bedrückenden Situation entfliehen zu können.

Vor dem Klinikeingang wartete sein Chef, der mit tiefen Zügen eine Zigarette rauchte. »Da bist du ja! Und, wie geht es ihm?«

»Was machst du denn hier draußen? Warum kommst du nicht hoch, wenn du schon mal da bist?« Stephan schnauzte Wagner an.

»Die wollten mich nicht reinlassen, haben mir aber zumindest gesagt, dass sein Bruder bei ihm sei. Dachte mir sofort, dass du das bist.«

Stephan nickte. Zu dieser Schlussfolgerung gehörte nicht viel, schließlich hatte Lutz keine Geschwister. »Wird schon werden.«

Sein Chef steckte sich eine neue Zigarette an. »Verdammte Scheiße! Wieso Lutz?«, fluchte er.

»Wenn nicht er, dann ein anderer.«

»Das hört sich ziemlich gleichgültig an, Stephan.«

»Blödsinn. Es ist einfach unser Risiko.«

Langsam gingen sie in Richtung Parkplatz. Stephan fühlte eine laue Brise. Frühling, dachte er. Als sie auf Höhe des Startplatzes für die Rettungshubschrauber waren, sah er einen Piloten über den betonierten Landeplatz rennen. Hastig sprang der Pilot in den Hubschrauber und startete den Motor. Kurz darauf stürmte ein Notarztteam heran und hechtete ebenfalls hinein. Wenig später hob der Hubschrauber ab und flog über die Dächer Kölns davon. Wagner griff sofort nach seinem Handy und Stephan hörte mit, wie sein Chef mit der Leitstelle sprach.

»Wagner hier. Was ist mit dem Rettungshubschrauber? Ah, okay. Dann bis gleich.« Wagner steckte sein Handy wieder in die Jackentasche. »Verkehrsunfall auf der A 3. Nichts für uns, Gott sei Dank! Mensch, das mit Lutz macht mir echt zu schaffen! Denke jetzt bei jedem Pieps, dass es noch einen von uns getroffen hat.«

»Unwahrscheinlich.« Stephan war langsam von der Nervosität seines Chefs genervt. »Erzähl mal, wie das mit Lutz passiert ist.«

Wagner blieb stehen, rieb sich nachdenklich über den Nacken. »Heute Morgen hatten wir endlich den Mörder in der Sache Rosenweg ausfindig gemacht. Kleiner Tipp aus der Nachbarschaft, so einfach kann es manchmal sein. Der Kerl versteckte sich in einer Villa unten im Hahnwald. Die Besitzer sind in Urlaub. Nun ja, hab direkt versucht, dich zu erreichen. Konnte mir ja vorstellen, dass du gerne dabei gewesen wärst. Warten konnten wir natürlich nicht auf dich. Unsere Leute und ein Team des SEK waren umgehend vor Ort. Und du kennst ja Lutz, der kann ja nicht abwarten, immer mit vorne dabei. Hätte ja das SEK die Arbeit erledigen lassen können. Als der Zugriff erfolgte, ging alles so schnell. Die waren besser ausgestattet als wir! Lutz stand im Weg. Ohne schusssichere Weste hätte er noch mehr abbekommen.«

Sie gingen langsam weiter, erreichten den Parkplatz. Stephan blickte in den Himmel, sah die Sterne und ein tieffliegendes Flugzeug mit blinkenden Positionslichtern, welches den nahe gelegenen Konrad-Adenauer-Airport ansteuerte.

»Alles klar mit dir?«, fragte Wagner.

Wenn ich das so genau wüsste, dachte Stephan. »Kann ich mir Morgen frei nehmen?«

Wagner zögerte, nickte dann. »Nimm dir so viel Zeit wie nötig. MK Rosenweg ist ja erledigt und Ferien haben wir auch nicht. Da sind alle an Bord.«

Kapitel 2

Als Stephan seine Wohnung betrat, schlug ihm ein unangenehmer Geruch entgegen. Er schaute in die Küche und erspähte den ungespülten Geschirrberg. Wenn er sich den nicht bald vornahm, würde Leben darin entstehen. Mit einem Bier aus dem Kühlschrank setzte er sich an den Tisch. Vor ihm lag die Post der vergangenen Tage, überwiegend unbezahlte Rechnungen. Man kommt zu nichts, dachte er und nahm einen kräftigen Schluck aus der Flasche, bevor er seufzend aufstand und sich ans Spülen machte.

Später im Bett holten ihn seine Gedanken wieder ein. Im Juni werde ich zweiundvierzig, dachte er. Die statistische Lebenserwartung eines Mannes lag bei fünfundsiebzig Komma sieben Jahren. Mehr als die Hälfte hatte er somit hinter sich. Wenn er wirklich eine Veränderung wollte, musste es bald geschehen. Aber wie? Er grübelte, dachte an sein Elternhaus. Seit drei Jahren war es verlassen. Stephan hatte keine Ahnung, in welchem Zustand es sich inzwischen befand. Seit er seine Mutter ins Altenheim gebracht hatte, war er nicht mehr dort gewesen. Schon damals wäre eine gründliche Sanierung notwendig gewesen. Seine Mutter war gestorben und das Haus gehörte ihm. Eine Möglichkeit für eine Veränderung? Zumindest könnte er es sich einmal anschauen.

Am nächsten Morgen machte sich Stephan auf den Weg. Über die A 4 ging es auf die A 555. Bei der Ausfahrt Wesseling verließ er die Autobahn, blieb auf der rechten Spur und bog in Richtung Sechtem ab. Links und rechts der Landstraße lagen bestellte Felder. Stephan grinste. Immer noch Kappesland, dachte er. Um zu seinem Elternhaus zu gelangen, das etwas abseits der Ortschaft stand, musste er einmal quer durch das Dorf fahren.

Schließlich lenkte Stephan seinen Golf auf den Hof und hörte den Kies unter den Reifen knirschen. Sein Vater hatte sich standhaft geweigert, die Zufahrt asphaltieren zu lassen und es vorgezogen, sich bei regnerischem Wetter durch den kiesigen Matsch zu kämpfen.

»Das ist ursprünglich, mein Sohn!«, hatte sein Vater immer behauptet. »Das wollen die Feriengäste!«

Stephan glaubte vielmehr, dass das Haus selbst den Reiz ausgemacht hatte, den die Gäste suchten.

Stephan stieg aus, verschränkte die Arme vor der Brust und betrachtete das Haus. Die verwitterten Balken des Fachwerks benötigten einen Anstrich. Graue Schindeln lagen auf dem Boden und zeugten davon, dass das Dach nicht mehr wetterfest war. Nur die weinroten Ziegel der Mauern schienen auf den ersten Blick noch in Ordnung.

Stephan kratzte mit einem Fingernagel über den Lack eines Fensterkreuzes. Die Farbe löste sich in großen Flächen ab. Eine der vier Scheiben fehlte.

Er schloss die Haustür auf und betrat den gefliesten Flur. Es roch modrig, Staub wirbelte auf. Stephan ließ seine Hand über die Wand gleiten. Der Putz fühlte sich etwas feucht an. Er hoffte, dass es nicht schimmelte. Es war lange nicht geheizt worden. Links lag die Küche, die Tür stand offen. Für einen kurzen Moment übermannten ihn seine Erinnerungen und er rieb sich mit Daumen und Zeigefinger über die Augen. Die Einrichtung hatte sich nicht verändert.

Er ging weiter, geradeaus in die Stube. Alles sah noch so aus wie vor dreißig Jahren. Zwei Fenster in der gegenüberliegenden Wand, durch die man auf die Felder schauen konnte. Dunkle Eichenschränke links und rechts der Tür sowie eine Kommode und ein Kamin an der rechten Wand. Links stand die alte Sitzgruppe seiner Eltern. Der Dielenboden knarrte, als Stephan durch den Raum ging. Er griff nach einem der Fotorahmen, die auf der Kommode in Reihe und Glied eine Familiengalerie bildeten. Eine Schwarz-Weiß-Aufnahme. Er als kleiner Steppke zwischen seinen Eltern, seine Schwester als Baby auf dem Arm seiner Mutter.

Seine Schwester.

Sie war der Grund dafür gewesen, dass er zur Polizei gegangen war. Stephan vermisste sie, fühlte plötzlich einen Kloß im Hals und legte das Bild verdeckt zurück auf die Kommode. Er wandte sich ab und sah sich weiter im Wohnzimmer um. Im einfallenden Sonnenlicht tanzten die Staubpartikelchen.

Plötzlich nahm er auf dem Sofa eine Bewegung wahr. »Na, was haben wir denn da?«

Er näherte sich langsam, erblickte eine getigerte Katzenmutter mit vier kleinen Kätzchen, zwei gescheckt, ein schwarzes und ein weißes mit schwarzen Pfötchen. Alle fünf kuschelten sich zu einem Knäuel zusammen. Stephan bückte sich und wollte die Mutter streicheln, als ihr Fauchen ihn bremste. Er lachte.

»Okay, okay, Tiger. Ich unternehme nichts ohne dein Einverständnis.«

Er betrachtete die Katzen noch einen Moment. Es konnte keine wilde Katze sein, die hätte sich anders verhalten. Diese hier schien den Umgang mit Menschen gewöhnt zu sein.

»Vermutlich irgendwo ausgebüchst, hm?«

Stephan lächelte ihr zu, bevor er das Haus verließ. Sorgfältig schloss er die Haustür ab. Seine Entschluss stand fest.

Kapitel 3

»Du willst was?»

Wagner sprang auf, beugte sich über den Schreibtisch und stemmte sich mit den Fäusten auf der Oberfläche ab. Stephan war sicher, dass spätestens nach diesem lautstarken Ausbruch die Kollegen Horchposten vor der Tür bezogen.

»Eine Auszeit. Ein Sabbatjahr.«

Wagner kniff die Augen zusammen, rieb sich mit Daumen und Zeigefinger den Nasenrücken und setzte sich wieder. »Sieh mal, Stephan, wenn es wegen der Sache mit Lutz ist.« Wagner stockte. »Dann kann ich schon verstehen, dass du dir Gedanken machst über dein eigenes Leben und so. Macht doch jeder hier. Trotzdem haben wir eine Aufgabe zu erfüllen. Wo kämen wir denn hin, wenn jeder plötzlich davonläuft? Pass auf, nimm deinen Jahresurlaub und hau ab. Flieg von mir aus nach Thailand. Dort wirst du auf andere Gedanken kommen.« Er zwinkerte Stephan zu und grinste anzüglich.

»Ein Jahr, keine sechs Wochen! Meine Entscheidung steht fest.«

Wagners Lächeln verschwand, er schlug mit der flachen Rechten auf den Schreibtisch. »Kommt gar nicht in Frage! Ich brauche jeden Mann hier!«

Stephan stand auf. »Ich habe meinen Antrag bereits eingereicht.«

Der Hals seines Chefs färbte sich rot. »Du hast den Dienstweg übergangen?«

Stephan zuckte mit den Achseln. »Ich wollte Tatsachen schaffen und sichergehen, dass mein Antrag nicht hier bei dir im Büro Staub ansetzt. Du siehst also, es ist mir Ernst. Als langjähriger Kollege und auch als Freund erwarte ich deine Zustimmung.« Stephan drehte sich um und ließ seinen Chef zurück.

Bevor Stephan die Tür hinter sich schließen konnte, hörte er Wagner zischen: »Das wirst du büßen.«

Stephan ließ sich erschöpft auf das Sofa fallen. Sein Kumpel Fritz, der ihm beim Umzug half, setzte sich auf einen Sessel, wobei er lässig ein Bein über die Armlehne legte.

Fritz sah sich skeptisch um. »Bist du sicher, die richtige Entscheidung getroffen zu haben?«

»Wird sich zeigen«, antwortete Stephan und zuckte mit den Achseln, da er sich darüber selbst noch nicht klar war.

»Was willst du denn überhaupt die nächste Zeit machen?«

»Schau dich um. Arbeit ist genug da.«

»Eigentlich hättest du zuerst renovieren müssen. Riecht recht muffig hier.«

»Ich wollte halt Nägel mit Köpfen machen und nicht zu lange überlegen.«

Fritz nahm einen großen Schluck aus der Wasserflasche, rülpste laut. »Und das mit der Beurlaubung geht bei euch Bullen einfach so?«

Stephan lachte. »Nee, nicht einfach. Mein Chef hat getobt, wollte mich nicht gehen lassen. Die haben mich sogar zum Betriebsarzt geschickt!« Stephan wedelte mit der flachen rechten Hand vor dem Gesicht.

»Plemplem?«, fragte Fritz.

»Hab dem was von Burnout und Abstand gewinnen erzählt. Schließlich empfahl der Arzt meine Beurlaubung. Da konnte mein Chef nicht mehr viel sagen. Wir haben uns auf ein Jahr geeinigt. Ein Sabbatjahr.«

Fritz nickte. Stephan kannte ihn seit seiner Zeit bei der Bundeswehr. Sie leisteten beide ihren Grundwehrdienst als Grenadiere in einer niedersächsischen Kaserne ab. Daraus hatte sich eine enge Freundschaft entwickelt, die auch Stephans Scheidung von seiner Frau Monika überdauert hatte. Stephan verspürte immer noch einen Stich, wenn er an die gemeinsamen Freunde dachte, die ihm die Schuld am Scheitern der Ehe gegeben und sich von ihm abgewandt hatten.

Auf Fritz, den ewigen Studenten, der glücklich in den Tag hinein lebte, gute Laune verbreitete und nicht an Morgen dachte, konnte Stephan sich verlassen.

Es störte Stephan nicht, dass Fritz auch weiterhin den Kontakt zu Monika pflegte.

Fritz riss ihn aus seiner Grübelei. »Wie geht es denn deinem Kollegen?«

»Lutz? Oh, das wird wieder. Ist zurzeit in der Reha, muss aber noch Geduld haben.«

Die Katze kam herein, schlug einen großen Bogen um Fritz, um sich schließlich neben Stephan auf dem Sofa einzurollen.

»Ist aber ängstlich, die Kleine.«

Stephan grinste, kraulte die Katze zwischen den Ohren. »Eigentlich nicht.«

Die Katzenbabys hatte Stephan heute Morgen vorsichtig in einen Korb gelegt, den er extra in einer Tierhandlung erstanden hatte. Beim Umzug vom Sofa hatte er Tiger zusehen lassen, damit sie spürte, dass keine Gefahr bestand. Stephan schaute zum Kamin hinüber. Die Kleinen schliefen in ihrem Körbchen.

Fritz klapperte mit dem Wagenschlüssel. »Haben wir jetzt alles hier? Muss den Bully bis sechs zurückbringen, sonst reißt mir mein Kommilitone den Kopf ab. Hat noch ein Date und braucht seinen Wagen.«

»Ach, die Matratze?« Stephan fiel die fleckige Matratze ein, die im Laderaum lag.

Fritz grinste. »Er steht drauf und seine Braut angeblich auch.«

Stephan zuckte mit den Schultern. »Wer's mag, mein Ding wäre es nicht.« Er seufzte. »Meine Wohnung ist leer, jetzt wohne ich hier.«

Fritz erhob sich. »Wirst dich dran gewöhnen. Und wenn du mal Gesellschaft brauchst, kommst du einfach in unserer WG vorbei.«

»Mach ich. Bei euch ist es Multikulti.«

»Du bist zu alt für die Küken meines Studienganges.«

»Danke. Du bist ja deutlich jünger.«

Fritz und er gehörten zum gleichen Jahrgang.

»Im Geiste, Kumpel, im Geiste.«

Stephan brachte seinen Freund zur Tür.

»Machs gut, aber nicht zu oft!«, hörte er Fritz' Abschiedsgruß, den er seit zwanzig Jahren verwendete.

Die Kirchenglocken schlugen sechs Mal. Stephan blickte zum Kirchturm hinüber. »Tatsächlich! Jetzt lebe ich auf dem Dorf. Kaum zu glauben«, murmelte er, schloss die Tür und machte sich daran, seine Sachen auszupacken.

Kapitel 4

Die folgende Stunde verbrachte Stephan damit, den Fernseher aufzustellen und über digitalen Empfang die Sender einzustellen. Gerade als er sich die Heute-Nachrichten im ZDF ansehen wollte, klingelte es an der Tür. Stephan bemerkte, wie Tiger, die bei ihren Kleinen im Korb lag, den Kopf hob und die Ohren aufrichtete.

»Mach dir keine Sorgen. Ihr steht unter meinem persönlichen Schutz.«

Er legte die Fernbedienung auf die Kommode neben den Fernseher und zwängte sich an den Umzugskartons im Flur vorbei zur Haustür, die er mit Schwung aufriss.

Ein dicker Mann begrüßte ihn. »Mensch, Stephan, nach all den Jahren wieder hier!«

Stephan überlegte angestrengt. »Guten Abend.« Ihm fiel partout nicht ein, wer dieser Fremde sein könnte.

»Nicht so förmlich«, lachte der Mann, »ich bin's, Detlef!«

Endlich dämmerte es Stephan. Vor ihm stand Detlef Schlierer, der ehemalige Schulhofschläger, frühreif und allen anderen körperlich überlegen.

»Doofbacke?«

Das war Detlefs Spitzname gewesen, da ihn niemand ausstehen konnte. Selbstverständlich war Detlef nur so genannt worden, wenn er nicht in der Nähe war, ansonsten hätte es Hiebe gesetzt.

»Na ja, die Zeiten sind vorbei. Äh, macht es dir was aus, wenn ich reinkomme?«

Stephan trat zur Seite. »Setzen wir uns in die Küche, erste Tür links. Ich kann dir leider nur Wasser anbieten.«

»Ist schon gut. Den offiziellen Begrüßungstrunk holen wir später nach.«

Während Detlef umständlich auf einem Stuhl Platz nahm, lehnte sich Stephan an den Küchenschrank und betrachtete seinen alten Widersacher.

Wie ein Mehlsack, dachte Stephan. Die Fettrollen zeichneten sich deutlich unter Detlefs zu engem Sweatshirt ab und sein Doppelkinn verdeckte den Hals. Detlefs Finger glichen Brühwürsten. Von dem athletischen, kräftigen Schüler von damals war nichts mehr geblieben. Kein Wunder, dass Stephan ihn nicht erkannt hatte. Die Katze kam herein, blieb stehen, machte einen Buckel und fauchte.

»Ah, hier steckst du, Mistvieh. Deshalb wird der Fresspott nicht mehr geleert. Wart ab, wenn du noch mal vorbei kommst, dann …«

»Na, na, na. Ruhig. Ist das deine Katze?«

»Ich schenke sie dir.« Detlev verzog den Mund zu einem unangenehmen Grinsen. »Ich weiß nicht, Stephan, ob deine Mutter es dir erzählt hat, aber wir sind Nachbarn. Ich habe vor drei Jahren das Haus der Riebschlägers gekauft. Nachdem die alte Riebschläger verstorben war, ist ihr Mann ins Altenheim gezogen. Es wurde ihm alles zu viel und da habe ich ihm das Häuschen abgekauft«

An seine damaligen Nachbarn erinnerte sich Stephan gerne, vor allem an die Frau. Sie hatte ihm öfter Süßigkeiten zugesteckt, wenn er auf dem Schulweg an ihrer Haustür vorbei kam. Der alte Riebschläger war nicht weniger freundlich, doch er war selten zu Hause gewesen. Als Bahnschaffner war er quer durch Europa gereist.

»Woher weißt du denn überhaupt, dass ich hier eingezogen bin?« Stephan verschränkte seine Arme vor dem Oberkörper.

»Oh, hab euch heute die Möbel schleppen sehen. Da habe ich eins und eins zusammengezählt. Und ich habe ja wohl richtig kombiniert, wenn ich mich hier so umsehe.«

Also einer der Typen, die nichts Besseres zu tun haben, als den ganzen Tag im Fenster zu liegen und die Umgebung zu sondieren, dachte Stephan. Im Präsidium nannten sie solche Leute Blockwarte. Bei Ermittlungen manchmal ganz hilfreich, aber das Ausspionieren der Nachbarschaft traf bei niemandem auf Gegenliebe.

Stephan reichte ihm zögernd die Hand. »Dann mal auf gute Nachbarschaft.«

Er fühlte Detlefs feuchte Hand, als dieser einschlug. »Sicher! Sicher! Das wird schon werden.«

Stephan nickte und wischte voller Ekel den Schweiß an seinem Hosenbein ab.

»Ach, bevor ich es vergesse. Du kannst dich doch sicherlich noch an Rektor Wassmeiser erinnern«, sagte Detlef.

Stephan nickte. »Eulengesicht, na klar erinnere ich mich. Der hatte eine Brille mit Gläsern wie die Böden von Colaflaschen. Vermutlich der einzige Bayer, der jemals in dieser Gegend eine Grundschule geleitet hat. Nach seiner Pensionierung ist er weiterhin hier wohnen geblieben. Wie geht es ihm denn?«

»Er ist gerade gestorben.«

»Oh!«, stieß Stephan überrascht aus.

Detlef zuckte mit den Schultern. »Ja, leider. Morgen ist die Beerdigung. Anschließend hat uns sein Sohn alle zu Kaffee und Kuchen im Nachtzug eingeladen.«

»Die Kneipe drüben am Bahnhof?«, fragte Stephan verblüfft.

Detlef nickte. »Genau. Die gibt es tatsächlich immer noch. Falls du Zeit hast, komm doch auch. Ist vielleicht eine Gelegenheit, alte Bekannte wieder zu treffen, wenn auch nicht unbedingt der schönste Anlass.«

Stephan rieb sich über das Kinn. Nicht nur über den Tod seines alten Rektors machte er sich Gedanken, sondern auch über die unerwartete Freundlichkeit, die Detlef ihm entgegen brachte.

»Mal sehen«, antwortete Stephan ausweichend.

Detlef stieß angestrengt die Luft aus, als er vom Stuhl aufstand. »Musst du wissen. So, bin jetzt wieder durch die Tür. Du hast ja noch einiges zu tun, da will ich mal nicht im Wege stehen.«

Stephan brachte Detlef zur Haustür.

»Ach, bevor ich es vergesse. Dein Grundstück grenzt ja direkt an meines. Von meiner Terrasse kann ich direkt zu dir rüber sehen. Ich will sagen, deine Mutter hat ja nicht mehr viel gemacht, sieht ganz schön wild aus, dein Garten!«

Stephan wusste nicht, worauf Detlef hinaus wollte.

»Also, es wäre schön, wenn du dich da mal darum kümmern könntest. Ist ja jetzt die richtige Zeit dazu. Ich meine, ein ordentlicher Garten sieht doch schöner aus, oder?«

»Bei Gelegenheit«, sagte Stephan brüsk und schob Detlef zur Haustür heraus.

»Danke«, sagte Detlef, dem anscheinend Stephans Verärgerung entgangen war, »wir sehen uns.«

Stephan sah seinem Nachbarn nach und schmiss dann die Tür zu.

»Ja, wir sehen uns«, wiederholte er und ergänzte: »Hoffentlich so selten wie möglich!«

Was für ein Chaos, dachte Detlef. Er blickte aus dem Fenster seines Wohnzimmers hinüber zu Stephans Hof. Diese Menge an Umzugskartons und der modrige Geruch. Detlef schüttelte sich. Er konnte Unordnung nicht ertragen. Seine Mutter war ein Messie gewesen. Eine psychisch Kranke, die die eigene Wohnung zumüllte. Detlef hatte sich seit seiner Kindheit dafür geschämt. Nie brachte er Freunde nach Hause. Ein Mann im Haus, der ein Machtwort sprach, wäre in dieser Situation genau das Richtige gewesen. Aber sein Vater war bereits vor Detlefs Geburt abgehauen. Dieser Feigling ließ sein Kind bei einer Mutter, die noch nicht einmal in der Lage war, für sich selbst zu sorgen.

Detlef ging ins Arbeitszimmer. Er nahm einen Putzlappen und wischte über die Tastatur und die Maus seines Computers. Dann loggte er sich ins Internet ein und kontrollierte seine E-Mails.

»Ah, Henning«, murmelte er und klickte auf das entsprechende Briefsymbol in der Liste. Henning und er hatten sich vor sieben Jahren im Knast kennen gelernt. Sie hatten sich eine Zelle geteilt und obwohl sie unterschiedlicher nicht sein konnten, freundeten sie sich an.

Hi Dicker,
am Montag wie immer? Hab eine Riesenüberraschung!!!
Sehen uns
Henning
P. S. Sitz nicht so lange vor dem PC. Macht DICK!!!

Detlef starrte auf die wenigen Worte. Henning arbeitete als Pfleger und sein überfüllter Terminkalender ließ ihm kaum Zeit. Aber der Montagabend war heilig. Den blockte Henning, um mit Detlef einen drauf zu machen.

Hab eine Riesenüberraschung!!!

Detlef grübelte. Was konnte das sein? Wieder ein neuer Mercedes? Oder ein neuer Job? Eine Reise?

»Der Schweinehund. Macht mich heiß mit seinen Andeutungen.«

Detlef stockte. Er ärgerte sich über seine Selbstgespräche.

»Wie ein sabbelnder Idiot, der weiße Mäuse sieht«, sagte Detlef, hielt sich erschrocken den Mund zu.

Scheiße! Schon wieder, dachte er wütend.

Kapitel 5

Das Krähen eines Hahnes weckte Stephan mit dem Sonnenaufgang. Die Umgebung war noch ungewohnt und er hatte unruhig geschlafen. Immer wieder war er von den seltsamen Geräuschen, die ein altes Haus erzeugte, geweckt worden. Jetzt fand er endgültig keinen Schlaf mehr. Er horchte und versuchte, die einzelnen Laute zuzuordnen. Wenn eine stärkere Böe gegen den Giebel drückte, knirschte der Dachstuhl. Durch die undichten Fensterrahmen pfiff leise der Wind. Die Büsche, die rund um das Haus standen, kratzten mit ihren Zweigen an den Hauswänden. Mäuse hatten sich Gänge in das marode Mauerwerk gewühlt und tapsten mit flinken Beinen darin herum. Die Holzdielen arbeiteten, verspannten sich, gaben knirschend den Druck wieder frei. Stephan kam es vor, als ob das Haus lebte.

Im Osten färbte sich der Horizont zunehmend grau, die nächtliche Schwärze wich dem neuen Tag. Stephan schob sich das Kissen in den Nacken und schaute durch das Fenster. Die Kirchturmspitze hob sich deutlich als dunkler Schatten vor dem Horizont ab.

Wie lange war es her, dass er einen Tag vor sich hatte, an dem er keinen Verpflichtungen nachkommen musste? Er konnte sich nicht daran erinnern. Langsam reifte in ihm die Erkenntnis, dass er jetzt selbst über seine Zeit verfügen konnte, sich nicht nach anderen richten musste. Ein Jahr Urlaub, dachte er und sein Herz schlug schneller, ein Sabbatjahr. Seine Schwester fiel ihm ein. Um diese Geschichte könnte er sich jetzt endlich einmal kümmern.

Plötzlich hielt ihn nichts mehr im Bett. Er sprang auf. Ja, dachte er, der Tag gehört mir.

Kapitel 6

Wassmeiers Beerdigung zog sich länger hin als erwartet. Als man schließlich in der Gaststätte ›Nachtzug‹ ankam, war es bereits weit nach Mittag. Stephan hatte es vorgezogen, erst später zu erscheinen, um niemanden durch seine Anwesenheit von der Trauerfeier abzulenken.

Wie sich nun herausstellte, war das die richtige Entscheidung gewesen. Bereits auf dem Weg vom Friedhof zur Kneipe wurde er von alten Bekannten begrüßt. Das Interesse an seiner Person versiegte auch nicht, als alle an den zusammengestellten Tischen Platz nahmen.

»Wirklich schön, dass du wieder da bist!« Der Wirt des Nachtzugs, Vladimir Wolitzki, strahlte Stephan an, als ob der Papst in seinen Räumen aufgetaucht wäre.

Stephan dachte flüchtig an die vielen Stunden, die er mit seinen Freunden hier verbracht hatte, als Vladimir noch einen Flipper in der hintersten Ecke stehen hatte und sie so jung waren, dass zum Rasieren ein feuchtes Handtuch reichte. Wegen seiner rumänischen Abstammung und seiner vorstehenden Eckzähne wurde Vladimir allgemein ›Dracula‹ genannt.

Stephan lachte, als er sich an den Spitznamen erinnerte. »Freu dich nicht zu früh. So häufig wie früher wirst du mich hier nicht sehen.«

Stephan bestellte einen Kaffee. Um ihn herum saßen überwiegend ältere Frauen, Freundinnen und Kolleginnen des Verstorbenen. Sie alle hatten auch Stephans Mutter gekannt und fragten ihn nun über die vergangenen Jahre aus.

Plötzlich hörte Stephan ein helles Lachen, das auf einer Trauerfeier fehl am Platz schien. Er streckte sich, um über die Köpfe der anderen hinwegsehen zu können. Die Frau am anderen Ende des Tisches war ihm schon beim Hereinkommen aufgefallen. Anders als die in Schwarz und Grau gekleideten Trauernden trug sie ein figurbetonendes, grünes Kostüm. Von ihren glatten, ziegelroten Haaren, die selbst im schwachen Licht der Gaststätte leuchteten, war Stephan besonders beeindruckt. Sie hatte ein schmales Gesicht mit ausgeprägten Wangenknochen und die mandelförmigen Augen strahlten.

»Guck dir die an«, hörte er seine Tischnachbarin, Frau Bauch, die Mutter des einzigen Metzgers im Dorf, ärgerlich murmeln, »Madam hat wieder ihren Auftritt!«

»Wie unpassend, einfach nur primitiv!«, hörte Stephan ihre Tischnachbarin sagen.

»Wer ist das denn?«, warf er in die Runde.

»Frau von Berg.« Frau Bauch stocherte in ihrem Kuchen. »Die wohnt in der Grauen Burg.«

»Und Sie mögen sie nicht?«, fragte Stephan.

»So kann man das nicht sagen«, antwortete Frau Bauch ausweichend.

»Wie dann?« Stephan ließ nicht locker, zum einen, weil er wirklich mehr über die Frau am anderen Ende des Tisches erfahren wollte, zum anderen, weil es ihm Spaß machte, Frau Bauch ein wenig herauszufordern.

»Sie hat auch ihre guten Seiten, kümmert sich um alles Mögliche hier im Dorf«, erklärte Frau Bauch.

»Aber?«

Frau Bauch schob sich ein Stück Kuchen in den Mund und kaute angestrengt darauf herum, obwohl es sich um einen weichen Käsekuchen handelte. Das Lachen von Frau von Berg drang wieder an Stephans Ohr.

»Die muss immer im Mittelpunkt stehen!«, antwortete eine der Frauen, »Wie sie sich wieder aufführt und wie die schon gekleidet ist!«

Frau Bauch nickte heftig mit dem Kopf, sagte aber nichts weiter.

»Sie kann's tragen«, stellte Stephan fest.

»Aber nicht auf einer Beerdigung!«, sagte Frau Bauch, »im Zirkus vielleicht. Und überhaupt: in ihrem Alter! Mit fünfzig!«

Stephan hob erstaunt die Augenbrauen und sah zu Frau von Berg hinüber. Die hat sich aber gut gehalten, dachte er. Man ließ das Thema ruhen und in der folgenden Stunde unterhielt man sich über Belanglosigkeiten. Als schließlich das Thema auf schmerzende Kniegelenke und gichtige Fingerknöchel kam, zog Stephan es vor, sich zu verabschieden.

Als er vor der Gaststätte stand und seine Jacke zuknöpfte, hörte er hinter sich die Tür quietschen.

»Herr Tries?«

Stephan drehte sich um. »Das bin ich.«

Frau von Berg lächelte ihn an. »Macht es Ihnen etwas aus, wenn ich Sie ein Stück begleite?«

»Nein, selbstverständlich nicht. Aber müssen Sie nicht in die andere Richtung?«

Die ›Graue Burg‹ stand am Nordende des Dorfes, Stephans Haus am östlichen Dorfausgang.

»Das macht nichts. Mein Wagen steht dort drüben.« Sie zeigte in die Richtung, die Stephan einschlagen musste.

»Also, was verschafft mir die Ehre?«

»Man sagte mir, Sie wären bei der Polizei.«

»Das ist zwar grundsätzlich richtig, aber zurzeit bin ich beurlaubt.«

Frau von Berg blieb abrupt stehen. »Was haben Sie angestellt?«

Stephan lachte. »Da haben Sie mich falsch verstanden.

Ich nehme eine Auszeit. Freiwillig.«

»Ah!«

Sie setzten sich wieder in Bewegung. Stephan sah sie aus den Augenwinkeln heraus an. Was für Haare, dachte er, ob die gefärbt waren?

»Ich möchte Sie in einer Sache um Hilfe bitten.«

Sie überquerten die Straße und blieben vor einem silberfarbenen Mazda MX-5-Roadster stehen.

»Um was geht es denn?«

»Nicht hier auf der Straße«, antwortete sie, »Können wir uns morgen treffen? Bei mir? Auf einen Kaffee vielleicht?« Stephan war neugierig geworden, er nickte.

»Dann also bis morgen«, sagte Frau von Berg.

Stephan sah ihr zu, wie sie graziös in ihren Wagen stieg und ihm zum Abschied zuwinkte. Als sie aus seinem Blickfeld verschwunden war, setzte er nachdenklich seinen Weg nach Hause fort.

Am nächsten Morgen trat Stephan gegen halb elf aus dem Haus, schmiss die Tür hinter sich zu und zog den Autoschlüssel aus seiner Tasche. Auf halbem Weg zu seinem Wagen blieb er unschlüssig stehen und schaute in den blauen Himmel, an dem kleine weiße Wolken wie eine Schafherde vorbei zogen. Der Wetterbericht hatte einen schönen Tag angekündigt und die Meteorelogen schienen tatsächlich Recht zu behalten.

Stephan steckte den Schlüssel wieder ein und ging zur Garage hinüber, die sich abseits vom Haus unter einer riesigen Eiche befand. Sie glich mehr einem baufälligen Schuppen als einem sicheren Unterstand für Automobile. Die Wände bestanden aus verwitterten Brettern, Teerpappe überspannte das Dach und zwei Flügeltüren bildeten das Tor. Stephan zerrte an den Türen und quietschend bewegten sie sich in ihren Angeln. Elektrisches Licht gab es hier nicht, doch das durch das offene Tor einfallende Tageslicht reichte aus.

Gestern Abend hatte Stephan sein altes Mars-Zehngang-Rennrad hastig hier eingestellt. Er packte das Rad an Lenker und Sattel, schob es heraus und legte es draußen auf die Wiese. Den Ständer sowie Lampen und Gepäckträger hatte er vor Jahren entfernt, um Gewicht zu sparen.

Stephan musste über sich selbst grinsen. Damals konnte er nicht sportlich genug sein, lief bei jeder Gelegenheit in Turnschuhen herum, hatte mehr Trainingsanzüge im Schrank als ein Profifußballspieler.

Er sah an sich herunter und klopfte sich seufzend auf den leicht vorstehenden Bauch. Nicht gerade Bierfassgröße, doch verstecken konnte er ihn auch nicht mehr. Dagegen würde er ab heute etwas tun.

Er drehte sich um, sah zurück in die Garage. Dort stand, mit einer grauen Plane abgedeckt, Vaters Heiligtum. Stephan ergriff eine Ecke der Abdeckplane und zog vorsichtig daran. Die Plane rutschte seitlich herunter und gab einen beigefarbenen Mercedes 190 DC der W-110-Reihe mit riesigen Heckflossen frei. Stephan konnte die Daten herunter beten, so oft hatte sein Vater ihm die technischen Einzelheiten erläutert.

Stephan erinnerte sich, wie sein Vater im Sonntagsanzug den Wagen aus der Garage fuhr – das Tuckern des Dieselmotors, kaum leiser als ein Traktor. Seine Mutter, jung, hübsch, frisch nach Seife duftend, im Sommerkleid, auf dem Beifahrersitz. Stephan hatte hinter ihr im Fond gesessen, mit sauberen Fingernägeln, die Haare zu einem Seitenscheitel gekämmt, neben ihm seine Schwester Natalie. Sein Vater mit durchgedrücktem Rücken hinter dem riesigen Lenkrad sitzend. Er hatte nie einen anderen Wagen besessen.

Stephan blickte zu seinem alten Golf. Im Vergleich zu dem Mercedes ein Jüngling, doch leider ein unzuverlässiger. Stephan schürzte die Lippen, blickte zwischen dem Mercedes und dem Golf hin und her. Ja! Das hat was! Später, wenn er im Haus für Ordnung gesorgt hatte, würde er sich den Mercedes zurechtmachen. Er drückte die Türen des Schuppens zu und schnappte sich sein Rennrad. Es wurde Zeit, zur ›Grauen Burg‹ zu fahren.

Wenig später fuhr er langsam die Einfahrt der Grauen Burg entlang. Vor ihm erhob sich das nahezu quadratische Bauwerk. Es glich mehr einer herrschaftlichen Villa als einer Burg. Doch tatsächlich wurde das weitläufige Gelände von einem Wehrgraben umschlossen und auch die mittelalterliche Wehrmauer war zum größten Teil noch erhalten. Sicherlich hätten heranstürmende Armeen damit keine Probleme gehabt, doch vagabundierende Räuberbanden hatte man mit diesen Verteidigungsmaßnahmen durchaus auf Abstand halten können.

Stephan lehnte sein Fahrrad an die Wand der Villa und passte dabei sorgfältig auf, nicht den gelb angestrichenen Putz zu beschädigen. Er blickte nach oben. Drei Reihen von Fenstern übereinander. Hier wäre Platz für eine ganze Einsatzstaffel. Stephan stieg die fünf Stufen der Freitreppe hinauf und bewunderte die Haustür. Sie maß gut und gerne zwei Meter in der Breite und drei Meter in der Höhe. Zwei, in Blei eingefasste, bunte Butzenfester zeigten eine Jagdszene. Das Holz der Tür war mit Schnitzereien von Rehen, Wildschweinen und jagenden Windhunden versehen. Dazu passend umschloss der Türrahmen das Ganze mit geschnitzten Ranken und Blättern. Stephan suchte die Klingel.

Bevor er sich jedoch bemerkbar machen konnte, hörte er die kreischenden Geräusche eines Winkelschleifers. Hatte Frau von Berg gestern nicht behauptet, dass niemand sonst da sein würde? Vielleicht sind Arbeiter für sie ›niemand‹, dachte Stephan und drückte den Klingelknopf. Vernehmlich erklang ein Gong im Inneren, doch es öffnete niemand. Stephan ging die Treppe hinunter und folgte dem Lärm. Der Handwerker würde schon wissen, wo Frau von Berg zu finden wäre.

Als er die Rückseite der Villa erreichte, blieb er überrascht stehen. Eine Person im schmutzigen Overall und Schutzbrille vor den Augen, führte gekonnt einen riesigen Winkelschleifer über eine Stahlskulptur und polierte die metallene Oberfläche.

Stephan erkannte sie sofort an ihren leuchtend roten Haaren, die sie zu einem dicken Zopf zusammengeflochten und hochgesteckt hatte. Als sie ihn bemerkte, senkte sie die auslaufende Maschine und legte sie auf den Boden.

»Herr Tries! Ist es denn schon so spät?« Frau von Berg schob ihre Schutzbrille auf die Stirn. »Kommen Sie ruhig näher. Was sagen sie dazu?«

Stephan trat näher und betrachtete das Ungetüm, zwei Meter hoch, ineinander, teilweise polierte, verschlungene Stahlstangen, die in ihm keinerlei Assoziationen auslösten.

»Interessant«, antworte Stephan ausweichend. Sein Kunstgeschmack, soweit vorhanden, war deutlich bodenständiger.

Frau von Berg lachte. »Sie sehen aus, als ob Sie in eine Zitrone gebissen hätten.«

Stephan fühlte sich ertappt, spürte, wie sich seine Wangen rot färbten und er ärgerte sich darüber. Normalerweise konnte er seine Emotionen gut verbergen. Was war mit ihm los?

»Aber um über Kunst zu diskutieren habe ich Sie natürlich nicht um einen Besuch gebeten. Kommen Sie mit.«

Stephan folgte ihr über die Terrasse ins Wohnzimmer. Selbst in dem schmutzigen Overall faszinierte Stephan ihre jugendliche Figur.

»Nehmen Sie doch bitte schon mal Platz. Ich werde meiner Mutter kurz Bescheid geben und mich ein wenig frisch machen.«

Sie verschwand im Treppenhaus und Stephan sah sich im Wohnzimmer um. Die eleganten Möbel verteilten sich großzügig im Raum. Die Einrichtung hätte sich auch gut in einem Museum gemacht. Bestimmt war das alles sehr teuer, doch überhaupt nicht sein Geschmack. Auf Hochglanz poliertes, rötliches Holz, vermutlich Kirsche, geschwungene Linien, geschnörkelte Füßen und geschliffene Schrankscheiben. Ihm erschien es so, als könne er sein ganzes Elternhaus in diesem Saal unterbringen.

Er nahm einen der dünnen Pfarrbriefe, die auf dem Wohnzimmertisch lagen, zur Hand und blätterte ihn ohne Interesse durch. Vorwort des Pfarrers, Pfadfinderlager zu Pfingsten, Listen von den angehenden Kommunionskindern, von den getauften Kindern und den Toten der letzten drei Monate, Werbung für Brot für die Welt.

Stephan legte das Heftchen wieder zurück auf den Tisch. Er hörte Frau von Berg sprechen, zu weit entfernt, um Einzelheiten verstehen zu können. Stephan ließ den Blick durch den Raum schweifen. Große Vasen standen in den Ecken. Chinesisch? Riesige grellbunte Drucke ohne erkennbare Konturen an den Wänden setzten einen Kontrast zu den Möbeln.

Frau von Berg sah kurz herein und fragte: »Kaffee mit Milch und Zucker?«

»Nur mit Milch bitte.«

Stephan setzte sich in einen Sessel. Das Leder quietschte wie Ernies Gummiente aus der Sesamstraße. Frau von Berg erschien, stellte auf dem Tisch vor ihm eine große Tasse Kaffee ab und nahm dann ihm gegenüber auf dem Sofa Platz. Den Zopf trug sie nun nicht mehr hochgesteckt, er fiel ihr lang und seidig über die linke Schulter. Den Overall hatte sie gegen Hosenrock und Bluse eingetauscht.

Stephan nippte an seinem Kaffee. »Klasse!«, bemerkte er, »der schmeckt ja großartig!«

»Handverlesene Bohnen. Lass ich mir von einer Freundin aus Kenia schicken. Ihr Mann hat dort eine Plantage.«

Stephan nickte anerkennend, genoss noch einen Schluck und kam dann zur Sache. »Also, Frau von Berg. Wie kann ich Ihnen helfen?«

Stephan bemerkte, dass sie sich nervös an ihrem Ohrstecker zupfte und einen kurzen Moment zögerte. Dann platzte es aus ihr heraus: »Ich möchte mit Ihnen über einige Todesfälle sprechen.«

Stephan stellte die Tasse auf dem Tisch ab, beugte sich zu ihr nach vorne. »Todesfälle?«

Frau von Berg nickte. »Ja. Ich mache mir Sorgen. Wissen Sie, ich lebe schon sehr lange hier im Dorf. Ich helfe bei vielen Vereinen aus, organisiere hier im Haus politische Diskussionsrunden, helfe älteren Bürgern bei Behördengängen oder bei Einkäufen – kurzum, ich kenne fast alle Einwohner hier im Dorf. Auch Sie kenne ich noch als jugendlichen Aufreißer, der mit seinen Freunden auf den frisierten Mopeds durch die Straßen dröhnte.«

Stephan suchte erfolglos nach Erinnerungen an Frau von Berg.

»Ja, ich kenne hier fast jeden und weiß vieles.«

»Ist ja beängstigend.« Stephan grinste, doch Frau von Berg verzog keine Miene. Er räusperte sich verlegen und sagte: »Okay, ihre engen Bindungen zu den Bewohnern des Dorfes habe ich verstanden. Aber was ist mit den Todesfällen, die Sie erwähnt haben?«

Frau von Berg nahm eins der Pfarrheftchen, blätterte es durch, legte es dann aufgeschlagen vor Stephan auf den Tisch.

Stephan sah eine Namensliste und las: »Folgende Gemeindemitglieder sind in den letzten drei Monaten von uns gegangen …«

»Alleine zwanzig finden Sie in dieser Liste!« Sie tippte aufgeregt auf das Papier. Stefan zog die Stirn kraus und widmete sich der Übersicht. Hinter den Namen fand er die Geburtsdaten, danach die Todestage.

»Hm, ich kann nicht folgen. So wie ich es sehe, waren es überwiegend ältere Semester. Ich kann nichts Ungewöhnliches entdecken.«

»Es sind zu viele!«

»Zwanzig? Zu viele?«

»Ja! Eindeutig!«

Stephan bemerkte ihre vor Aufregung zitternden Finger, als sie in dem Stapel der Pfarrbriefe blätterte.

»Ich war extra in der Pfarrbibliothek und habe mir alle Pfarrbriefe der letzten Jahre besorgt. Hier ist einer von vor vier Jahren. Hier habe ich es. Vergleichen sie selbst.«

Stephan nahm das Heftchen zur Hand. Er schlug die Liste mit den verstorbenen Gemeindemitgliedern auf. »Hm, sechs?«

»Ja, genau, sechs!«

»Dafür gibt es sicherlich eine Erklärung. Alte Leute sterben nun mal. Vielleicht eine Grippewelle oder einfach nur Zufall.«

Frau von Berg schüttelte den Kopf. »Nein! Daran habe ich natürlich auch zuerst gedacht. Ich habe mir die offiziellen Einwohnerzahlen von Sechtem aus den letzten Jahren besorgt. Hätte ja sein können, dass sich diese signifikant nach oben bewegt hat und je mehr Einwohner, umso mehr versterben. Aber so ist es nicht! Die Einwohnerzahl ist seit dem Neubau der Marmeladen- und Hollandsiedlungen vor fünf Jahren ziemlich konstant geblieben.«

»Marmeladen … ?«

» … siedlung, ja. Wegen der teuren Verkaufspreise der Häuser. Man munkelt, dass die Eigentümer gerade noch Geld für Marmelade auf dem Brot haben. Aber das ist jetzt unwichtig!« Frau von Berg strich über ihr Haar. »Das waren die letzten neuen Siedlungen hier. Seit dem wurden nur noch vereinzelt neue Häuser gebaut. Die Einwohnerzahl ist nicht gestiegen, aber die Sterberate. Hier stimmt etwas nicht!«

Stephan holte tief Luft und blies die Wangen auf. Er verspürte den Wunsch, einfach aufzustehen und Frau von Berg sitzen zu lassen. Doch irgendetwas hielt ihn zurück.

Sie schaute ihn erwartungsvoll an. Verwirrt blickte er weg. »So leid es mir tut, aber das überzeugt mich nicht. Aber selbst wenn, könnte ich Ihnen auch nicht weiter helfen. Dann müsste ich Sie an meine Kollegen verweisen.«

Frau von Berg setzte sich aufrecht. »Bei denen war ich schon. Die haben mich weggeschickt! Deswegen habe ich Sie ja jetzt angesprochen. Sie sind bei der Polizei, Sie wohnen jetzt hier im Dorf, Sie müssen helfen!«

Stephan schüttelte energisch den Kopf. »Nein! Sie haben sich da in eine Sache verrannt. Niemand kann etwas tun, weil es überhaupt keinen Fall gibt!«

Er trank mit einem hastigen Schluck seine Tasse leer. Der kalte Kaffee schmeckte abgestanden. Dann stand er auf, doch als er sich der Tür zuwandte, bat ihn Frau von Berg noch einen Moment zu bleiben. Stephan setzte sich auf die Sesselkante.

»Herr Tries, geben Sie mir noch eine Chance, Sie zu überzeugen. Wenn es mir nicht gelingt, werde ich Sie nicht mehr darauf ansprechen.«

Er nickte.

»Ich möchte Ihnen erklären, warum das für mich so wichtig ist. Warum ich mich mit der Sterberate älterer Menschen beschäftige. Ich habe Angst, Angst um meine Mutter, die bei mir lebt. Sie ist schwer krank und ans Bett gefesselt. Nur selten kann sie einige Stunden im Rollstuhl verbringen. Eventuell bestünde Aussicht auf Genesung, trotz ihres Alters von zweiundachtzig. Sofern alles mit rechten Dingen zugeht!«

Stephan verzog unwillig den Mund und legte den Kopf schief.

Hastig ergänzte Frau von Berg: »Bitte nicht falsch verstehen! Ich bin überzeugt davon, dass an meiner Theorie etwas dran ist. Und dann ist auch meine Mutter gefährdet!«

Stephan stutzte. Er verstand immer noch nicht, worauf sie hinaus wollte. »Inwiefern?«

Sie tippte auf die Liste der Toten im aktuellen Pfarrbrief. »Ich kannte jeden, der hier aufgeführt ist. Bis auf zwei Jüngere, die plötzlich verstorben sind und ein Unfallopfer, das auf der B 9 bei Uedorf nach einem Diskobesuch gegen eine Häuserwand gefahren ist, waren alle krank und im gehobenen Alter.«

»Das deutet doch eher daraufhin, dass alles normal abläuft. Krank und alt spricht für natürliche Todesursachen.«

»Auf den ersten Blick vielleicht. Doch es war nicht so, dass die Heilungsprognosen sich durchgehend negativ darstellten. Ganz im Gegenteil, nur einer der Verstorbenen hatte Krebs im Endstadium. Selbst bei ihm trat der Tod zu plötzlich ein. Nehmen wir als Beispiel Maria Hutwelker, neunzehnhundertdreiundvierzig geboren, hatte einen beidseitigen Oberschenkelhalsbruch.«

»Saß sie bei dem Disco-Toten mit im Auto?«, versuchte Stephan einen Witz, doch Frau von Berg zog nur die Stirn kraus.

»Nein, Frau Hutwelker litt an Osteoporose, schlimm, aber eben nicht tödlich! Ich vermute, sie ist ermordet worden.«

Stephan beugte sich ein wenig vor, stützte seinen linken Ellbogen auf dem Knie auf und rieb sich mit der Hand das Kinn. Könnte Frau von Berg Recht haben? Aber warum war es denn bisher sonst niemanden aufgefallen? Zum Beispiel dem Arzt, der die Totenscheine ausstellt.

»Werden Sie mir helfen?«

Stephan konnte die Verzweiflung aus ihren Worten heraus hören. »Also gut«, er straffte seinen Rücken, »ich mache Folgendes: Ich nehme die Pfarrbriefe mit und verspreche Ihnen, dass ich mir alles zu Hause in Ruhe anschaue. Aber ich muss Ihnen sagen, dass ich eher dazu neige, dass eine höhere Sterberate bei alten Leuten normal ist. Ich möchte nur, dass Sie sich keine überflüssige Angst mehr um Ihre Mutter machen müssen.«

Er stand auf.

»Einen Moment, bitte, ich hol Ihnen eine Tasche.« Stephan sortierte die Pfarrbriefe.

Frau von Berg kam mit einem Baumwollbeutel zurück. »Bevor Sie gehen, möchte ich mich noch bedanken.«

Stephan winkte ab. »Sehen Sie es als Nachbarschaftshilfe.«

»Es wird nicht einfach werden«, sagte sie.

Stephan runzelte die Stirn und blickte Frau von Berg an. Was meinte sie?

»Ist es nie«, sagte Stephan. Er bemerkte, wie sie den Mund öffnete, als ob sie ihm noch etwas mitteilen wollte. Aber dann lächelte sie und sagte: »Ich bringe Sie zur Tür.«

Stephan radelte die Graue-Burg-Straße hinunter. Die Sonne wärmte seinen Rücken und er hatte immer noch den Pfirsichduft des Parfüms von Frau von Berg in der Nase.

Als er zu Hause ankam, stellte er die Tasche in der Küche auf die Eckbank. Die Katze erwartete ihn schon und schlich in einer Acht um seine Beine herum, maunzte und schnurrte abwechselnd.

»Du hast dich schnell an mich gewöhnt. Wie wäre es, wenn du hin und wieder ein paar Mäuse jagen würdest, Tiger? Hier gibt es genug davon.«

Stephan holte eine Dose Katzenfutter aus dem Kühlschrank, zog den Deckel ab und füllte den Fressnapf. Gierig machte Tiger sich darüber her. Plötzlich stutzte Stephan und öffnete nochmals die Kühlschranktür. Kein Licht. Er prüfte die Temperatur, indem er sich eine Flasche Bier an die Wange hielt. Zu warm, eindeutig.

»Mist!«

Er schmiss die Tür zu, stieg über Tiger hinweg, die seelenruhig weiterfraß, und betätigte den Lichtschalter. Wieder nichts.

Stephan seufzte genervt. Er durchquerte den Hausflur und wandte sich hinter der Treppe nach rechts. Der Sicherungskasten hing an der Wand im Vorratsraum, letzte Tür links. Er betrat den Raum, in dem es faulig und muffig roch.

An den Wänden standen Regale. Auf den krummen Brettern

waren unzählige Einmachgläser. Stephan nahm eines zur Hand, blies den Staub ab und versuchte zu erkennen, was seine Mutter vor Jahren eingekocht hatte. Die dunkle Masse könnte einmal Birnen gewesen sein. Zum Verzehr garantiert nicht mehr geeignet. Er stellte das Glas zurück. Das Regalbrett bog sich bedrohlich und die darauf stehenden Gläser klirrten gegeneinander. Er ließ seinen Blick schweifen und fand schließlich den Sicherungskasten. Er öffnete ihn. Es roch nach verbranntem Kunststoff. Die Kabel waren zu einer schwarzen Masse zusammengeklumpt, hier und da konnte er noch dunkel angelaufenes Kupfer erkennen. Ärgerlich warf er die Tür zu und zog sein Handy heraus. Die Renovierungsarbeiten mussten eher beginnen als geplant.

Jetzt brauchte er erst einmal einen Elektriker!

In der Nacht schlief Stephan schlecht. Er war früh zu Bett gegangen, hatte das letzte Dämmerlicht noch ausgenutzt, um sein Bett zu finden. Dann lag er stundenlang wach und starrte in die Dunkelheit. Zu vieles ging ihm durch den Kopf. Er machte sich Gedanken darüber, wie teuer eine Renovierung werden könnte, wie sich das auf seine Wohnverhältnisse auswirken würde und welche Probleme noch auftauchen könnten.

Zumindest die Entscheidung, womit er zuerst anfangen sollte, musste er nun nicht mehr treffen. Nachdem er einige Elektrohandwerksbetriebe angerufen und überwiegend Absagen bekommen hatte, als er seine Terminvorstellung nannte, hatte ihm schließlich ein ortsansässiger Elektromeister versprochen, morgen vorbeizuschauen.

Bereits beim ersten Licht des Tages stand Stephan auf und setzte sich im Morgenmantel in die Küche. Er beäugte den alten Herd seiner Mutter, der neben dem elektrischen mit den vier Kochplatten stand.

»Ach, was soll's. Versuchen kann ich es ja mal.«

Er zerriss eine alte Zeitung, auf deren Titelseite die Schlagzeile ›Gerhard Schröder ist neuer Kanzler‹ zu lesen war, und stopfte die Schnipsel in den Herd. Dann schichtete er Kienholz darüber. In der linken Schublade des Küchenschrankes fand er ein Päckchen Streichhölzer.

Fünf Minuten und einige Flüche später loderte das Feuer auf und Stephan legte einige Scheite nach. Nun konnte er stolz den Flötenkessel aufsetzen und sich einen Tee bereiten.

Gerade als er den Teebeutel in den Müll entsorgte, klopfte jemand gegen die Fensterscheibe. Erschrocken sah Stephan hoch und blickte in das grinsende Gesicht eines jungen Mannes.

»Elektriker Klaus Schmelzer«, rief der Mann und zeigte auf die Haustür.

Stephan sprang auf und öffnete. »Guten Morgen! So früh schon?«, begrüßte er den Mann erstaunt.

»Ja, Handwerk ist kein Zuckerschlecken. Sie haben Glück. Gestern hat ein Kunde abgesagt, so habe ich heute eine Lücke im Terminkalender.«

Stephan ging vor und zeigte dem Meister den Elektroverteiler.

»Ach du Scheiße«, hörte er Herrn Schmelzer ausrufen, »Was für ein Schlamassel!«

»Schlimm?«, fragte Stephan.

»Nein«, antwortete der Meister und bei Stephan keimte einen kurzen Moment Hoffnung auf. »Schlimmer!«

Der Elektriker hatte einige Leitungen provisorisch wieder in Betrieb genommen, aber mit ernstem Unterton in der Stimme verdeutlicht, dass eine komplette Sanierung unumgänglich wäre. Auf keinen Fall durfte dies auf die lange Bank geschoben werden.

So verbrachte Stephan die nächsten Tage damit, das Haus zu entrümpeln und Platz zu schaffen. Die Renovierungsarbeiten sollten umgehen in Angriff genommen werden. Es fiel ihm nicht leicht, sich von Dingen zu trennen, die ihn an seine Kindheit erinnerten. Er brachte es nicht übers Herz, seine Carrera-Bahn wegzuschmeißen, die er in einem alten Pappkarton in einem Kleiderschrank fand. Die Leiterbahnen waren zwar angerostet, doch die würde er schon aufpolieren können. Es kam noch mehr zu Tage. Als er das Ehebett seiner Eltern abbaute, stieß er auf eine Plastiktüte, in der seine Mutter seinen alten Lieblingsteddy aufbewahrt hatte. Stephan hatte ihn zum Trost bekommen, als er mit Masern im abgedunkelten Wohnzimmer eine Woche lang still liegen musste. Damals war er neun Jahre alt gewesen. Seitdem hatte sein Teddy beim Schlafen immer an seiner Seite gewacht, bis Stephan ihn irgendwann während der Pubertät achtlos in einen Kleidersack stopfte. Seine Mutter musste den Teddy wieder herausgeholt haben. Stephan behielt auch den Strohhut seines Vaters und ein Salia-Sechtem-Fußballtrikot in Kindergröße.

Stephan schaute dem Containerdienst melancholisch hinterher, als dieser mit einem großen Teil seiner Sachen vom Hof fuhr. Gerade als der Lastwagen auf die Straße einbog, sah Stephan Elektriker Schmelzer mit seinem Transit in die Zufahrt einbiegen. Kaum eine halbe Stunde später erbebten die Wände bereits unter Stemmeisen, Bohrmeißel und Schlitzmaschine. Feiner Staub wirbelte durch die Räume, legte sich auf alles, was im Wege stand, Stephans Schleimhäute inbegriffen.

Das würde nun einige Tage so weiter gehen. Stephan war bereits nach dem ersten Vormittag genervt.

Er saß in der Küche, die ab morgen zur Baustelle werden würde. Viertel vor zwölf, gleich müsste Schmelzer seinen Gesellen zur Pause rufen. Dann würde der Lärm wenigstens einen Moment aufhören. Stephan stand auf, schnappte sich eine Dose Katzenfutter und ging zur Garage hinüber. Tiger saß bereits in der offenen Tür und erwartete ihn.

»Komme schon«, rief er ihr entgegen.

In der Garage waren die Umzugskartons bis zur Decke gestapelt. Stephan hatte darauf geachtet, den Mercedes nicht zu beschädigen. Die Möbel hatte er am Wochenende mit seinem Freund Fritz in dem kleinen, leerstehenden Raum untergebracht, der sich auf der Rückseite des Hauses befand. Stephan hatte sich entschlossen, die Wohnzimmermöbel seiner Eltern zu behalten. Sie waren mit Sicherheit wertvoller als seine Möbel und strahlten einen Hauch von antiker Eleganz aus. Die Polster mussten zwar neu bezogen werden, doch darum konnte er sich später noch kümmern.

Der Kofferraum des Mercedes stand offen und darin wohnten für die Zeit der Renovierung Tiger und ihre Kleinen. Einige alte Decken sorgten dafür, dass die nächtliche Kälte den Kleinen nichts anhaben konnte. Stephan verfolgte, wie Tiger das Futter verschlang. Er setzte sich währenddessen auf die Kante des Kofferraums.

»Sachte, sachte«, murmelte er.

Schmelzer kam mit seinem Gesellen aus dem Haus, sie setzten sich in den Lieferwagen und packten ihr Mittagessen aus. Auf dem Feld hinter der Straße düngte ein Bauer das Feld. Die Kirchturmglocke schlug zwölf. Tiger stupste ihn mit der Nase an, schnurrte zufrieden, als er sie kraulte. Sein Blick fiel auf die Tasche mit den Pfarrbriefen. Er hatte sie nicht in einen der Kartons gepackt, sondern hinter den geöffneten Kofferraumdeckel gesteckt, damit er an sein Versprechen erinnert wurde.

Sein schlechtes Gewissen rührte sich. Er griff nach der Tasche und ging ins Haus zurück. Dort legte er sie auf den Küchentisch, setzte sich auf die Eckbank und genoss die Ruhe im Haus. Seufzend legte er den Kopf nach hinten gegen die Wand und schloss die Augen.

Das Hämmern des Stemmeisens holte ihn in die Wirklichkeit zurück. Erschrocken fuhr er auf, rieb sich müde mit Daumen und Zeigefinger den Nasenrücken und sah auf seine Armbanduhr. Halb eins. Er war tatsächlich am helllichten Tage eingenickt.

Die Pfarrbriefe lagen vor ihm. Er blätterte lustlos in ihnen herum. Warum nur hatte er sich darauf eingelassen, Frau von Berg zu helfen? Hirngespinsten hinterher zu jagen, dazu hatte er momentan wirklich keine Zeit! Ärgerlich klappte Stephan den Pfarrbrief zu und schmiss ihn auf den Tisch. Er hörte die Schlitzmaschine heulend pfeifen, verzog gequält das Gesicht.

Hier hielt er es nicht mehr aus. Nur raus hier, rüber zu Tiger oder vielleicht einen Spaziergang machen.

Er stürmte aus der Küche, wollte in den Flur, als er mit jemandem zusammenstieß. Er hätte erwartet, dass ihn einer der Handwerker den Weg versperrte, wollte sich für seine Hast entschuldigen, doch dann riss er erstaunt die Augen auf.

»Christine?«

»Ja. Schön, dass du mich noch kennst! Was ist das denn für ein Krach hier?«

Stephan bemerkte, dass sein Mund offen stand. Er presste die Lippen aufeinander und schluckte. Seine Tochter drückte sich an ihm vorbei in die Küche, wobei sie ihre prall gefüllte Tasche im Flur einfach fallen ließ.

»Gibt's Kaffee?«, rief sie über das Pfeifen der Maschine hinweg.

Stephan folgte ihr in die Küche und betrachtete sie. Seine Tochter schien noch dünner geworden zu sein. Sie versuchte, das mit einer zu großen Bluse und zu weiten Jeans zu kaschieren. Doch die eingefallenen Wangen und die spindeldürren Arme ließen keinen Zweifel an ihrem Gewichtsverlust.

»Leider im Moment nicht, Wasser hätte ich im Angebot und du kannst dir ein Puddingteilchen nehmen. Habe ich heute Morgen frisch beim Bäcker geholt.« Er deutete auf die eingestaubte Tüte, die auf dem Herd lag.

Stephan erntete einen ärgerlichen Blick.

»Mach jetzt nicht auf fürsorglich. Und du weißt ganz genau, dass ich so etwas nicht esse!«

»Warum solltest du dich dahingehend auch geändert haben, so wie du aussiehst?«

Christine verschränkte die Arme vor der Brust. »Oh bitte, nicht schon wieder diese Leier.«

Stephan seufzte und ließ sich auf den freien Stuhl neben Christine fallen. Er griff nach dem Wasserkasten, der unter der Eckbank stand, und zog ihn hervor. »Ein Glas habe ich auch irgendwo, Moment mal.«

Er drehte sich suchend um, doch bevor er aufstehen musste, sagte Christine: »Flasche reicht.«

Während er zusah, wie sie die Flasche ansetzte, kam Tiger herein und strich um seine Beine. Stephan bemerkte, wie sich Christines mürrische Miene augenblicklich aufklärte.

»Och, wen haben wir denn da?« Sie streichelte die Katze, die dankbar den Rücken krümmte und schnurrte. »Wie war das früher immer: Kein Viehzeug im Haus! Noch nicht mal ein Meerschweinchen und ich hatte mir immer eines gewünscht.«

Stephan zuckte die Schultern. Es gab nichts, was er als Entschuldigung hätte vorbringen können. »Tiger und ihre Kleinen wohnten schon vor mir hier«, antwortete er stattdessen und grinste Christine an.

»Es gibt noch mehr?«, rief sie begeistert aus.

Stephan nickte, hielt aber seine Tochter am Arm zurück, als sie nach dem Nachwuchs suchen wollte. »Zeig ich dir später. Erst einmal möchte ich wissen, was mir die Ehre deines Besuchs verschafft?«

Die Maschinen verstummten vorübergehend. Stephan bemerkte ein hohes Pfeifen in seinen Ohren. Christine hatte plötzlich etwas Verlegenes an sich, sie fasst nach ihrem blonden Zopf und zog ihn über die rechte Schulter nach vorne. Stephan hob seine Augenbrauen. Er wusste, dass Christine immer dann mit ihren Haaren spielte, wenn sie nervös wurde. Sie antwortete nicht.

»Also?«, hakte er nach.

»Ich werde bei dir einziehen«, stieß sie hervor und schob den Unterkiefer trotzig nach vorne.

Stephan zog die Luft durch die Zähne ein. »Das hört sich endgültig an.«

»Ist es auch!«

»Was sagt denn dein Vater dazu?«, versuchte Stephan einen Scherz, obwohl ihm nicht dazu zu Mute war. Er ärgerte sich darüber, dass seine Tochter ihn vor vollendete Tatsachen stellte.

»Der hat sich bisher wenig um mich gekümmert! Er kann jetzt etwas gut machen!«

Nicht provozieren lassen, dachte Stephan. Immer schön sachlich. »Was ist denn mit deiner Mutter? Warum willst du dort ausziehen? Sie wird nicht begeistert sein.«

»Sie hat einen neuen Lover, sie wird es gar nicht merken!«

Stephan überlegte. Christine wurde dieses Jahr zwanzig, sie konnte hinziehen, wohin sie wollte. Seine Ex-Frau würde ihm trotzdem Vorwürfe machen. Seit der Trennung lag sie ihm in den Ohren, er würde Christine gegen sie aufbringen. Sie hatte sogar versucht, sein Besuchsrecht einzuschränken.

Die ewigen Streitigkeiten hatten Christine zugesetzt. Das wirkte sich in schlechten Noten, Stress mit den Lehrern und sogar Körperverletzung gegenüber einer anderen Schülerin aus. Auch eine Essstörung war die Folge der Scheidung. Stephan hatte schließlich aus Liebe zu seiner Tochter die Hände in den

Taschen geballt, sich zurückgezogen und Monika gewähren lassen.

Trotzdem machte ihm Christine zu Recht Vorwürfe. Irgendwann war das Leben ohne Verantwortung für ein Kind einfach bequem geworden. Er hatte seine Karriere, musste jederzeit einsatzbereit sein, hatte kaum Freizeit. Christine hätte ihm da nicht gepasst.

Er sah seine Tochter an. Mit ihren blauen Augen, den schmalen Lippen, zu einem Strich zusammengepresst, glich sie ihrer Mutter.

Er seufzte. Am liebsten hätte er seine Tochter in den Arm genommen. »Schau dir die schimmelige Bude hier doch mal an. Ich muss sie vom Kern auf renovieren. Zurzeit gibt es keinen Strom, also nix mit Fernseher, warm duschen oder Toast am Morgen. Du wirst dich hier nicht wohl fühlen.«

Christines Unterlippe bebte. Stephan ergriff die Hand seiner Tochter. Zumindest die gönnte sie ihm. Er spürte plötzlich, dass da noch etwas anderes war.

»Um was geht es wirklich?«

Christine schluchzte, wand sich dann aus seinem Griff und schlug die Hände vors Gesicht.

»Christine!«

Stephan griff in seine Hosentasche, zog ein Papiertaschentuch hervor. Er reichte es seiner Tochter. Sie nahm es und schnäuzte sich.

»Es ist wegen Alex.«

»Alex?«

»Na, der neue Lover, hab ich doch gerade erzählt«, sagte Christine patzig.

Stephan nickte.

»Der schaut mich immer so an, so, ach ich weiß nicht. Dem fallen die Augen aus dem Kopf, wenn er mich sieht.«

»Du bist ja auch hübsch, wenn auch vielleicht ein klein wenig zu dünn.«

»Hör auf!«, fauchte Christine. Stephan hob beschwichtigend die Hände.

»Als ich gestern duschte, hatte ich vergessen, die Tür abzuschließen. Als ich aus der Dusche heraus trat, stand Alex vor mir.«

Stephan konnte es kaum glauben. Wut wallte in ihm auf. »Was hast du gemacht. Hat er dich …«

»Nein!«, unterbrach Christine ihn, »Ich habe ihm eine gescheuert, dann ist er aus dem Bad raus!«

»Gut! Hast du mit deiner Mutter darüber gesprochen?«

»Ich hab's versucht. Doch sie warf mir vor, ich sei nur eifersüchtig und ich solle mich damit abfinden, dass nun noch jemand anderes in ihrem Leben eine Rolle spiele.«

Stephan wusste, dass er um ein ernstes Wort mit Monika nicht mehr herumkommen würde. Plötzlich raschelte es in der Decke.

Christine blickte erschrocken hoch, zuckte zusammen. »Die Handwerker?«

»Nein. Mäuse.«

Christine straffte die Schultern. »Macht mir nichts aus!« Stephan seufzte. Er hatte nichts anderes erwartet. »Du kannst hier bleiben. Aber nur vorübergehend. Lass uns sehen, ob es mit uns klappt, dann schauen wir weiter.« Christine lächelte. »Danke.«

Stephan stand auf. »He, dafür sind Väter da. Ich zeig dir jetzt mal die anderen Bewohner, und wenn die Handwerker weg sind und ein wenig Ruhe einkehrt, dann schauen wir, welches feuchte Loch du beziehen kannst. Im Obergeschoss hast du fast die freie Auswahl.«

Als sie gemeinsam die Küche verließen, wusste Stephan, dass sein Leben durch Christines Auftauchen sicherlich nicht einfacher werden würde. Er fragte sich, ob er sich darüber freuen sollte.

Detlef schob den schweren Vorhang zur Seite und trat in den Schankraum der Kneipe ›Ottos Eck‹ in Waldorf.

Henning saß auf einem Barhocker an der Theke und begrüßte ihn: »Du wirst ja von Woche zu Woche dicker. Wie machst du das?«

Henning lachte und auch die anderen Gäste, zwei alte Männer und eine hübsche Blondine, die neben Henning saß, stimmten ein. Detlef spürte, dass er rot wurde und ärgerte sich darüber. Die beiden Männer und Henning waren ihm egal. Aber die Blondine hatte was. Vor ihr wollte sich Detlef keine Blöße geben.

Detlef setzte sich neben Henning und wünschte sich, er könnte mit ihm die Plätze tauschen.

Der Wirt, ein großer, beleibter Mann über sechzig, der gerne ein Glas Kölsch mittrank, fragte: »Welche Medizin kann ich dir denn heute verabreichen, Detlef?«

»Gib mir ein Wasser.«

Der Wirt hob erstaunt die Augenbrauen. »Wasser? Bist du krank?«

»Ne. Aber Bier macht dick.«

Der Wirt wischte mit einem fleckigen Küchenhandtuch über die Theke. »Bist du auf Diät? Hast dir doch sonst auch keine Gedanken darum gemacht.«

»Na ja, das mit dem dick werden ist schon in Ordnung, aber …« Detlef ließ den Satz unvollendet im Raum stehen und zuckte mit den Schultern.

»Aber was?«, fragte Henning, »Jetzt sag schon!«

Detlef blickte die Blondine an. Diese lächelte ihm zu und forderte ihn mit einem Nicken auf, weiter auszuführen. Sieht echt süß aus, die Kleine, dachte Detlef.

»Ich will einfach nicht meinen Verstand versaufen«, sagte er, »ihr seid mir da warnende Beispiele.«

Detlef schaffte es nur kurz, keine Miene zu verziehen und in die verdutzten Gesichter zu schauen. Dann konnte er sich nicht mehr halten und lachte laut heraus. Freudig bemerkte er, dass die Blondine ebenfalls einstimmte.

Der Wirt grinste und sagte: »Wo du Recht hast, hast du Recht.«

»Du hast einen Humor«, sagte Henning. »Wenn du damit an den Falschen gerätst, werden deine Witze dich noch Kopf und Kragen kosten.«

Detlef nickte. Er hatte im Knast einige Schläge deswegen einstecken müssen.

Henning sagte: »Aber mir egal, musst du wissen.«

Der Wirt stellte ein Glas Kölsch vor Detlef und zog einen Bleistift hinter dem Ohr hervor. Doch bevor er den fälligen Strich auf Detlefs Deckel machen konnte, sagte Henning: »Das geht auf mich. Zur Feier des Tages.«

»Oh. Danke.« Detlef hob sein Glas, um Henning zuzuprosten. »Was gibt es denn zu feiern?«

Henning lehnte sich auf seinem Barhocker ein wenig zurück und wandte sich der Blondine zu. »Schatz, das ist Detlef, Detlef, das ist meine neue Freundin Steffi.« Henning hob nun ebenfalls sein Glas und zwinkerte Detlef zu. »Dicker, glaub mir: Steffi und ich, das passt fürs Leben.«

Detlef nickte und trank sein Glas in einem Zug leer. Er verzog das Gesicht. Irgendwie schmeckte ihm das Bier nicht.

Kapitel 7

Biagia Longhitani ist eine bezaubernde Frau.

Mutter von sieben Kindern. Eine frühe Gastarbeiterfamilie hatte es im Wirtschaftswunderland nicht leicht.

Ich sitze an ihrer Seite, sie lächelt mich glücklich an, dankbar, dass ich ihr zuhöre. Wie wenig bedarf es doch, um Menschen glücklich zu machen. Sie erzählt von der alten Zeit, über Sorgen um die Kinder, über ihre Hochzeit, den Umzug nach Deutschland.

»Wissen Sie, wenn ich wieder auf den Beinen bin, werde ich meine Heimat besuchen. Seit zwanzig Jahren war ich nicht mehr dort. Mir fehlt die Bucht von Neapel.«

Ich kann die Sehnsucht in ihren Augen erkennen, die verträumt in die Ferne schauen. Frau Longhitani lächelt glücklich, erinnert mich an meine Tante. Die glücklichen Momente, bevor ihre Krankheit ausbrach. Wenn sie mich in die Arme schloss, über meinen Kopf streichelte und mir ein Kinderlied vorsummte.

Ich denke oft an sie. Sie wurde aus dem Leben gerissen, aus ihren Aufgaben, eine junge Mutter, voller Träume und Wünsche. Sie war nicht die erste, die mich verlassen hatte. Krebs. Eine bittere Diagnose. Die Krankheit infiltriert die Zellen, still und leise, wie ein Dieb in der Nacht und wenn sie bemerkt wird, ist es schon zu spät.

Nachts wache ich schweißgebadet auf, wenn mich wieder die

Albträume einholen, verzerrte Gesichter, die um mich herumwirbeln und um Hilfe flehen, die ich nicht mehr geben kann.

»Wissen Sie, Neapel sehen und dann sterben. Das ist mein Traum.«

Mit der Überdosis ihres Herzmedikamentes, die ich ihr verabreicht habe, wird sich dieser Wunsch nun leider nicht mehr erfüllen. Dafür wird sie nie wieder leiden müssen.

Kapitel 8

Stephan wurde von einem lauten Klopfen an der Haustür geweckt. Im dämmrigen Licht des anbrechenden Morgens blickte er auf seinen Wecker. Erst sieben Uhr.

Es klopfte wieder, diesmal heftiger, fordernder. Stephan schob die Decke weg, steckte die Füße in seine Latschen und schlurfte die Treppe runter.

»Ja! ja!«, rief er ungehalten, als es wieder klopfte und öffnete die Tür.

Vor ihm stand Herr Schmelzer mit seinem Gesellen, der über beide Wangen feixte. »Guten Morgen! Ah, mein Stichwort: Morgen kann ich leider nicht, daher bin ich heute eine Stunde eher gekommen. Ich hoffe, das geht in Ordnung. Also, ran ans Werk.«

Überrumpelt ließ sich Stephan zur Seite drängen. Erstaunt blickte er den Handwerkern hinterher. Sie verschwanden im Wohnzimmer und er hörte, wie sie das dort gelagerte Werkzeug auspackten.

»Danke, dass Sie mich so rechtzeitig benachrichtigt haben«, grummelte Stephan und machte sich auf den Weg ins Badezimmer.

Der Durchlauferhitzer funktionierte immer noch nicht. Kaltes Wasser unter die Achseln, ein Schwall ins Gesicht, das musste reichen für heute. Das Wummern der Bohrhämmer ertönte.

Stephan hielt sich mit beiden Händen am Waschbecken fest und blickte resignierend in den Spiegel. Gestern hatte Herr Schmelzer ihm versichert, dass das Schlimmste vorbei wäre. Hatte wohl einen alten Handwerkerscherz mit ihm getrieben.

»Scheiße! Was geht denn hier ab?«

Stephan sah in den Flur. Christine stand nur mit einem Nachthemd bekleidet auf der Treppe.

»Überraschung!«, rief er ihr entgegen, »Lust auf ein Frühstück außer Haus?«

Eine halbe Stunde später war auch seine Tochter soweit, dass sie ins Dorf fahren konnten. Als sie auf den Golf zugingen, klingelte Stephans Handy. Ohne auf die Nummer zu achten, drückte er den Annahmeknopf.

»Tries.«

»Ist Christine bei dir?«

Seine Exfrau! Heute kam aber auch alles zusammen.

Er deckte das Handy ab und schaute Christine erstaunt an. »Hast du deiner Mutter nicht gesagt, dass du bei mir bist?«

An Christines errötenden Wangen und dem gesenkten Blick konnte Stephan die Antwort ablesen.

»Stephan! Ist Christine bei dir?«

Er atmete einmal tief durch und nahm die Hände von der Sprechmuschel. »Wie lange ist sie denn schon weg?«, antwortete er mit einer Gegenfrage.

»Oh Mann, Stephan! Du änderst dich nie. Kannst du nicht einfach einmal antworten?«

»Ich möchte nur sicher sein, dass du dir sicher bist.«

»Nun sag schon! Ist unsere Tochter bei dir oder nicht?«

Ärger keimte in Stephan auf. Seit Montag war Christine bei ihm und erst heute, am Freitag, machte sich Monika Sorgen. Dieser Alex musste ein ganz potenter Hengst sein, wenn sie alles um sich herum vergaß. Christine, die gespannt das Gespräch verfolgte, grinste.

»Du hast fast eine ganze Woche benötigt, um zu bemerken, dass Christine weg ist. Wenn sie in einen Brunnen gestürzt wäre, käme jetzt vermutlich jede Hilfe zu spät.«

Er hörte einen erleichterten Seufzer am anderen Ende, dann: »Gott sei Dank! Dann ist sie also bei dir. Warum hast du mir nicht Bescheid gegeben?«

»Ja, warum habe ich dich eigentlich nicht benachrichtigt?«, wiederholte er die Frage und sah Christine dabei an. Seine Tochter grinste gequält und zuckte mit den Schultern.

Stephan spürte Regentropfen auf seiner Haut. »Pass auf, ich möchte nicht am Handy darüber sprechen und zudem fängt es an zu regnen. Ich schlage vor, wir treffen uns in Kürze und besprechen alles zu dritt, okay?«

»Alex auch!«

Stephan ballte die Faust. Was schob sich dieser Irgendwer in ihre Familie? Der hatte Monika ja total unter Kontrolle!

»Meinetwegen«, hörte er sich sagen. Der Regen wurde stärker. Am Horizont sah er Blitze zucken.

»Also, bis dahin.«

»Ja.«

Er nahm das Handy herunter, drückte das Gespräch weg und trat wütend nach einem größeren Kiesel. Der Stein flog einen weiten Bogen und traf den Kotflügel seines Golfes. Stephan strich über das Blech und fühlte eine Delle.

»Shit happens«, sagte Christine. Dann ergänzte sie völlig unerwartet, leise: »Danke, dass du das mit Mama übernommen hast.«

Stephans Wut verrauchte augenblicklich. Er sah Christine an, breitete die Arme aus und sagte: »Hey, dafür sind Väter doch da, oder?«

In der Bäckerei nahm Stephan sofort den verführerischen Geruch von warmen Brötchen war. Goldgelb lagen sie in der Auslage und lachten ihn regelrecht an. Er ließ sich drei mit Käse belegen. Christine hatte sich für ein Mehrkornbrötchen, belegt mit einem Hauch Salat ohne Butter, entschieden.

Sie standen an einem der drei Stehtische. Handwerker in blauen und weißen Arbeitsanzügen, mit Farbe oder Öl beschmutzt, je nach Fachrichtung, hatten die beiden anderen Tische in Beschlag genommen. Stephan verfolgte, wie Christine, einem Vögelchen gleich, kleine Bissen von ihrem Brötchen pickte und endlos darauf herumkaute.

Seine Tochter schien seine Blicke bemerkte zu haben, denn sie sagte: »Erspar mir eine Ansprache, ja?«

Stephan winkte ab. »Hab noch ein anderes Thema, worüber ich mit dir sprechen möchte.«

»Schule, stimmt es?«

»Richtig. Musst du dich nicht auf dein Abitur vorbereiten.«

Stephan beobachtete, wie seine Tochter einen winzigen Bissen in ihrem Mund verschwinden ließ und hörte ihre Zähne knirschend die Körner mahlen. Als sie endlich den Bissen heruntergeschluckt hatte, sagte sie: »Ich gehe nicht mehr hin.«

Stephan verschluckte sich und hustete. Ein Handwerker, der hinter ihm stand, haute ihm auf den Rücken.

Als Stephan keuchend zu Atem kam, wandte er sich an Christine: »Warum, in Dreiteufelsnamen? Du wolltest doch studieren! Geschichte oder nein, es war … ach ist doch auch egal! Ohne Abi kein Studium!«

»Ja und? Bin ich ein schlechterer Mensch ohne Abi?« Sie schob ihren Teller, auf dem immer noch eine Hälfte des Brötchens lag, von sich. »Da vergeht einem ja der Appetit, bei so viel Spießigkeit!«

Stephan biss wütend in sein Brötchen. Er schluckte und schob seinen Teller ebenfalls zur Mitte. »Kind, du versaust dir deine Zukunft. Du bist doch nicht auf den Kopf gefallen und weißt, wie wichtig ein guter Schulabschluss heutzutage ist. Was willst du denn sonst machen?«

Sie schaute schweigend an ihm vorbei zum Fenster hinaus. Das kannte Stephan: Zickenalarm. Ein deutliches Zeichen dafür, dass seine Tochter zu diesem Thema heute nichts mehr beitragen würde.

»Okay, okay.« Stephan hob beschwichtigend die Hand. »Sprechen wir über etwas anderes.«

Christine wandte sich ihm wieder zu. »Zum Beispiel?«, murmelte sie und verschränkte die Arme. Stephan seufzte. Im Moment fiel ihm kein unverfängliches Thema ein. Schweigend kaute er auf seinem Bissen herum und da Christine auch nichts sagte, lauschte er dem Gespräch am Nebentisch. Der Handwerker, der ihm auf den Rücken geklopft hatte, sprach mit einem anderen, kräftig gebauten Arbeiter, der sich eine Zigarette drehte.

»Hast du schon gehört? Die alte Longhitani ist gestorben.«

»Nee. Muss ich die kennen?«

»Die wohnte bei mir im Haus. Eine Etage über mir. Ziemlich plötzlich, hatte keiner mit gerechnet.«

Der Typ mit der Zigarette zuckte mit den Schultern. »Was geht das mich an?«

»Ich gehe zu der Beerdigung. Der Chef gibt mir einen Tag frei.«

»Aha. Ich muss dich also vertreten.«

Eine plötzlich Verstorbene. Stephan hätte gerne noch einen Moment weiter gehorcht, doch seine Tochter fragte: »Brauchst du noch lange?«

Er schüttelte den Kopf, schlang den letzten Bissen herunter. »Dann mal los«, sagte er.

Als sie aus der Bäckerei traten, kam ihnen Charlotte von Berg entgegen. »Herr Tries! Dass ich Sie hier treffe! Es erspart mir einen Anruf.«

Sie lächelte Stephan an und begrüßte auch Christine. Diese nickte nur kurz. »Gib mir den Wagenschlüssel.«

»Vor mir brauchen Sie nicht davon zu laufen, junge Dame«, sagte Frau von Berg.

»Wir hatten uns ohnehin im Moment nichts mehr zu sagen.« Christine schnappte sich den Schlüssel, den Stephan ihr hinhielt, und stürmte davon.

Stephan seufzte. »Keine Sorge. Liegt nicht an Ihnen.«

»Das weiß man bei diesen jungen Frauen nie. Ihre Tochter, nehme ich an.« Frau von Berg zog ihr Portmonee aus der Handtasche.

»Ja, Christine. Sie hat viel von Ihrer Mutter.«

»Das wird schon wieder, Sie werden sehen. Es ist ein schwieriges Alter«, erklärte Frau von Berg und fügte hinzu: »Haben Sie bereits etwas in Erfahrung bringen können?«

Stephan verzog sein Gesicht. »Nicht viel. Mein Strom ist ausgefallen und der Elektrobetrieb Schmelzer ist seit einer Woche dabei, neue Leitungen zu ziehen.«

Sie presste kurz die Lippen zusammen, als wäre sie enttäuscht, doch im nächsten Moment lächelte Frau von Berg wieder. »Dann schlage ich vor, ich lade Sie und Ihre Tochter zum Essen ein. Heute. Kroatisch?«

»Aber …« Er wollte die Einladung ablehnen.

»Mögen Sie kein kroatisches Essen?«

»Doch, aber …«

»Dann kein aber! Ich bestehe darauf!«

Detlef schnappte sich sein Notebook und setzte sich auf die Terrasse. Er musste heute noch einige Internetseiten für Kunden entwerfen, konnte sich aber einfach nicht konzentrieren. Vielleicht half die frische Luft. Steffi ging ihm nicht aus dem Kopf. Sie waren am Montagabend noch alle zusammen nach Köln gefahren und durch ein paar Kneipen gezogen. Dabei hatte Detlef sogar einmal den Mut aufgebracht und Steffi zum Tanzen aufgefordert. Nur ein Discofox, aber Detlef hatte ihre Nähe genossen. Er hatte Steffi mit seinen Tanzkünsten überrascht. Das erlebte er immer wieder. Keiner traute ihm zu, geschmeidig über das Parkett zu gleiten. Bei seiner Körperfülle erwartete das niemand.

»Das war großartig«, hatte Steffi ihm ins Ohr geflüstert. Henning hielt nichts vom Tanzen. Zu tuntig, wie er immer wieder betonte.

Detlef klappte ärgerlich das Notebook zu. Auch die frische

Luft nutzte nichts. Er streckte sich auf seinem Stuhl und fingerte ein Stück Papier aus seiner Jeanstasche. Steffi hatte ihm die Notiz zugesteckt, als Henning auf der Toilette war. »Lass uns mal tanzen gehen. Meine Nummer hast du ja jetzt. Henning muss nichts davon wissen«, hatte sie Detlef zugeflüstert.

Detlef faltete den Zettel auseinander.

»Null eins sieben neun … ach, verflucht.«

Er stand auf und holte das Telefon aus dem Wohnzimmer. Henning würde nichts davon erfahren. Nur tanzen, mehr wird sich sowie so nicht ergeben, dachte Detlef. Er sah an sich herab. Mit Hennings athletischer Figur konnte er nicht mithalten. Eine gut aussehende Frau wie Steffi würde so einen Mann wie Henning sicherlich nicht gegen eine verschwitzte Frikadelle eintauschen. Selbst wenn der Fleischberg überaus gut tanzen konnte.

»Nur tanzen«, sagte er und tippte Steffis Nummer. »Nur tanzen. Das ist ja wohl nicht verboten.«

Kapitel 9

»Biagia Longhitani. Ich kannte sie seit Jahrzehnten. In den Achtzigern hat sie für uns geputzt, ab und zu auch gekocht. Eine Italienerin. Sie kochte vorzüglich!«

Sie hatten sich einen Tisch in einer Nische ausgesucht, um ungestört zu sein. Charlotte von Berg nippte an ihrem Aperitif. Der Proschek leuchtete goldgelb im Kerzenschein. Stephan war froh, dem Baustellenlärm entkommen zu sein, genoss das Zusammensein mit Frau von Berg und freute sich auf das Essen. In den letzten Tagen hatten Christine und er sich von Brot und Konserven ernährt, das hieß, Christine eher von Luft und schlechter Laune. Nachdem sie heute Morgen vom Frühstück zurückgekommen waren, hatte sie den nächsten Zug genommen und war nach Köln gefahren. Frau von Bergs Einladung hatte Christine kurz entschlossen abgelehnt.

»Wissen Sie, woran Frau Longhitani verstorben ist?«, fragte er.

»Herzversagen«, Frau von Berg zögerte, »heißt es.« Stephan horchte auf. »Und? Zweifeln Sie daran?«

Frau von Berg lehnte sich zurück, ließ den Proschek im Glas kreisen. Kroatische Musik drang leise an Stephans Ohr.

»Frau Longhitani war immerhin achtundsiebzig. Sie lag eine Weile und kam nicht mehr auf die Beine. Kann schon sein, dass sie tatsächlich an Herzversagen gestorben ist«, sagte sie.

»Ah, das hört sich vernünftig an.« Stephan stand auf und stellte sich einen Salat aus dem Vorspeisenbüfett zusammen.

Als er zurück an den Tisch kam, fragte Frau von Berg: »Aber was ist, wenn nicht? Wenn ein Mord nur nicht auffällt, weil sie so alt und krank war? Ich meine, es passt doch ins Muster, oder?«

Stephan hielt in seiner Bewegung inne. Seine Gabel schwebte sekundenlang über dem Teller. »Muster, hm. Erklären Sie mir das bitte.«

»Also, ich habe es letztens ja schon angedeutet. Viele von den Verstorbenen waren in ihrer Mobilität stark eingeschränkt und krank. Ihr Leben spielte sich hauptsächlich in ihren vier Wänden ab. Aber sie waren nicht todkrank und starben trotzdem überraschend.« Sie zögerte und fügte schließlich leise an: »Genauso ist es bei meiner Mutter auch.«

Stephan hörte ihren besorgten Unterton heraus. Der Kellner servierte die Hauptspeise. Pleskavica, eine mit Schafskäse gefüllte, riesige Frikadelle. Stephan stöhnte leise.

»Ich habe Sie gewarnt.« Frau von Berg lachte.

Sie genossen die ersten Bissen schweigend. Stephan fühlte sich in ihrer Gesellschaft wohl. Er mochte ihre Freundlichkeit und ihre heitere Art, die anscheinend nur von der Sorge um ihre Mutter getrübt wurde. Wenn er auch immer noch nicht davon überzeugt war, dass es einen Fall gab, würde eine Art Ermittlung ihm die Gelegenheit bieten, öfter mit ihr zusammen zu sein.

»Okay. Nehmen wir ihr Muster als, wenn auch kümmerliche, Grundlage und spinnen ein wenig herum. Der Mörder …«

»Oder die Mörderin«, unterbrach sie ihn.

Stephan musste schmunzeln. »Von mir aus, obwohl die Wahrscheinlichkeit einer Serientäterin geringer ist. Aber Sie haben Recht, nichts sofort ausschließen. Also, der Mörder oder die Mörderin sucht sich hier im Vorgebirge Opfer, die gesundheitlich stark angeschlagen sind, dazu noch ans Haus gebunden. Da ergibt sich direkt die erste Frage: Warum gerade dieser Personenkreis?«

»Die Opfer sind schwach, eine Gegenwehr kaum zu erwarten.«

»Hm, vielleicht.« Stephan kaute nachdenklich. »Die Opfer müssen den Mörder gekannt haben.«

»Warum?«

»Nun, er muss ja irgendwie an die Opfer herangekommen sein und von Einbruchsspuren haben Sie bisher nichts erwähnt. Also liegt es nahe, dass sie freiwillig ins Haus eingelassen wurden. Auch scheint es so, dass die Opfer sich nicht gewehrt haben, was wiederum meine Schlussfolgerung unterstreicht.«

»Keine Gegenwehr? Woraus schließen Sie das?«

Stephan erklärte: »Bei so etwas bleiben erkennbare Zeichen zurück. Das wäre selbst dem blindesten Arzt aufgefallen.«

»Oh, richtig. Haut unter den Fingernägeln und so etwas.«

Stephan wiegte langsam den Kopf. »Das könnte ein Arzt auch übersehen. Ich meine vielmehr Würgemale, ungewöhnliche blaue Flecke und dergleichen.« Er winkte dem Kellner zu und bestellte noch ein Bier. Dann fasste er zusammen: »Wir suchen also eine Person, die alle Opfer kannte und darüber hinaus noch deren Vertrauen besaß. Wer würde Ihrer Meinung nach in Frage kommen?«

»Auf Anhieb fällt mir nur Dr. Marchiat ein«, sagte Frau von

Berg. »Er ist der einzige Arzt in Sechtem. Ein klassischer Landarzt alter Schule. Er ist auch unser Hausarzt.«

»Gut«, sagte Stephan. »Genau so jemand könnte zum Täterkreis gehören.«

Sie schüttelte den Kopf. »Sie kennen ihn nicht. Der ist es bestimmt nicht.«

»Dazu kommen wir später. Weiter, wer noch?«

Der Kellner brachte das Bier. Als er wieder außer Hörweite war, sagte Frau von Berg: »Meine Mutter wird von einem Pfleger betreut, Henning heißt er. Sein Nachname ist mir leider entfallen. Der kommt von Vitalis, einem ortsansässigen Pflegedienst. Die Geschäftsführer gehören zu meinem Freundeskreis. Ich nehme an, Henning wird noch andere Fälle im Dorf pflegen und auch den einen oder anderen Verstorbenen versorgt haben.«

»Das kann man feststellen, erst recht, wenn Sie den Pflegedienst kennen.« Stephan grinste. »Setzen wir ihn auf die Liste. Selbst die unwahrscheinlichste Variante könnte zum Ziel führen. Wir müssen es überprüfen.«

Sie nickte. »Zu Henning kann ich nicht viel sagen. Er ist immer freundlich und zuvorkommend. Meine Mutter mag seine lockere Art. Sein Alter schätze ich auf Mitte dreißig.«

»Ist es jemand, den Sie sich als Mörder vorstellen können?«

Sie aßen eine Weile schweigend. Stephan beobachtete Frau von Berg. Ihr Lächeln war verschwunden.

»Ja«, unterbrach sie das Schweigen, »Bei ihm könnte ich es mir vorstellen.«

»Warum bei ihm und nicht bei dem Doktor?«, fragte Stephan und sah Frau von Berg forschend an.

»Ich denke, es liegt einfach nur daran, dass ich Dr. Marchiat gut kenne und Henning nicht.«

»Sie dürfen sich von solchen Dingen nicht leiten lassen und auf gar keinen Fall darf dies ihr Urteilsvermögen beeinflussen.«

Er sah, wie ihr Lächeln zurückkehrte.

»Ich habe verstanden. Danke für die Lektion.«

Auf Stephans Teller lagen immer noch Reis und die Hälfte der Pommes Frites, doch er legte Gabel und Messer nebeneinander auf dem Tellerrand. »Jetzt brauche ich einen Obstler. Möchten Sie auch einen?«

Frau von Berg hatte bereits vor ihm kapituliert. Die Hälfte des Gerichts lag noch auf ihrem Teller. »Ich hätte lieber einen Kaffee.«

Er winkte den Kellner heran und bestellte.

»Frau Habicht«, sagte Frau von Berg, »eine ehemalige Krankenschwester, die jetzt in Rente ist. Die gute Seele des Dorfes, die sich um alte Leute und die Kranken kümmert. Sie besucht sie und hört ihnen zu. Mir hat sie einmal erzählt, dass es sie in ihrem Beruf immer gestört hatte, keine Zeit zu haben, genau das zu tun: den Kranken zuzuhören. Das will sie nun nachholen. Sie besucht auch öfter meine Mutter!«

Charlotte von Berg senkte den Kopf und malte mit dem Zeigefinger Kreise auf die Tischdecke.

»Was ist los?«, fragte Stephan.

»Nichts. Ich stelle mir nur vor, ich meine …«

Stephan ahnte, was ihn ihr vorging.

»Sie meinen, dass Frau Habicht hinter einer freundlichen Maske in Wirklichkeit eine dunkle Seele verbergen könnte?

Wenn es ihr gelungen ist, jahrelang die Dörfler zu täuschen, sogar deren Hochachtung zu erlangen?«

Sie nickte und antwortete: »Ja. Damit sind wir wieder beim Thema. Ich gehe einfach zu emotional an die Dinge heran.«

Stephan lachte. »Das wird schon. Sie sind auf dem richtigen Weg. Diesmal haben Sie es doch schon selbst bemerkt.«

Ihr Lächeln kehrte zurück und vertiefte die Grübchen in ihren Mundwinkeln. Sie sieht gut zehn Jahre jünger aus als sie ist, dachte Stephan.

Der Kellner brachte den Kaffee und den Slibovic. Stephan stürzte sein Getränk mit einem Schluck herunter. Angenehme Wärme breitete sich in seinem Magen aus. Frau von Berg rührte Zucker in ihren Kaffee.

»Fällt Ihnen noch jemand ein?«, fragte Stephan.

»Da wären tatsächlich noch zwei Personen, aber …«

»Kein aber mehr. Raus damit!«

»Also gut, so unwahrscheinlich es auch ist: die beiden Pfarrer.«

»Evangelisch und katholisch?«

»Andere Konfessionen sind hier in der Gegend so gut wie nicht vertreten. Beide sind sehr engagiert. Einmal im Jahr wird sogar ein ökumenischer Gottesdienst gefeiert.«

Stephan dachte an die Pfarrbriefe, er hatte den Namen gelesen, er lag ihm auf der Zunge. Plötzlich meinte er, sich zu erinnern.

»Pocher, stimmt's? So heißt der katholische Pfarrer, oder?«

Frau von Berg kicherte. »Nicht ganz. Obwohl, wenn ich mir diesen Oliver Pocher in der Kirche bei der Predigt vorstelle, würde ich öfter dort vorbei schauen. Der ist aber, glaub ich, Zeuge Jehovas.«

Stephan grinste und kratzte sich ein wenig verlegen am Kopf.

»Der katholische Geistliche heißt Voschner und der evangelische Gruber. Die beiden verstehen sich gut. Als Gruber eine Weile im Krankenhaus lag, hat Pfarrer Voschner seine Hausbesuche mit übernommen.«

»Vermutlich nutzte er die Gelegenheit und missionierte die Andersgläubigen.«

»Nein, ganz im Gegenteil. Viele dachten, er wäre die offizielle evangelische Vertretung für Pfarrer Gruber, so sehr hat sich Pfarrer Voschner zurückgehalten. Ich mag ihn. Er kann gut reden und schreckt auch nicht davor zurück, gesellschaftskritische Dinge anzusprechen. Seit er die Gemeinde übernommen hat, gehe ich manchmal sogar wieder in die Kirche.«

Sie trank ihren Kaffee aus.

»Gut.« Stephan fasste zusammen. »Damit haben wir jetzt fünf Verdächtige. Des weiteren bleibt natürlich noch der große Unbekannte, der ins Haus eindringt, die Opfer wehrlos macht und dann tötet. Dazu Postbote, Versicherungsvertreter, Stromableser und so weiter, also eine ganze Bandbreite von möglichen Tätern. Aber ich denke, die stellen wir erst einmal hinten an, damit wir uns nicht verzetteln. Auch müsste noch der Frage nachgegangen werden, wie die Opfer getötet werden, ohne erkennbare Spuren zu hinterlassen oder Verdacht zu erregen.«

Charlotte von Berg lehnte sich über den Tisch. »Wie kann ich helfen?«

»Ich schlage vor, das besprechen wir auf der Heimfahrt. Ich weiß nicht genau, wann der Elektriker heute Feierabend macht und ich wollte auf jeden Fall noch vorher mit ihm reden.«

Stephan zückte sein Portmonee, doch Charlotte von Berg hob abwehrend die Hand und nahm ihre Handtasche von der Stuhllehne. »Das ist heute meine Sache! Ich habe Sie eingeladen, schon vergessen?«

»Aber …«

»Kein aber! Sie haben es eben noch selbst gesagt. Sie dürfen sich in solchen Dingen nicht von Ihren Gefühlen leiten lassen und auf gar keinen Fall darf dies Ihr Urteilsvermögen beeinflussen!«

Stephan stutzte kurz, lachte dann. »Okay, verstanden, danke für die Lektion.«

Wenig später saß Stephan in Charlottes Wagen auf dem Beifahrersitz und betrachtete die Apfelbaumplantagen, links und rechts der Straße.

»Gehören die immer noch der Familie Hübsch?«

»Ja. Die haben jetzt einen Hofladen, wir sind eben daran vorbei gefahren.«

»Ah, der mit dem riesigen Apfel- und Birnenmännchen aus Pappmaché vor der Tür.«

»Ja«, bestätigte Frau von Berg, »lassen Sie es sich nicht entgehen, dort einmal hinzugehen. Man kann alle Sorten probieren. Sie werden überrascht sein, wie unterschiedlich Äpfel schmecken können.«

Sie bogen auf die kleine Einfahrt von Stephans Hof ein. Schon von weitem hatte Stephan Schmelzers Transit vor dem Haus stehen sehen. Sie parkten direkt daneben.

»Also. Wie geht es weiter?«, fragte Charlotte von Berg.

»Ich habe mir folgendes überlegt: Zunächst werde ich herausfinden, ob tatsächlich hier in der Gegend eine höhere Sterberate vorliegt, beziehungsweise, ob diese in den letzten Jahren deutlich gestiegen ist.«

»Aber die Einwohnerzahlen und die Pfarrbriefe!«

»Gerade die Pfarrbriefe zeigen nur einen Ausschnitt und zwar den Katholischen. Wir benötigen eine komplette Liste, also über alle Konfessionen hinweg. Damit werde ich anfangen. Nur leider ist morgen Samstag. Montag fahre ich zum Einwohnermeldeamt. Mal sehen, was ich erfahren kann. Ich muss mich sowieso noch ummelden. Passt also bestens.«

»Und weiter?«

»Da habe ich mich noch nicht festgelegt. Zunächst muss es sich ja bestätigen, dass tatsächlich eine ungewöhnliche Entwicklung vorliegt.«

»Gehen wir einmal davon aus.«

Stephan überlegte kurz. »Dieser Arzt und Frau Habicht, ja, ich denke mit diesen beiden werde ich meine Ermittlungen beginnen. Können Sie mir die Adressen der beiden geben?«

Sie nickte.

»Danach sehen wir weiter. Nageln Sie mich aber bitte nicht auf einen Plan fest. Ich reagiere gerne aus der Situation heraus, je nach Bedarf.«

Frau von Berg nickte wieder.

»Jetzt zu Ihnen«, sagte Stephan. »Sie werden versuchen, über Henning mehr zu erfahren.«

»Was genau stellen Sie sich da vor?«

»Zum Beispiel seinen Nachnamen. Aber auch alles andere, Dienstpläne, Adresse, andere Personen, die er pflegt, wen er in der Vergangenheit betreut hat und so weiter.«

Charlotte von Berg nickte. »Das kläre ich.«

Stephan sah Herrn Schmelzer mit zwei schweren Gerätekoffern in den Händen aus der Haustür kommen.

»Gut! Das reicht für den Anfang. Ich schlage vor, wir treffen uns am Montagabend wieder. Hier bei mir, ich koche uns etwas.«

Der Elektromeister ging zu dem Lieferwagen, der Geselle folgte ihm. Gemeinsam verschwanden beide auf der anderen Seite des Transporters.

»Sind Sie sicher, dass Sie überhaupt wieder etwas Warmes zubereiten können?«

Stephan zögerte und kratzte sich am Kinn: »Vermutlich haben Sie Recht. Da war ich ein wenig voreilig. Wenn der Elektroherd Montag noch nicht funktioniert, schmeiße ich meine alte Feuerstelle an.«

Frau von Berg lachte. »Kommen Sie doch einfach zu mir. Meine Küche steht Ihnen zur Verfügung.«

Stephan nickt. »Okay. Aber bereiten Sie nichts vor. Ich bringe alles mit.«

Er schnallte sich ab, zögerte dann.

Frau von Berg schien es zu bemerken, denn sie sah ihn erstaunt an. »Haben wir noch was vergessen?«

»Ich weiß nicht. Wir arbeiten ja jetzt sozusagen zusammen.«

»Und?«

»Wie wäre es dann mit dem Du?«

»Das wäre unter diesen Umständen durchaus angemessen. Also, ich heiße Charlotte.«

Sie grinste.

»Stephan«, sagte er, verabschiedete sich und stieg aus.

Schmelzer erwartet ihn. »Geiles Auto! Tiefer gelegt, sehe ich sofort. Scharfes Fahrgestell!«, stellte er fest.

»Ja, da haben sie vollkommen Recht. Geiles Fahrwerk«, stimmte Stephan grinsend zu.

Kapitel 10

Wohltuende Ruhe empfing Stephan, als er das Haus betrat. Herr Schmelzer hatte sich ins Wochenende verabschiedet. Christine war noch nicht wieder zurück.

Stephan inspizierte die Zimmer. Schmelzer hatte gesagt, dass er voraussichtlich Ende nächster Woche die Arbeiten abschließen würde. Für Samstag und Sonntag hatte er einen Baustellenverteiler hinterlassen, an dem Kabel wie dicke schwarze Spaghetti heraushingen und sich im ganzen Haus verteilten. Stephan prüfte einige Lichtschalter und stellte erfreut fest, dass die Lampen tatsächlich aufleuchteten. Auch als er den Warmwasserhahn im Badezimmer aufdrehte, hörte er den Durchlauferhitzer knacken. Endlich hatte er heißes Wasser.

In der Küche schaltete er eine Herdplatte an, prüfte mit der Handfläche, ob sie sich erhitzte. Als er die Wärme spürte, drehte er den Schalter zurück. Das Wochenende ist gerettet, dachte er.

»Hallo!«

Stephan zuckte erschrocken zusammen und wirbelte herum. Vor ihm stand sein alter Schulkollege Detlef und grinste breit.

»Ich wollte dich nicht erschrecken, wirklich nicht, aber die Tür war offen.«

»Schleichst du dich immer in fremde Häuser, wenn sich die Gelegenheit bietet?«

»Wo denkst du hin?« Detlef winkte ab. »Nur bei Nachbarn. Es könnte doch eingebrochen worden sein.«

Stephan schaute sich um. »Na ja, viel zu holen wäre hier ja nicht. Ich kann dir noch nicht einmal etwas zu trinken anbieten.«

Stephan versuchte, Detlef schnell wieder los zu werden. Er wollte sich in Ruhe einen Kaffee machen und dabei die wichtigsten Punkte für seinen Fall aufschreiben, bevor er sie vergaß.

»Och, macht nichts, vielleicht gehen wir einfach zu mir. Ist bestimmt gemütlicher dort.«

Bloß das nicht, dachte Stephan. »Ein anderes Mal, Detlef«, sagte er betont freundlich. »Ich habe noch zu tun, ein bisschen aufräumen und so. Hast du einen bestimmten Grund für deinen Besuch?«

»Na ja, wo du danach fragst. Dieser Krach, der hört doch bald auf, oder?« Detlef befühlte einen Kabelschlitz mit der Hand.

»Hörst du überhaupt etwas davon?«, fragte Stephan überrascht. »Dein Haus ist doch bestimmt dreihundert Meter von hier entfernt.«

»Wenn ich die Fenster schließen würde, bestimmt nicht!«, gab Detlef zu. »Aber ich kann bei geschlossenem Fenster nicht schlafen!«

»Du schläfst tagsüber?«

»Ja, klar. Von eins bis drei, jeden Nachmittag. Hält jung, solltest du auch einmal probieren!«

Macht eher fett, dachte Stephan und unterdrückte seine aufkeimende Wut. »Herr Schmelzer schätzt, dass er noch eine Woche benötigt. Solange wirst du doch durchhalten können?« Stephan sah Detlef forschend an.

Dieser verzog unwillig das Gesicht. »Aber nur, weil du ein alter Schulkamerad bist.«

Kamerad? Stephan hätte fast laut aufgelacht. »Danke für deine Langmut, Detlef.« Er hoffte, dass die Ironie in seiner Stimme nicht zu deutlich war.

Stephan schob Detlef sanft in Richtung Tür. Er nahm einen unangenehm scharfen Schweißgeruch wahr.

»Auf echte Kameraden kann man sich verlassen«, sagte Detlef.

Sie erreichten die Schwelle.

»So, ich muss dann loslegen.«

Als Detlef vor der Tür stand, schloss Stephan sie mit einem überfreundlichen »Machs gut!« und ging zurück in die Küche. Durch das Fenster beobachtete er, wie Detlef sich einige Schritte vom Haus entfernte, stehen blieb und sich kopfschüttelnd umschaute. Er schien einen Moment zu überlegen, ob er zurückkommen sollte, entschied sich aber dagegen. Stephan seufzte erleichtert auf und machte sich daran, Kaffee zu kochen.

Detlef ging zufrieden nach Hause. Eine Woche noch, das würde er schon durchhalten. Zwar hatte er bemerkt, dass Stephan ein wenig ungehalten reagiert hatte, doch das war Detlef egal. Er konnte Lärm einfach nicht ausstehen. Für ihn war Krach, Gedröhne und Getöse das Gleiche wie eine dreckige Wohnung. Detlef sang leise vor sich hin. Er betrat sein Schlafzimmer und öffnete den Kleiderschrank.

»Was ziehe ich heute Abend an?«

Er griff nach einem längs gestreiften, kurzärmeligen Baumwollhemd.

»Macht dünn. Dazu eine dunkle Jeans und natürlich Schuhe mit flachen Sohlen. Oh!«

Detlef grinste und betrachtete sich in der Spiegeltür des Schrankes. Er deutete mit dem rechten Zeigefinger auf sein Spiegelbild.

»Du kannst heute mit dir selbst sprechen, wie du willst. Es ist mir egal. Heute Abend gehe ich tanzen. Mit Steffi. In Köln. Im Wiener Steffie.«

Detlef lachte.

»Wiener Steffie, Klasse. Das passt. Und jetzt nehme ich erst mal ein Bad.«

Es dämmerte schon als Stephan hörte, wie die Tür aufgeschlossen wurde.

Christine kam zu ihm in die Küche und setzte sich. »Hi. Was machst du da?«

Stephan legte seinen Kugelschreiber beiseite und schloss den Leitz-Ordner, in dem er zusammenstellte, was für den Fall von Bedeutung sein könnte. Charlotte hatte am Nachmittag die Adressen durchgegeben.

Er wusste aus Erfahrung, dass eine gute Aktenführung mitunter zur Lösung eines Falles beitragen konnte. Fast immer war es nützlich, um Zusammenhängen auf die Spur zu kommen.

»Nichts Wichtiges.«

Christine verdrehte die Augen. »Oh, Papa! Was soll denn das nun wieder? Du arbeitest an einem Fall? Ich denke, du bist beurlaubt.«

Stephan legte die Hände auf den Ordner. »Wie kommst du darauf?«

Seine Tochter beugte sich zu ihm, legte ihre Hände auf seine und blickte ihm tief in die Augen. »Deine Geheimniskrämerei. So ist es seit je her. Du hast nie etwas über deine Arbeit erzählt, selbst wenn wir danach gefragt haben.«

Sie lehnte sich zurück, die Hände glitten von seinen herunter, der kurze Moment der Vertraulichkeit war vorbei.

»Ich wollte deine Mutter und dich nicht belasten. Du kannst dir nicht vorstellen, was ich in all den Jahren für Perversitäten miterlebt habe, sei es nun bei eigenen Ermittlungen oder auch nur mittelbar, wenn Kollegen von ihren Fällen berichteten. Ich kann dir versprechen, Töchterchen, die Gesellschaft ist krank! Die Bazillen leben unter uns, lachen uns an und kaum drehst du dich um, zerstören sie alles, an was du glaubst.«

»Ich kann es mir vorstellen.«

»Nein! Kannst du nicht!« Stephan brauste auf. »Sonst würdest du verstehen, warum ich nie etwas von meiner Arbeit erzählt habe und es auch weiterhin so handhaben werde!« Stephan bereute augenblicklich seinen Ausbruch, als er Christines überraschten Ausdruck sah. »Ich wollte dich nicht erschrecken. Entschuldige bitte.«

»Ist schon gut. Es ist schön zu erleben, dass du auch mal aus dir heraus kommst, nicht nur sarkastische und zynische Bemerkungen machst, sondern richtige Gefühle zeigst.«

Wieder ein Vorwurf? Stephan wusste es nicht. Er bemerkte, wie wenig er seine Tochter kannte und ließ das Gesagte einfach im Raum stehen. Christine schien nicht weiter darauf eingehen zu wollen, denn sie schnappte sich ihre Tasche und stand auf. »Kann ich baden?«

»Jederzeit. Lass mir auch noch etwas warmes Wasser übrig. Ich fühle mich, als klebte der Staub bis in die Poritze.«

Im Türrahmen drehte sich Christine nochmals zu ihm um. »Hat es etwas mit der Rothaarigen zu tun?«

»Mit Charlotte? Ja, hat es. Sie hat mich um Hilfe gebeten.«

»Charlotte. Soweit seid ihr also schon.« Christine grinste frech.

Stephan schüttelte irritiert den Kopf. »Nicht, was du denkst! Die Frau ist etliche Jahre älter.«

»Na und?«, fragte Christine und lächelte schelmisch. »Sie könnte deine Großmutter sein!«

»Oder Stiefmutter?«

Christines Grinsen schien nun von Ohr zu Ohr zu gehen. Stephan öffnete den Mund, spürte den Wunsch, sich zu verteidigen. Für ihn war eine Beziehung zu einer viel älteren Frau undenkbar, auch wenn sie noch so attraktiv war. Doch als er Christine lachen hörte und sie ihm »Viel Erfolg!« wünschte, sagte er nichts weiter. Sollte seine Tochter doch ihren Spaß haben.

Kurze Zeit später hörte er das Badewasser rauschen. Er öffnete wieder den Ordner und schlug die letzte Seite auf. *Mögliche andere Erklärungen: Umweltgift?* Stand dort als letzte Notiz. Er schrieb: *z. B. verseuchtes Trinkwasser und neue Medikamente? Nicht erkannte Nebenwirkungen oder katastrophale Wechselwirkungen mit anderen Arzneien/ Alkohol.*

Dann blätterte er zur ersten Seite zurück. Dort hatte er sich den Sachverhalt notiert. Es folgten auf den nächsten Seiten Namen der möglichen Täter. Unter jeden Namen hatte er die grundsätzlichen Informationen geschrieben, wie Adresse, Telefonnummer und Beruf. Hinter Pfarrer Gruber hatte er eine weitere Seite eingefügt, aber noch frei gelassen. Zögernd nahm er nun seinen Kugelschreiber. Die Spitze schwebte sekundenlang über dem Papier.

Eine Person kannte er noch, die nach eigenen Angaben mit vielen älteren Leuten aus dem Dorf in Kontakt stand. Er seufzte leise und murmelte. »Unter Würdigung des Sachverhaltes und unter Ausschluss jeglicher subjektiver Eindrücke …«

Dann schrieb er: *von Berg, Charlotte.*

»Du tanzt göttlich«, sagte Detlef.

Steffi lachte. Sie zog Detlef von der Tanzfläche. »Danke. Aber jetzt muss ich etwas trinken, sonst falle ich um.«

Detlef orderte an der Bar zwei große Wasser und dazu zwei Caipirinhas.

Beide tranken das Wasser in einem Zug aus.

»Zwei Stunden durchgetanzt. Schade, dass es inzwischen so voll geworden ist«, sagte Steffi.

Detlef folgte ihrem Blick zur Tanzfläche. Platz für großzügige Schritte gab es nicht mehr.

Steffi zuckte mit den Schultern und sagte: »Warten wir halt, bis es wieder ein wenig leerer wird.«

»Dann wird es aber spät. Wird Henning dich nicht vermissen?«

Detlef nahm sich seinen Caipirinha.

Steffi lächelte. »Ich habe ihm erzählt, dass ich Nachtschicht habe. Ich bin Krankenschwester. Da kommt das häufiger vor.«

Detlef freute sich, dass Steffi ihm zuliebe ihren Freund anlog. Gleichzeitig schämte er sich auch ein wenig. Henning war schließlich sein bester Kumpel und dem spannt man nicht die Freundin aus. Nur tanzen, dachte Detlef rasch.

»Es nervt mich schon ein wenig, dass Henning so wenig Zeit hat«, sagte Steffi. »Immerzu arbeiten. Nur wegen dem Wagen.«

Detlef nickte. Henning liebte teure Nobelkarossen, die er sich von seinem Gehalt als Pfleger eigentlich nicht leisten konnte.

»Wenn ich ihn darauf anspreche, dann wird er wütend. Es sei sein Leben, ich solle ihm da nicht reinreden. Dabei will ich doch nur, dass wir mehr Zeit miteinander verbringen.«

Detlef spürte einen Stich. Steffi wollte mehr Zeit mit Henning verbringen. Sie liebte Henning.

»Wenn Henning merkt, wie mich seine Wutausbrüche verletzen, dann wird er lammfromm. Er nimmt mich in den Arm und versichert, dass er nur noch ein paar Monate benötigt, dann würde er mehr Zeit für mich haben.«

Detlef hörte Steffis Zweifel. »Du glaubst ihm nicht?«

Steffi zuckte mit den Achseln. »Es macht mir Angst, wenn Henning das sagt.«

»Angst? Wieso?«

»Du kennst doch seine Vergangenheit. Ich habe Sorgen, dass er wieder Blödsinn anstellt.«

Detlef überlegte einen Moment. Henning hatte ihm geschworen, nie wieder in den Knast zu wandern. Um dies zu erreichen, gab es zwei Möglichkeiten. Zum einen, kein Verbrechen mehr zu begehen, zum anderen, sich nicht dabei erwischen zu lassen. Nach dem, was Detlef gerade von Steffi erfahren hatte, könnte Henning auf die Idee gekommen sein, die zweite Alternative zu bevorzugen. Detlef wollte sie nicht beunruhigen. »Henning weiß schon, was er macht. Warte ab, das wird schon.«

Steffi seufzte. »Ja. Muss ich wohl.«

Sie trank ihr Glas leer und stellte es auf die Theke. »Wollen wir noch mal«, fragte sie und strahlte ihn an.

Die Tanzfläche war immer noch voll, aber um mit Steffi tanzen zu können, würde er sich schon Platz erkämpfen. »Klar. Jederzeit.« Er grinste.

Nicht Henning, sondern die dicke Frikadelle tanzt heute mit der süßen Steffi, dachte er zufrieden.

Kapitel 11

Das Wochenende verlief ereignislos. Elektro-Schmelzer tauchte pünktlich am Montagmorgen auf, um die Arbeit fortzusetzen. Als der Baulärm einsetzte, sprang Stephan in den Golf und fuhr zum Bornheimer Rathaus. Nach kurzem Suchen fand er den Weg zum Einwohnermeldeamt. Er betrat die Wartezone und blieb überrascht stehen. Aus den Bezirksämtern Köln war er überfüllte Räume gewöhnt, genervte Beamte, lamentierende Kunden und Babygeschrei. Hier in Bornheim ging es gemütlich zu. So wie es aussah, war nur ein älterer Mann vor ihm an der Reihe. Stephan setzte sich neben den Mann, der ungeniert eine blonde Angestellte anstierte, die hinter ihrem Schreibtisch saß und einer jungen Frau half, einen Antrag auszufüllen.

»Lecker Mäuschen«, bemerkte der ältere Herr. Stephan meinte, das Gebiss des Alten klappern zu hören.

»Welche meinen Sie?«, fragte Stephan.

»Egal, beide sind se schnuckelig. In meinem Alter ist alles nett, was noch nicht in Rente ist.«

»Und Rentnerinnen, was sind die?«

»Alte Schachteln!«

Stephan lachte. »Das ist aber nicht gerade freundlich.« Stephan sah, wie die blonde Angestellte die junge Frau verabschiedete und dann zu ihnen herüber kam.

»Guten Morgen Herr Froitzheim.« Sie streckte die Hand aus und lächelte freundlich.

Der ältere Mann ergriff sie fast schüchtern. »Guten Morgen, Frau Leschner-Peters.«

»Haben Sie heute ein Anliegen, oder möchten Sie sich hier nur aufwärmen?«

»Nur aufwärmen, danke, wenn ich darf.«

Frau Leschner-Peters lachte herzlich. »Kein Problem.« Dann wandte sie sich Stephan zu. »Somit sind sie dran.

Wenn Sie mir bitte folgen würden.«

Als sie am Schreibtisch saßen, fragte Stephan leise: »Ist der gefährlich?« Er blickte zu dem alten Mann.

»Aber nein, der ist nur in mich verliebt, und wenn ich nicht da bin, dann in eine andere Kollegin. Er ist nicht wählerisch. Wer gerade Dienst hat, steht in seiner Gunst ganz oben. Herr Froitzheim ist jeden Tag hier. Der gehört zum Inventar. In der ersten Zeit haben wir ihn entfernen lassen, doch er kam immer wieder. Irgendwann haben wir es einfach hingenommen.«

»Und es macht Ihnen nichts aus?«

Frau Leschner-Peters zuckte mit den Achseln. »Früher schon. Es war ein komisches Gefühl, die ganze Zeit angegafft zu werden. Aber nachdem er uns seine Lebensgeschichte erzählt hat, hatten wir Mitleid mit ihm und inzwischen haben wir uns an ihn gewöhnt.«

»Schlimme Geschichte?«

»Er hat im Zweiten Weltkrieg bei einem Bombenangriff auf Köln alles verloren. Frau und fünf Kinder, der Älteste acht, die Jüngste gerade erst geboren. Aber das war nur der Anfang, fragen Sie ihn selbst danach.«

Er sah zu dem alten Mann, räusperte sich. »Ich wohne seit kurzem in Sechtem und möchte mich heute ummelden. Das ist das eine. Dann habe ich noch ein Anliegen und weiß nicht, ob Sie mir helfen können.«

Als Stephan gegen Mittag nach Hause kam und den Wagen im Schatten der Eiche abstellte, drang Staub aus den geöffneten Küchenfenstern, der vom milden Westwind verwirbelt und davon getragen wurde. Vor der Haustür standen die wenigen Möbelstücke wie Tisch und Stühle. Als er ausstieg, hörte er das nervenzehrende Heulen einer Bohrmaschine. Nein, nicht gerade heute, dachte Stephan und ärgerte sich. Er hätte mit Herrn Schmelzer absprechen sollen, dass er die Küche am heutigen Abend benötigte. Er ließ die beiden Tüten mit den Einkäufen im Kofferraum stehen und eilte zum Haus hinüber. Plötzlich verstummte die Bohrmaschine.

Meister Schmelzer und sein Geselle traten aus dem Haus. »Vorsichtig, Herr Tries! Handwerkern, die Mittagspause haben, darf man niemals im Wege stehen!«, scherzte Schmelzer.

»Werden Sie mit der Küche bis heute Abend fertig?«

Schmelzer und sein Geselle lachten auf. »Fragen Sie mich morgen nochmals das Gleiche. Dann kann ich vielleicht Ihre Frage mit einem Ja beantworten.«

Die beiden ließen Stephan in der Sonne stehen und setzten sich in den Transit. Wie jeden Tag faltete Herr Schmelzer seinen ›Express‹ auseinander und aß sein Pausenbrot. Der Geselle tat es ihm gleich, nur dass er sich für die ›Bild‹ entschied.

»Verdammt!«, murmelte Stephan. Er würde Charlottes Angebot annehmen müssen.

Gegen vier Uhr parkte Stephan seinen Wagen vor dem Haus, in dem die Longhitanis wohnten. Ein grauer Bau aus den Siebzigern mit drei Stockwerken. Funktionell, aber schmucklos. Die Überlegung, dem Witwer einen Besuch abzustatten, war ihm spontan gekommen. Stephan stieg aus und ging über den breiten, mit Steinplatten ausgelegten Weg. Zwei Jungen von ungefähr acht Jahren spielten im Windfang des Hauses Fußball, während er auf das Klingelbrett schaute. Die Namen ließen darauf schließen, dass hier überwiegend Ausländer wohnten.

»Zu wem wollen Sie?«, hörte er eine Kinderstimme fragen.

Stephan drehte sich um. Vor ihm stand einer der Jungen und schaute ihn neugierig an. Rotze, die er in unregelmäßigen Abständen mit dem Ärmel fort wischte, lief dem Jungen aus der Nase. Der andere Junge hatte den Ball eingefangen und gesellte sich zu ihnen. Beide sahen sich sehr ähnlich und Stephan vermutete, dass es sich um Zwillinge handelte.

»Herrn Longhitanis. Kennt ihr ihn?«

»Opa, na klar.« Beide nickten. »Der wohnt im dritten Stock. Mama ist bei Opa.«

Der Junge, der Stephan angesprochen hatte, senkte den Kopf und fügte traurig hinzu: »Meine Oma ist gestorben.«

Stephan ging in die Hocke und hob das Kinn des kleinen Kerls an. »Sie hatte euch ganz bestimmt lieb und dort, wo sie jetzt ist, passt sie auf euch auf.«

Stephan glaubte zwar nicht an ein Jenseits, doch wollte er die beiden nicht einfach hier stehen lassen, ohne zumindest ein paar tröstende Worte gefunden zu haben.

Der Junge mit dem Ball nickte heftig. »Das sagt unsere Mama auch immer.«

»Ganz sicher«, bestätigte Stephan. »Meint ihr, ich könnte mal mit eurem Opa sprechen?«

Diesmal nickten beide. »Ja, die Haustür ist auf. Wenn Sie die Treppe hochkommen, direkt die linke Tür.«

Stephan bedankte sich, betrat den Hausflur. Als er im dritten Stock angekommen war, atmete er heftig. Das musste sich in Zukunft ändern, dachte Stephan. Er holte einige Male tief Luft und klingelte dann. Eine kleine, schlanke Frau im schwarzen Kleid öffnete die Tür. Sicherlich die Mutter der Zwillinge, vermutete Stephan.

»Ja?«, fragte sie skeptisch.

»Kriminalhauptkommissar Tries. Dürfte ich vielleicht ihren Vater sprechen?«

Stephan biss sich auf die Lippen, als er ihm der Fauxpas bewusst wurde. Er musste sich angewöhnen, den Dienstgrad wegzulassen. Doch bevor er sein Missgeschick korrigieren konnte, sprach die Frau mit einem älteren Mann. Da sie Italienisch sprachen, konnte Stephan nicht verstehen, ob sie ihn als Polizist vorstellte.

Der Mann nickte.

Stephan musste sich ein Grinsen verkneifen. Das Verhalten von Tochter und Vater erinnerte ihn an Puzos Meisterwerk ›Der Pate‹. Während die Tochter hinter ihm die Tür schloss, folgte er ihm ins Wohnzimmer und setzte sich auf den angebotenen Sessel. Als Herr Longhitanis vor einer Fotografie stehen blieb, die ein Frauenportrait zeigte, stand er wieder auf und betrachtete das Bild. Um den Rahmen war an der oberen, linken Ecke ein schwarzes Band gewickelt.

»Meine Frau. Ist letzte Woche verstorben.«

Longhitanis sprach mit kräftiger Stimme, gefärbt mit einem kaum merklichen italienischen Akzent. Stephan hatte den Eindruck, dass Herr Longhitanis nicht trauerte, doch dann nahm er dessen bebenden Unterkiefer wahr.

»Mein herzliches Beileid.«

»Sie ist an ihrer Herzschwäche verstorben. Das hat Doktor Marchiat bestätigt.«

»Hat er den Totenschein ausgestellt?«

»Ja. Er sagte, es gäbe keinen Zweifel.«

Stephan horchte auf. »Haben sie Bedenken?«

Herr Longhitanis zuckte mit den Schultern.

»Ihr Tod kam so überraschend«, sagte die Tochter, die mit verschränkten Armen am Türrahmen gelehnt stand. »Aber sie war doch krank«, bemerkte Stephan.

»Ja, schon. Meine Mutter hatte ein schwaches Herz, das stimmt. Doch in der letzten Zeit ging es ihr zusehend besser. Wir alle glaubten, dass sie wieder auf die Beine kommen würde. Sie schmiedete sogar wieder Pläne, Zukunftspläne.« Sie zögerte einen Moment. »Mein Vater glaubt, dass ein ärztlicher Behandlungsfehler den Tod verursacht hat.«

Stephan sah Herrn Longhitanis an. »Warum haben Sie das nicht überprüfen lassen? Eine Obduktion hätte dies doch geklärt.«

Herr Longhitanis lachte bitter. »Sie kennen den Doktor nicht?«

»Doktor Marchiat kenne ich nicht persönlich«, bestätigte Stephan.

»Als wir im Sommer neunzehnhunderteinundachtzig hierher zogen, hatte Dr. Marchiat gerade seine Praxis eröffnet. Er behandelte meine Kinder, wenn sie erkältet waren, sich die Knochen gebrochen hatten oder Krankheiten erfanden, wenn sie nicht zur Schule wollten. Meiner Frau hat er einmal das Leben gerettet. Als sie sich weigerte, wegen der Knoten in ihrer Brust in die Uniklinik zu gehen. Er redete auf meine Frau ein, bis sie überzeugt war und brachte sie persönlich zur Uniklinik nach Köln. Die Knoten stellten sich als Krebs raus. Wenn der Doktor nicht darauf bestanden hätte, dann wäre meine Frau damals schon verstorben. Aber nicht nur die zusätzlichen gemeinsamen Jahre mit meiner Frau habe ich ihm zu verdanken, sondern auch, dass ich mein linkes Bein noch habe. Ich habe Jahrzehnte lang eine Packung Zigaretten nach der anderen geraucht.« Nachdenklich blickte Longhitanis an sich herunter. »Eines Tages ist mein Bein blau angelaufen. Massive Durchblutungsstörungen. Ein Chirurg in der Klinik wollte mein Bein abnehmen. Dr. Marchiat schlug eine alternative Behandlung vor. Nun habe ich zwar Narben von fünf Operationen, aber das Bein ist noch dran. Ich will damit sagen: Selbst wenn der Doktor einen Fehler gemacht hat, kann ich ihn nicht ans Messer liefern. Dafür hat er zuviel Gutes für uns getan.«

Wenn dieser Doktor überall so einen Stein im Brett hat, dann kann der machen, was er will, dachte Stephan.

Herr Longhitanis setzte sich auf das Sofa und sagte: »Ich verstehe gar nicht, warum sich die Polizei dafür interessiert. Es ist doch nichts Ungewöhnliches passiert. Eine alte Frau ist an einem Herzstillstand gestorben.«

Es klingelte und Longhitanis Tochter verließ den Raum. »Erlauben Sie mir eine Frage?«

Herr Longhitanis nickte.

Stephan hörte die Kinder hereinkommen. Longhitanis Tochter schimpfte mit den Jungs, ein Durcheinander aus deutschen Wörtern und italienischen Vokabeln.

»Bekam ihre Frau während ihrer Krankheit Besuch, die Familie einmal ausgeschlossen?«

»Hin und wieder. Dr. Marchiat natürlich, die Nachbarn. Frau Habicht, eine Krankenschwester im Ruhestand, besuchte meine Frau ebenfalls in unregelmäßigen Abständen. Täglich kam auch ein Pfleger.«

»Henning?«

»Ja, so heißt er.«

»Fällt ihnen sonst noch jemand ein? Jemand der kurz vor dem Ableben ihrer Frau hier war?«

Während Herr Longhitanis überlegte, beobachtete Stephan, wie die Zwillinge ins Bad befördert wurden. Sie beugten sich nur widerwillig, zeigten in theatralischen Gesten ihr italienisches Temperament.

»Der Pfarrer war auch hier.«

»Herr Gruber oder Herr Voschner?«

»Pfarrer Voschner selbstverständlich! Wir sind Katholiken!«

Stephan hörte Herrn Longhitanis Entrüstung.

»Der Pfarrer feierte regelmäßig das Abendmahl mit meiner Frau und sie beteten gemeinsam.«

Stephan fand es erstaunlich, dass die Fürsorge des Geistlichen soweit ging. Aber hier auf dem Dorf war die Betreuung vermutlich intensiver als in der Stadt. Er betrachtete den alten Mann auf dem Sofa, der nun schwieg und anscheinend nichts weiter sagen konnte. Stephan verabschiedete sich.

Herr Longhitanis wollte sich erheben, doch Stephan winkte ab. »Ich finde allein raus.«

»Oh, das hätte ich fast vergessen!«, rief der alte Mann ihm nach.

Stephan ging ein paar Schritte zurück. Aus dem Bad hörte er das wilde Protestgeschrei der Kinder. »Frau von Berg besuchte meine Frau auch regelmäßig. Wir kennen sie seit Jahren. Sie war immer besonders nett zu meiner Frau. Wie konnte ich Frau von Berg nur vergessen?«

Stephan saß in seinem Wagen und notierte die Informationen, die er erhalten hatte. Nachdenklich klopfte er mit dem Kugelschreiber auf den Ordner. Es beunruhigte ihn, dass Charlotte erwähnt worden war. Andererseits war das zu erwarten gewesen. Charlotte hatte kein Hehl daraus gemacht, dass sie die Familie Longhitanis kannte und gut leiden mochte. Da war es selbstverständlich, dass sie Frau Longhitani besucht hatte. Es war auch gut möglich, dass Frau Longhitani tatsächlich an einem plötzlichen Herzversagen verstorben war.

Er startete den Wagen. Auf dem kurzen Heimweg dachte er an Charlotte. Sie hatte ihn um Hilfe gebeten. Ohne ihre Hartnäckigkeit wäre Stephan nie auf die Idee gekommen, dass ein Serienmörder im Vorgebirge sein Unwesen treiben könnte.

Stephan lenkte den Golf in die Einfahrt, parkte direkt vor der Haustür. Der Transit des Elektrikers war nicht zu sehen. Er nahm seinen Ordner vom Beifahrersitz und betrat das Haus. Die Küchenwände waren frisch verputzt, aber an verschiedenen Stellen hingen noch Kabelenden heraus. Die Luft war von Staub erfüllt. Stephan musste niesen.

»Papa? Bist du das?«, rief Christine aus ihrem Zimmer. »Ja!«

Stephan ging hinauf in sein Schlafzimmer und setzte sich auf das Bett. Um sieben Uhr war er mit Charlotte verabredet. Ihn blieben noch gut anderthalb Stunden.

Christine kam aus ihrem Zimmer zu ihm herüber. »Wenn du baden willst, nur zu.«

»Keine schlechte Idee«, antwortete er und begann sein Hemd aufzuknöpfen.

»Übrigens hat mich Mama heute angerufen.«

Stephan hielt in seiner Bewegung inne und schaute Christine argwöhnisch an. »Seit wann sprecht ihr wieder miteinander?«

Christine wiegte den Kopf. »Ich habe nicht auf die Nummer im Display geachtet. Und einfach wegdrücken wollte ich sie auch nicht.«

»Was sagt Sie?«

»Sie hat gemeckert, dann gebettelt, ich soll wieder zurückkommen. Dann sprach sie mich auf das Treffen an, das du vorgeschlagen hattest Wann das stattfinden soll. Dazu konnte ich nichts sagen. Sie hat dir wohl unzählige Male auf die Mailbox gesprochen, doch du hast nicht zurückgerufen.«

Stephan seufzte und zog sein Hemd aus. Dann sagte er: »Ich ruf deine Mutter morgen an.«

»Och, lass dir Zeit. Hat doch keine Eile.«

Er sah seiner Tochter nach, als sie das Zimmer verließ. »Das sieht deine Mutter sicher anders«, murmelte er.

Kapitel 12

Detlef saß unschlüssig in seinem Wagen und sah zu der Kneipe ›Ottos Eck‹ hinüber. Hennings Mercedes parkte direkt davor. Ein paar Kinder fuhren auf dem Gehweg Fahrrad.

Bereits am Sonntag hatte sich Detlefs schlechtes Gewissen geregt. Obwohl sie nur zusammen tanzen waren, hatte er doch das Gefühl, Henning hintergangen zu haben. Schlimmer noch. Detlef hatte sich Hals über Kopf in Steffi verliebt. Wenn sie seine Zuneigung erwidern würde, wäre er sogar bereit, die Freundschaft mit Henning als Preis dafür zu zahlen. Detlef würde gegen den Ehrenkodex verstoßen, den sie im Knast aufgestellt hatten: Fang nichts mit der Frau deines Freundes an.

Da er aber nicht damit rechnete, dass er bei Steffi landen konnte, durfte Henning nichts erfahren. Nichts von dem Tanzen und auch nicht von Detlefs Gefühlen.

»Du redest dir einen Müll ein! Henning würde vermutlich lachen und in dir überhaupt keinen ernst zu nehmenden Konkurrenten sehen. Frikadelle gegen Adonis. Wie würde sich Steffi wohl entscheiden?«

Die Tür der Kneipe wurde aufgestoßen. Detlef rutschte auf seinem Sitz tiefer und duckte sich hinters Lenkrad. Ein alter Mann wankte die fünf Stufen vor dem Eingang herunter. Keine Gefahr, dachte Detlef und richtete sich wieder auf. Er sah dem

Alten nach, bis dieser um eine Hausecke bog. Auf Detlefs Armen bildete sich eine Gänsehaut.

»Alt sein ist wie eine dreckige Wohnung. Beides kann ich nicht ertragen.«

Detlef sah auf die Uhr im Armaturenbrett. Zwanzig nach acht. Normalerweise trafen sie sich Punkt acht an der Theke. Detlef hasste Unpünktlichkeit und war noch nie zu spät gekommen. Plötzlich schwitzte er.

»Du bist so ein Idiot! Jetzt wird Henning erst recht skeptisch werden.«

Er überlegte fieberhaft. »Unmöglich! Du kannst da heute nicht rein. Lass dir etwas einfallen.«

Detlef hieb mehrmals mit den flachen Händen auf das Lenkrad. Er sah sich im Wagen um. Als er das Handy erblickte, hatte er eine Idee. Er nahm es vom Beifahrersitz und wählte Hennings Nummer.

»Mensch, Dicker! Wo steckst du denn?« Henning hörte sich besorgt an.

»Magen-Darm. Ich komme nicht von der Toilette runter. Das hat einfach keinen Zweck heute. Es tut mir leid.«

»Schade! Hab mich auf dich gefreut. Das ist wirklich ein Scheiß.«

»Buchstäblich. Du musst leider heute ohne mich auskommen.«

Detlef hörte, dass Henning mit jemandem sprach.

»Na, dann gute Besserung. Auch von Steffi.«

»Danke. Nächste Woche geht es bestimmt wieder. Muss jetzt aber Schluss machen, weil, na, du kannst es dir denken. Ich melde mich.«

Detlef beendete das Gespräch und startete den Motor. »Schnell weg, bevor mich noch einer sieht.«

Er grinste. »Das hat die Frikadelle ja gerade noch so hingebogen.«

Stephan war dankbar, dass Charlotte sich bereit erklärt hatte, ihm ihre Küche zur Verfügung zu stellen. Kurz vor sieben war er mit seinen Einkaufstüten zu ihr gefahren. Er hatte sich vorgenommen, Charlottes Reaktionen auf seinen Bericht genau zu beobachten, aber sich nichts anmerken zu lassen. Wenn sie etwas zu verbergen hatte, würde sie sich irgendwann verraten.

Sie umarmte ihn flüchtig, aber herzlich, dann führte sie ihn in die Küche. Italienischer Landhausstil, gekreuzt mit gebürstetem Edelstahl, geschmackvolle Dekorationsgegenstände wie Tontöpfe und Tiegelchen. In dem hochglänzenden Marmorboden spiegelte sich das Licht der Halogenstrahler. Eine Kochinsel, über der ein großer Wrasenabzug aus Edelstahl hing, beherrschte die Raummitte. Der Esstisch mit Glasplatte vervollständigte das Bild. Wie aus ›Schöner Wohnen‹, dachte Stephan.

»Ich habe mir heute Nachmittag die Sterberate genauer angesehen.«

Stephan gab die Nudeln in den Kochtopf.

»Und?«, fragte Charlotte.

Die Neugier in ihrer Stimme entging ihm nicht. Er bemerkte, dass ihre Hand, die das Glas mit dem Rotwein hielt, leicht zitterte. Stephan hatte Charlotte ziemlich auf die Folter gespannt und zuerst ausführlich von den Fortschritten auf seiner Baustelle berichtet.

Er rührte mit dem Kochlöffel, sodass die Nudeln gleichmäßig mit Wasser bedeckt waren. »Es ist schon auffällig.«

»Ich wusste es!«

Stephan nickte und machte sich daran, das Pesto zuzubereiten. »Hast du einen Pürierstab?«

Charlotte stellte ihr Glas ab, öffnete einen der Unterschränke, und legte den Pürierstab auf die Anrichte.

Stephan gab den Rucola in eine große Schüssel und fügte Knoblauch, Pinienkerne, Zitronensaft und Olivenöl hinzu.

»Die Dame der Stadtverwaltung war sehr hilfsbereit. Zwar konnte sie mir keine namentliche Auflistung der Todesfälle geben, doch dafür habe ich interessante Statistiken bekommen. Sie hat mir die Zahlen der letzten fünf Jahre für verschiedene Gemeinden ausgedruckt.«

»Und in Sechtem ist ein deutlicher Anstieg der Todesfälle zu erkennen.«

»Ja, aber ich habe noch mehr erfahren. Das Einwohnermeldeamt führt eine Statistik über alle Einwohnersterbefälle. Das heißt, wenn ein Bornheimer Bürger im Krankenhaus Brühl verstirbt, wird dies über das Brühler Standesamt an die Stadtverwaltung Bornheim gemeldet und fließt so in die Statistik ein. Uns nützen diese Zahlen allerdings nichts. Ich glaube kaum, dass ein Täter in die umliegenden Krankenhäuser fährt und dort gezielt ältere Bornheim Bürger tötet. Die Gefahr, dabei erwischt zu werden ist viel zu groß. Auf dem Standesamt konnte mir ein Mitarbeiter aber extrahieren, welche Einwohner tatsächlich in Sechtem, also hier vor Ort, gestorben sind.«

Stephan holte Pfeffer und Salz aus einer seiner Tüten. Er verwendete meist grobes Meersalz und war sich nicht sicher, ob Charlotte so etwas vorrätig hatte.

Er tunkte den kleinen Finger in das Pesto und leckte ihn ab. »Perfekt! Ich liebe die italienische Küche.«

»Spann mich nicht so auf die Folter.« Charlotte nippte an ihrem Wein.

Stephan grinste. »Okay, okay, das ist gemein von mir, ich weiß. Also, nachdem ich die Zahlen abgeglichen habe, steht fest, dass die Zahl der Todesfälle in Sechtem stark angestiegen ist, hingegen ist die Anzahl der Fälle, die außerhalb des Stadtgebietes verstorben sind, weitestgehend konstant geblieben.«

»Eindeutiger geht es nicht«, rief Charlotte aufgeregt. »Unternimmt die Stadtverwaltung denn etwas?«

Stephan schüttelte den Kopf. »Die Statistiken werden zwar geführt, aber nicht ausgewertet. Zumindest nicht mit Blick auf ein Verbrechen.«

»Und jetzt? Was kannst du unternehmen?«

»Meine Kollegen kann ich noch nicht einbeziehen. Es steht ja nicht einmal fest, dass es einen Fall gibt. Wir haben noch nicht nachgewiesen, dass einer der Verstorbenen Opfer einer Straftat geworden ist. Und schließlich sind Statistiken nicht unbedingt unangreifbar, wie der gute alte Churchill seinerzeit festgestellt hatte. Also müssen wir versuchen, mehr herauszubekommen.«

Er goss die Nudeln ab. »Kannst du mal bitte die Teller anreichen?«

Während er ein wenig Olivenöl unter die Nudeln rührte, stellte Charlotte zwei Pastateller bereit, deren Durchmesser Wagenrädern Konkurrenz machen konnten.

Stephan häufte auf jeden Teller Nudeln und verteilte dann das Pesto. »Zwei Löffel und darüber etwas Käse.«

Er ging mit den gefüllten Tellern zum Glastisch hinüber und setzte sich. »Guten Appetit!«

Stephan beobachtete erwartungsvoll, wie Charlotte probierte.

»Das ist ja köstlich!«, rief sie nach den ersten Bissen, »und so einfach in der Zubereitung.«

»Sag ich doch«, Stephan grinste. »Da ich noch ein wenig Zeit hatte, habe ich die Familie Longhitani besucht.«

Charlotte hob die Gabel zum Mund, hielt in der Bewegung inne und blickte ihn ernst an. »Das war aber so nicht geplant. Das hätte ich auch übernehmen können.« Charlotte schien verärgert.

»Ist das ein Problem?«

»Nein, es ist nur so, dass ich die Familie gut kenne, das hätte ich machen können. Ich möchte einfach mithelfen, verstehst du?«

Aha, hier ist sie empfindlich, dachte er.

»Vielleicht wäre es besser gewesen, zugegeben. Aber möchtest du jetzt hören, was ich erfahren habe oder willst du weiterhin über Zuständigkeiten streiten? Das ist ja hier wie auf meiner Dienststelle.« Stephan lachte, um die Situation zu entspannen.

»Okay. Ich höre.«

Stephan berichtete, was er am Nachmittag bei der Familie Longhitani erfahren hatte, während Charlotte ihren Teller leerte.

»Und? Bringt uns dies weiter?«, fragte Charlotte.

»Das zeigt, dass nicht nur wir beide gewisse Zweifel haben.

Und, dass es der Doktor leicht hätte, seine Taten zu verschleiern.«

»Aber welches Motiv könnte er haben? Er behandelt seine Patienten seit über zwanzig Jahren, rettet Frau Longhitani sogar das Leben und plötzlich fängt er an, seine Patienten zu ermorden?«

Stephan wickelte die letzten Nudeln um die Gabel und fuhr fort: »Das ist nur eine der Fragen, die wir noch zu klären haben. Aber zunächst müssen wir mehr Informationen sammeln. Möchtest du noch was essen?«

Charlotte winkte dankend ab. Sie lächelte ihn an. Stephan holte sich noch eine Portion, als es plötzlich schellte.

»Das wird Henning sein. Entschuldige mich bitte«, sagte Charlotte.

Stephan aß seinen Teller leer und da Charlotte noch nicht wieder auftauchte, sah er sich die Kochbücher im Regal an. Hin und wieder drang eine ruhige Bassstimme zu ihm in die Küche, dann vernahm er wieder Charlottes Stimme. Von ihrer Mutter war nichts zu hören. Er ließ den rechten Zeigefinger über die Rücken der Bücher gleiten und las die Titel. Asiatisch, vegetarisch, italienisch, sogar eines mit dem Titel ›Das offizielle Star Trek Kochbuch‹.

Sieh an, Charlotte ist ein heimlicher Trekki, schmunzelte er und ließ seinen Finger weiter wandern. Bei ›Giftpflanzen, Pflanzengifte‹ und ›Köhlers Atlas der Medizinal-Pflanzen‹ stutzte er. Er zog beide nacheinander heraus und blätterte ein wenig darin herum.

»Keine Sorge.«

Stephan war so in die Lektüre vertieft, dass er vor Schreck

beinahe den Köhler-Atlas fallen ließ, als Charlotte plötzlich den Raum betrat.

»Warum sollte ich mir Sorgen machen?«

Charlotte lehnte sich an den Türrahmen. »Stimmt, gekocht hast schließlich du heute.«

Sie schob sich eine Haarsträhne aus der Stirn. »Vor einiger Zeit habe ich versucht, meiner Mutter Linderung zu verschaffen, in dem ich ihr pflanzliche Heilmittel verabreichte. Eine Freundin von mir hat mich dann in diese Thematik eingeführt und mir die Bücher geschenkt. Dr. Marchiat hält nicht viel davon, er ist ein Mediziner alten Schlages. Er meint, gegen eine richtige Chemokeule kommt kein Kraut an.«

Charlotte zuckte mit den Schultern. »Viel geholfen hat es leider auch nicht. Aber was ich dir eigentlich sagen wollte: Es dauert heute etwas länger, tut mir leid. Wir müssen meine Mutter baden. Am besten, du wartest nicht.«

Stephan hörte die Bassstimme sagen: »Aber Frau Schmitz, dass macht doch nichts. Dass ist doch jedem von uns schon mal passiert.«

Stephan schob das Buch zurück in das Regal. »Schade. Ich räume noch ab und spüle, dann schleiche ich mich hinaus.«

Charlotte lachte. »Ich glaube, ich habe noch nie einen Mann spülen sehen.«

»Noch nie?«

»Noch nie. Wir haben übrigens eine Spülmaschine. Du solltest dich nicht mit überflüssiger Arbeit wie spülen aufhalten. Du sollst unseren Mörder jagen!«

»Beim Spülen kann man wunderbar nachdenken und Fäden verknüpfen.«

»Das nennt man nicht Spülen, sondern Stricken, und das sollte man nicht unter Wasser machen. Also bis morgen, ich rufe dich an.«

Wenig später zog Stephan die Haustür hinter sich ins Schloss.

»Schade, der Abend hatte so vielversprechend begonnen«, seufzte er.

Kapitel 13

Am nächsten Morgen machte er sich schon um acht Uhr auf den Weg zu Frau Habicht, der ehemaligen Krankenschwester und guten Seele des Ortes. Da der blaue Himmel wieder einen schönen Tag versprach, entschied er sich, sein Rennrad zu nutzen. Der Fahrtwind blies ihm um die Nase, es duftete nach frisch geschnittenem Gras, als er die ersten Häuser am Ortsrand erreichte. Von irgendwoher hörte er das Brummen eines Rasenmähers.

Er radelte die Eupener Straße hinauf, an der weißen Burg vorbei bis zur Clemensstraße. Vor der Hausnummer vier sprang er vom Rad, kurz bevor es zum Stillstand kam. Er stolperte und wäre um ein Haar hingefallen.

»Das sollten Sie noch mal üben, junger Mann.«

Stephan erblickte eine ältere Frau auf dem Bürgersteig, die sich über sein Missgeschick amüsierte. Sie trug ein graues Kostüm und einen großen, runden Hut. In der Rechten hielt sie eine schwarze, voluminöse Handtasche, in der sie locker ihren ganzen Hausstand mitführen konnte.

»Miss Marple«, rutschte es Stephan heraus. »Äh, oh, Verzeihung. Ich wollte ihnen nicht zu nahe treten«, ergänzte ein wenig verlegen.

Die Frau lachte. »Jungchen, kein Grund, um rot zu werden. Sie sind nicht der Erste, dem meine Ähnlichkeit mit Margaret Rutherford auffällt. Und wissen Sie was?«

Stephan schüttelte den Kopf.

»Mein Vorname ist tatsächlich Margarete!«

Stephan erinnerte sich an seine Namensliste im Ordner. »Frau Margarete Habicht?«

»Sie sind gut informiert, junger Mann. Jetzt sagen Sie nur nicht, dass wir zum Rendezvous verabredet sind, denn ich kann mich leider nicht daran erinnern. Das muss aber nichts heißen, da dies in letzter Zeit häufiger vorkommt. Vielleicht, wenn Sie mir ihren Namen verraten?«

Stephan stellte sich vor.

»Ah, das Bürschchen von der Klara. Ich habe schon gehört, dass Sie nun draußen in dem Haus ihrer Eltern wohnen.«

Stephan wunderte sich, dass Frau Habicht die Verbindung zu seiner Mutter sofort herstellen konnte. So senil, wie sie ihm weismachen wollte, schien sie nicht zu sein. »Darf ich Sie ein Stück begleiten?«, fragte Stephan. »Was macht Sie so sicher, dass ich nicht gerade ins Haus zurückkehre?«

»Oh, ganz einfach, Frau Habicht. Als ich in die Straße einbog, konnte ich den Bürgersteig überblicken. Sie habe ich nirgends gesehen, also müssen Sie genau in dem Moment aus dem Haus getreten sein, als ich mich auf den Absprung konzentrierte.«

Frau Habicht lachte. »Sehr gut. Sie bestätigen Ihren Ruf als Schnüffler.«

Die Frau scheint wirklich alles zu wissen, dachte Stephan.

»Kommen Sie nur an meine Seite. Ich möchte ins Dorf, eine alte Schulfreundin besuchen. Es geht ihr nicht so gut.« Stephan schob sein Fahrrad am Randstein neben ihr her. Er hatte Mühe, mit der beherzt ausschreitenden Frau Schritt zu halten.

»Sie kümmern sich um die Kranken?«

Sie senkte ein wenig den Kopf, blickte ihn mit hochgezogenen Augenbrauen an, ohne dabei das Tempo zu verringern. »Ist doch nicht verboten oder?«

»Wo denken Sie hin!«, Stephan lächelte beschwichtigend. »Wenn sich alle so verhalten würden wie Sie, dann bräuchte sich keiner mehr vor dem Alter zu ängstigen.«

Sie lachte, blieb dann aber abrupt stehen. »Netter Versuch, aber denken Sie daran, dass ich fünfzig Jahre als Krankenschwester gearbeitet habe. Ich merke sofort, wenn sich jemand bei mir einschleimen möchte. Kommen Sie einfach zur Sache, das erspart Ihnen und mir Zeit.«

Stephan schluckte. Die hat Haare auf der Zunge, dachte er. Er folgte Frau Habicht, die inzwischen zügig weiterging, ohne auf ihn zu achten.

»Okay, das war eine klare Ansage. Ist Ihnen in den letzten Jahren irgendetwas Ungewöhnliches bei Ihren Krankenbesuchen aufgefallen? Bezüglich der Todesfälle?«

Wieder blieb sie stehen. Stephan hob entschuldigend die Schultern und sagte hastig: »Eine sachlichere Formulierung meiner Frage fällt mir nicht ein.«

Frau Habicht stutzte. »Nein, ihre Frage an sich hat mich überrascht. Aus dem Mund eines Polizisten hat sie eine besondere Gewichtung. Sie haben einen Verdacht?«

»Welchen Verdacht könnte ich haben? Stimmt etwas nicht mit den Todesfällen?«

Langsam setzten sie den gemeinsamen Weg fort. Frau Habicht grüßte einen Postboten, der ihren Weg kreuzte.

»Wäre interessant zu erfahren«, antwortete sie dann. »Ich kann mir beim besten Willen nichts vorstellen. Hier im Dorf passiert doch nichts Schlimmes, zumindest nicht so etwas Schreckliches wie Mord oder Totschlag.«

Stephan versuchte aus ihrem Mienenspiel zu schließen, ob sie Unwissenheit heuchelte. Ihm fiel nichts auf, keine hektischen Flecken, kein gehetzter Blick, kein nervöses Zittern oder andere Anzeichen, die sie verraten könnte.

»Wie lange ist es her, dass Sie in Rente gegangen sind, wenn ich fragen darf?«

»Vor zweieinhalb Jahren. Jetzt habe ich endlich die Zeit, die ich mir früher gerne für meine Mitmenschen genommen hätte. Ich kann mich mit den Kranken unterhalten, Ihnen Trost zusprechen oder einfach nur zuhören. Das hat mir im hektischen Berufsalltag, mit chronischer Unterbesetzung in der Abteilung und überflüssigen Aufgaben, immer gefehlt.«

Sie hielt inne und stemmte die Fäuste gegen die Hüften. »Moment! Jetzt verstehe ich erst! Egal was Sie sich zusammenfantasieren, ich habe damit nichts zu tun! Guten Tag!«

Stephan schaute ihr überrascht nach. So wie sie sich verhielt, war ihr auch etwas aufgefallen. Vielleicht die angestiegene Sterberate. Dass Frau Habicht so schnell erkennen würde, dass sie zu dem Kreis der Verdächtigen gehört, hatte er nicht gedacht. Einen kurzen Moment überlegte er, ob er hinter ihr hergehen sollte, um die Unterhaltung fortzusetzen. Schließlich entschied er sich dagegen. Vermutlich würde sie in ihrer jetzigen Gemütslage stur bleiben.

Stephan wendete sein Rad, stieg auf und trat in die Pedale. Er würde später mit einem Blumenstrauß bei ihr vorbeischauen. In der Zwischenzeit wollte er etwas für seine Gesundheit und Fitness tun.

Detlef liebte den Duft von gebratenem Speck. Amerikanischer Bacon, gut durchwachsen, nicht dieses trockene Diätzeug. Dazu Rühreier mit Zwiebeln und klein gehacktem Schnittlauch. Er wendete den Speck und rührte die Eier um. Die Toastscheiben lagen bereits auf dem großen Teller. Jetzt, dachte Detlef. Genau der richtige Zeitpunkt. Er hob die Pfanne an und verteilte die Rühreier über die Toastscheiben. Sein Magen knurrte.

»Ganz ruhig, nur noch den Speck oben drauf. So, jetzt geht's gleich los. Und wenn du mich nochmals so nervst, dass ich Selbstgespräche führe, dann kannst du die Eier vergessen.«

Oder besser doch nicht, dachte Detlef schnell.

Als er seinen Teller auf den Küchentisch stellte, schellte es. Er seufzte. Vermutlich nur der Postbote. Besuch erwartete er nicht.

»Ja?«, sagte er ungeduldig, als er die Haustür aufriss. »Hallo Dicker.«

Detlefs Knie wurden weich. Henning! Was machte der denn hier?

»Mann, du bist weiß wie eine Kalkwand«, sagte Henning.

»Ist wohl immer noch nicht in Ordnung dein Gedärm.«

»So lala«, sagte Detlef, weil ihm nichts Klügeres einfiel. »Bin auf dem Weg zur nächsten Pflege und wollte schnell nach dir sehen.«

»Danke.«

»Für'n Kaffee hab ich Zeit. Musst ja nicht mittrinken.« Detlef blinzelte nervös. »Äh, ja klar. Komm rein.«

Als Henning die Küche betrat, blieb er abrupt stehen. »Mensch, das gibt es ja wohl nicht!« Er deutete auf den Teller, auf dem sich Rühreier und Speck häuften.

»Ist das für dich?«, fragte Henning.

Detlef spürte, wie ihm der Schweiß auf die Stirn trat. »Als ich heute Morgen aufstand, fühlte ich mich schon besser. Ich habe doch länger nichts gegessen.«

Henning schüttelte den Kopf. »Du bist schon ein verfressener Kerl.«

»Ja, leider.« Detlef klopfte sich auf seinen Bauch und atmete auf, als Henning lachte. »Kaffee ist auch schon fertig«, sagte er. »Bedien dich!«

In der Praxis von Dr. Marchiat schien eine Dorfversammlung stattzufinden. Als Stephan sich in die Schlange vor dem Empfangstresen einreihte, konnte er durch die offen stehende Wartezimmertür sehen, dass alle Sitzplätze belegt waren. Einige Patienten standen an die Wände gelehnt und Kinder saßen auf dem Schoß ihrer Mütter.

Stephan blickte sich um. Zwei junge, in weiß gekleidete Arzthelferinnen versuchten hinter dem Tresen, das Chaos in Grenzen zu halten. Sie nahmen Telefonanrufe entgegen, tippten auf den Tastaturen der Computer, beruhigten diejenigen, die sich über die Wartezeiten aufregen wollten, koordinierten Termine und suchten die Karteikarten heraus.

Nach zwanzig Minuten stand Stephan endlich einer der Helferinnen gegenüber. Wie ihre Kollegin trug sie ihre langen Haare zum Pferdeschwanz gebunden.

»Wie Sie sehen können, dauert es leider einen Moment. Der Doktor ist noch bei einem Notfall«, wurde Stephan von ihr begrüßt. »Haben Sie einen Termin?«

»Noch nicht, darum bin ich hier.«

»Welche Beschwerden haben Sie denn?«

Stephan schlug mit den flachen Händen auf seinen Bauch und lachte. »Mich hat ein gemeiner Rettungsring angesprungen und klammert sich fest.«

»Oh, da sind sie bei Herrn Doktor aber nicht an der richtigen Adresse.«

Verwundert sah Stephan, wie Sie eine Telefonnummer auf einen orangefarbenen Zettel schrieb.

»Hier. Dr. Richter, ein Spezialist für Schönheitschirurgie. Einer der besten, wenn ich das anmerken darf.« Sie lächelte spitzbübisch und streckte ihm stolz ihre üppige Oberweite entgegen.

Stephan winkte ab. »Tut mir leid, da haben Sie mich jetzt völlig falsch verstanden. Ich möchte abnehmen, wieder mehr Sport treiben und mich daher vorher durchchecken lassen. Nichts Chirurgisches.«

Die Helferin zog den Zettel zurück. »Aha, Sie haben versucht einen Scherz zu machen.«

Ihr Lächeln war verschwunden und Stephan sah zu, wie sie in einem großen Wochenplaner blätterte. Eine Seite nach der anderen rauschte durch ihre Finger, dann tippte sie auf eine winzige unbeschriebene Stelle.

»Heute in vier Wochen habe ich etwas für Sie frei. Also, auch ein Dienstag. Vierzehn Uhr?«

»Geht es nicht früher?«

Sie zuckte mit den Achseln. »Sie sehen ja, was hier los ist.«

Jetzt half Stephan nur noch ein Trick, auch wenn ihm das normalerweise gegen den Strich ging. Er beugte sich vor und flüsterte: »Privatpatient.«

Die Arzthelferin hob die Augenbrauen zog einen anderen

Wochenplaner aus der Schublade. »Warum haben Sie das nicht eher gesagt?«

»Sie haben nicht gefragt.«

»Ist es Ihnen morgen früh, acht Uhr, recht? Sie wären dann als Erster dran.«

Stephan nickte. Nachdem er seinen Namen genannt hatte, verabschiedete er sich und drängte nach draußen, froh, dem Durcheinander den Rücken kehren zu können.

Gerade als er auf sein Rad steigen wollte, sah er einen nachtblauen Audi A 6 viel zu schnell heranrasen. Der Fahrer bremste scharf, bog auf die Zufahrt der Garage neben der Praxis ein und kam gerade noch rechtzeitig zum Stehen, bevor er mit der Stoßstange das Tor beschädigt hätte. Schwungvoll öffnete der Fahrer die Tür.

Stephan erblickte einen korpulenten Mann mit weißem, fülligem Haar, das mit einem Seitenscheitel geteilt war. Der Mann streckte energisch das eckige Kinn vor, öffnete den Kofferraum und hob eine Arzttasche heraus. Eilig schritt er an Stephan vorbei, grüßte kurz und betrat die Praxis.

Stephan war zum ersten Mal Dr. Marchiat begegnet.

Detlef sah nachdenklich Hennings silberfarbenem Mercedes hinterher. Henning hatte sich benommen wie immer, also hatte Steffi dicht gehalten.

»Alles im grünen Bereich. Du brauchst dir keine Sorgen zu machen«, murmelte er.

Erleichtert schloss er die Tür und ging in sein Arbeitszimmer. Der Computer rauschte leise. Detlef bewegte die Maus und der Bildschirm leuchtete auf. Er prüfte seine E-Mails und konnte sich ein Grinsen nicht verkneifen. Mehrere Auktionen, bei denen er gefälschte Markenware als Original angeboten hatte, waren abgelaufen.

»Die Deppen. Glauben wirklich, original Markenware billig im Internet zu bekommen. Vielleicht haben ein paar andere Idioten bereits bezahlt.«

Er kontrollierte online seinen Bankumsatz.

»Au ja, prima.«

Hör auf zu quatschen und such die entsprechenden Auktionen heraus, dachte er ärgerlich. Wenig später stand er mit mehreren bedruckten Seiten in der Hand auf und ging die Treppe hoch. Er betrat sein Warenlager, ein Zimmer im Haus, welches er dafür eingerichtet hatte. Saubere Aluminiumregale standen längs der Wände. Pullover, Poloshirts, Jacken und T-Shirts lagen in verschiedenen Größen und Farben auf den Boden. Detlef handelte überwiegend mit Kleidung. Die Fälschungen waren kaum vom Original zu unterscheiden. Nur selten beschwerten sich aufmerksame Kunden. Dann entschuldigte Detlef sich wortreich und nahm die Ware zurück. Selbstverständlich erhielt der Kunde sein Geld zuzüglich einer kleinen Hinweisprämie als Dank. Der Kunde war zufrieden und ersparte sich negative Bewertungen im Internet.

Detlef griff in eines der Regale und entnahm das letzte grüne Poloshirt. Er seufzte. Bald musste er wieder nach Polen zu seinem Geschäftspartner fahren und neue Ware besorgen.

Detlef dachte an Henning. Wie schwer doch sein Freund als Altenpfleger sein Geld verdienen musste. Detlef schüttelte sich.

»Alte Leute. Runzlige Haut, die Organe arbeiten mangelhaft, die Muskeln und Knochen degenerieren. Nichts für mich. Am besten wäre es, wenn man rechtzeitig abtritt. Erspart auch ein Dahinsiechen.«

Detlef ließ das Poloshirt in einen bereit stehenden Karton fallen und betrachtete seinen Handrücken. Er atmete erleichtert aus, als er seine straffe Haut sah.

»Keine Altersflecken. Ich habe noch …«

Nein! Keine Selbstgespräche, dachte er, das machen sabbelnde Neunzigjährige im Pflegeheim. Dafür bin ich noch zu jung!

Kapitel 14

Auf dem Heimweg fiel Stephan das Hinweisschild zur evangelischen Kirche auf und er hielt an. Er blickte über den Parkplatz und überlegte, ob er dem evangelischen Pfarrer einen Besuch abstatten sollte. Es war noch nicht Mittag und trotzdem knurrte sein Magen. Stephan kämpfte mit sich. Nein, beschloss er, kein zweites Frühstück. Er wollte auf seine Figur achten.

Er nahm die Einfahrt zur Kirche. Auf dem Parkplatz davor standen ein roter Kleinwagen und ein silberner BMW.

Die Kirche war ein moderner Zementbau, der mehr einer Lagerhalle als einem Gotteshaus glich. Nur vereinzelte, farbige Ornamentfenster und ein kleines Kreuz auf dem Dachfirst. Da sind mir doch die guten alten zugigen Gewölbebauten mit klassischem Turm lieber, dachte Stephan. Er lehnte sein Fahrrad an den hüfthohen Metallzaun und schritt auf ein Häuschen mit Flachdach zu. Auf dem Schild neben dem Eingang stand ›Pfarrbüro‹. Er schaute durch das Fenster und erblickte einen Mann mit üppigem weißem Rauschebart und schlohweißem Haarkranz, der hinter einem Schreibtisch saß und in einem Buch blätterte. Stephan dachte sofort an den Weihnachtsmann, der die Liste mit den guten und bösen Kindern prüft. Er klopfte an und trat ein.

Der Mann schaute auf. »Was kann ich für Sie tun?«

»Entschuldigen Sie bitte die Störung, ich suche Herrn Gruber.«

Der Mann lehnte sich nach hinten und faltete die Hände über seinem fassgroßen Bauch. »Ihre Suche hat ein Ende. Nehmen Sie doch bitte Platz.«

Stephan stellte sich vor, reichte dem Pastor die Hand und zog einen Stuhl an den Tisch. »Sie sind der evangelische Pfarrer der Gemeinde?«

»So ist es. Möchten Sie einen Kaffee?«

»Gerne.«

Pastor Gruber griff hinter sich nach einer Thermoskanne und schüttete dampfenden Kaffee in einen der bereitstehenden Plastikbecher.

Stephan nahm den Becher dankend an und pustete über den Rand. »Zu Ihren Aufgaben gehören doch auch Hausbesuche bei den Kranken?«

»Selbstverständlich. Genau wie mein katholischer Kollege kümmere ich mich eingehend um die Gemeindemitglieder, die nicht zum Gottesdienst kommen können. Aber auch um die, die ich normalerweise nie zu Gesicht bekomme und von deren Erkrankung ich nur durch andere erfahre.«

»Sind Sie denn überall willkommen?«

Pastor Gruber schmunzelte. »Nicht unbedingt. Aber glauben Sie mir, ich habe da so meine Tricks, die Leute zu überzeugen. Tröstende Worte und ein offenes Ohr für die Probleme der Mitmenschen öffnen fast jedes Herz.«

»Und ihr Kollege ist genau so erfolgreich auf diesem Gebiet?«

»Oh ja, er ist ein ganz patenter Kerl, engagiert bis in die Haarspitzen.« Gruber lachte. »Ich bin noch nie so gut mit einem katholischen Kollegen klargekommen. Wenn einer von uns verhindert ist, vertreten wir uns gegenseitig, so weit es möglich ist. Aber verraten Sie das nicht unseren Vorgesetzten.«

»Sie vertreten sich auch bei den Hausbesuchen?«

»Gerade dabei. Miteinander reden und sich kümmern, das geht auch konfessionsübergreifend. Aber darf ich fragen, was Sie so sehr daran interessiert?«

In diesem Moment wurde die Tür des Büros geöffnet. Eine zierliche Frau kam herein. Sie hielt ein Handy an ihr Ohr. »Geht in Ordnung. Ich komme sofort«, sagte sie.

»Meine Frau«, stellte Pastor Gruber vor.

Stephan stand auf und gab ihr die Hand.

»Nennen Sie mich ruhig Else«, sagte Frau Gruber. »Die ganze Gemeinde macht das so.« Sie lächelte freundlich, wandte sich dann an ihren Mann. »Iris Jelinek hat angerufen, Horst. Sie möchte mit dir den Termin für die Vorbesprechung ihrer Hochzeit ausmachen. Du möchtest bitte zurückrufen. Ich bin jetzt drüben im Kindergarten. Nett, Sie kennen gelernt zu haben, Herr Tries.«

Frau Gruber verließ das Büro so plötzlich, wie sie aufgetaucht war.

»Ihre Frau hat aber eine Menge Energie«, bemerkte Stephan anerkennend.

Pastor Gruber kniff ihm ein Auge. »Ja, das kann manchmal auch anstrengend sein.«

»Um auf Ihre Frage zurückzukommen. Also, ich möchte ganz offen sein. Ich interessiere mich für die Todesfälle älterer Menschen in der Gemeinde. In jüngster Zeit scheint es zu einer ungewöhnlichen Häufung gekommen zu sein.« Stephan blickte dem Pastor direkt in die Augen. Der strich sich nachdenklich über den Bart.

»Warum?«, fragte Gruber schließlich.

»Warum?«

»Ja, warum interessieren Sie sich dafür?«

»Das ist eine gute Frage. Vermutlich kann ich es einfach nicht lassen. Ich bin Polizist, wollte mir eigentlich eine Auszeit gönnen. Dass hier vielleicht etwas nicht mit rechten Dingen zugehen könnte, darauf hat mich eine Bekannte aufmerksam gemacht.«

»Ihre Bekannte heißt nicht zufällig Charlotte von Berg?«, fragte der Pastor.

Stephan hob erstaunt die Augenbrauen.

Gruber lachte herzlich. »Hat sie Sie um den Finger gewickelt? Ja, ja, das kann unsere Charlotte. Mich hatte sie auch schon fast soweit. Als mein katholischer Kollege sie freundlich, aber bestimmt zurechtgewiesen hatte, kam sie zu mir. Nächte habe ich hier gesessen und darüber gebrütet, ob ein Funke Wahrheit hinter ihren Vermutungen stecken könnte. Alles weiße Mäuse, sage ich jetzt.«

Stephan trank einen Schluck Kaffee und sah neugierig zu, wie der Pastor eine Schreibtischschublade aufzog.

»Hier!« Pastor Gruber legte einen Hefter vor Stephan auf den Tisch. »Sehen Sie sich die ersten Seiten an.«

Stephan öffnete den Hefter und las, was in geschwungenen Lettern am oberen Rand stand. »Ulrich Rebstein, geboren 25. April 1940.«

»Ja. Ulrich ist am zweiten Weihnachtstag im letzten Jahr verstorben. Ich habe mir zu jedem Namen, den Sie in diesem Ordner finden, Notizen gemacht. Rebstein hatte einen Schlaganfall, er war halbseitig gelähmt. Seine Tochter fand ihn eines Tages tot in seinem Bett. Sie kümmerte sich jeden Nachmittag um ihn. Auf den ersten Blick kann man so einen Fall als merkwürdig einstufen. Kennt man aber die medizinische Vorgeschichte, so ergibt sich ein ganz anderes Bild. Herr Rebstein litt an chronischer Gefäßverkalkung, ein plötzlicher Tod durch einen Herz- oder Hirninfarkt ist somit gar nicht überraschend.«

Stephan blätterte den Hefter durch. Auf jeder Seite stand ein Name am oberen Rand, darunter Geburtsdatum und Todestag, es folgten alle weiteren Informationen, die der Pastor zusammengetragen hatte.

»Sie haben sich sehr eingehend damit beschäftigt. Woher haben Sie denn die medizinischen Informationen bekommen?«

Pastor Gruber lächelte. »Sie wissen doch, wie das in so einem Dorf ist. Da kennt jeder jeden.«

»Und Sie kennen Dr. Marchiat?«

»Wir spielen zusammen Tennis, wenn wir denn einmal Zeit dafür finden. Damit will ich aber nicht sagen, dass wir über seine Patienten sprechen. Schweigepflicht, Sie verstehen.«

»Selbstverständlich.« Stephan schlug den Hefter zu. »Haben Sie etwas dagegen, wenn ich mir das einmal ausleihe?«

Pastor Gruber schüttelte zögerlich den Kopf. »Aber nur, wenn Sie mir versprechen, darauf aufzupassen und ihn nicht aus der Hand geben. Ich brauche den Hefter nicht mehr, habe damit abgeschlossen und das habe ich Charlotte auch gesagt. Trotzdem sind es vertrauliche Daten.«

»Machen Sie sich keine Sorgen. Sie können sich auf mich verlassen.«

Stephan bedankte sich und trat hinaus in die Sonne. Alles weiße Mäuse, hatte der Pastor gesagt. Aber auch weiße Mäuse muss man jagen. Langsam wird es interessant, dachte Stephan und stieg auf sein Rad.

Unterwegs klingelte sein Handy. Das Display zeigte Monikas Nummer. Er seufzte, hielt am Straßenrand an und meldete sich.

»Ah, der Papst gewährt mir eine Audienz«, hörte er Monikas ironische Stimme.

Stephan verdrehte genervt die Augen. »Fangen wir Gespräche wieder mit Vorwürfen an?«

Monika holte tief Luft und er machte sich auf eine Tirade gefasst. »Komm mir nicht so! Ich würde mit dir ja ganz sachlich reden, wenn du dich nicht immer verleugnen lassen würdest!«

Stephan wusste, dass er nur noch ein paar unbedachte Worte äußern müsste, um Monika vollends in Rage zu versetzen. So war es früher schon gewesen. Sie schaltete den Kopf aus und argumentierte nur noch aus dem Bauch heraus. Ein Wort gab das andere und die Sachlichkeit blieb auf der Strecke.

»Okay, ich war nicht fair. Entschuldige bitte.«

»Also? Wann wollen wir uns treffen?«

Stephan schaute auf die Uhr. »Um drei? Ich schlage vor, wir treffen uns in Köln. Beim Gilden im Deutzer Bahnhof. Passt dir das?«

»Ich muss bis drei Uhr arbeiten. Geht es eine halbe Stunde später? Rufst du Christine an?«

»Okay, das mache ich.«

Er beendete das Gespräch. Ärgerlich suchte er Christines Nummer heraus. Heute passte ihm das eigentlich gar nicht. Wenn ihn erst einmal ein Fall gepackt hatte, dann ließ es ihn nicht mehr los. Aber er wollte die Familiensache hinter sich bringen, bevor es mit Monika mehr Probleme gab.

Stephan saß im Zug nach Köln und betrachte die vorbeiziehende Landschaft. Große Flächen bestellter Felder, in der Ferne erhob sich das Vorgebirge. An den seicht ansteigenden Hängen klebten die Dörfer. Jogger und Inlineskater nutzten die Wirtschaftswege, um ihren Sport auszuüben. Vor Stephan saß ein Halbwüchsiger in Flegelhaltung und zog sich eine überlaute MP3-Dröhung in die Ohren. Der junge Mann schien den ganzen Zug mit seiner Musik beglücken zu wollen, so sehr schallte es aus den Kopfhörern.

Stephan sah den jungen Mann an. Modisch zerrissene Jeans, nietenbesetzte Lederjacke, lange schwarze Haare und Nasenstecker.

›Sometimes I feel I'm getting stuck between the handshake and the fuck‹.

Stephan schüttelte lächelnd den Kopf.

»Was ist los, Alder?«

Stephan tippte sich mit dem Zeigefinger ans Ohr. Tatsächlich kam der junge Mann seiner Aufforderung nach und zog einen der Ohrhörer heraus.

Stephan flüsterte: »Davon wird man taub.«

»Hä?«

Stephan beugte sich vor und brüllte ihm ins Ohr: »Siehst du, sag ich doch.«

Der Junge schreckte zusammen. »Arschloch!« Dann steckte er seinen Ohrhörer wieder ins Ohr.

Stephan sah wieder zum Fenster hinaus und dachte nach. In

seiner Kindheit hatten seine Eltern es vorgezogen, einen Arzt in Merten aufzusuchen. Grund dafür war nicht eine Abneigung gegen Dr. Marchiat gewesen, sondern die Erreichbarkeit der Praxis. Sie hätten quer durch das ganze Dorf fahren müssen. Dagegen konnten sie die Praxis ihres Hausarztes Dr. Lunor in Merten über die Landstraße in drei Minuten erreichen. Ob Dr. Lunor heute noch praktiziert, fragte sich Stephan. Er erinnerte sich an einen großen, weißhaarigen Mann mit tiefer Bassstimme, der immer freundlich lächelte.

Der Zug hielt in Köln-Süd. Der junge Mann erhob sich, schenkte Stephan einen verachtungsvollen Blick und stieg aus. Draußen spuckte er auf den Bahnsteig und ging davon. Stephan sah ihm hinterher und grübelte weiter. Welches Motiv könnte Dr. Marchiat haben? Oder die anderen? Erbschleicherei? Helfersyndrom? Sadismus? Widerwärtige Sexualpraktiken? Nekrophilie? Raubmord oder Auftragsmorde? Es war schon vorgekommen, dass Kinder ihre Eltern beseitigen ließen, um schneller an die Erbschaft zu kommen oder um Pflegekosten zu sparen. Gegen diese Theorie sprach die hohe Anzahl der Todesfälle.

Möglicherweise war es nicht ein Täter, sondern zwei oder mehrere. Ein perverser Wettstreit, ein Menschen verachtender Spaß. Der Zug rollte über die Hohenzollern-Brücke. Stephan sah dem Rhein nach, der träge in seinem Bett floss. Die Anleger hingen tief im Wasser. Wie ungefährlich sah der Fluss aus, wenn er Niedrigwasser führte, dachte Stephan. Er kannte auch das andere Gesicht des Flusses, wenn er sich über seine Ufer erhob und die Altstadt überflutete. Ein Spiel der Natur, bei dem die Kölner bisher nicht gewinnen konnten.

Kurz darauf hielt der Zug im Deutzer Bahnhof. Stephan stieg aus und ging die Treppen hinunter. Er durchquerte die Eingangshalle und betrat die Kneipe, in der er sich mit Monika und Christine verabredet hatte. Nach einem kurzen Rundumblick entdeckte er Christine an einem der Holztische.

Stephan setzte sich neben sie. Vor Christine stand ein Glas Wasser. Stephan bestellte sich ein frisches Kölsch. Seine Tochter gab sich wortkarg und spielte nervös mit den Bierdeckeln.

»Wird schon«, sagte Stephan aufmunternd.

Der Köbes stellte die Stange vor Stephan ab und schnappte nach seinem Bleistift, den er hinters Ohr geklemmt hatte.

»Das Wasser geht auch auf mich.«

»Wasser, igitt«, bemerkte der Köbes, machte einen Strich auf Stephans Deckel und schrieb einsachtzig daneben. Stolzer Preis für ein Wasser, dachte Stephan.

Er trank mit Genuss einen kräftigen Schluck. »Ah! Vom Fass schmeckt es doch am besten.«

»Weißt du, wie viele Kalorien da drin stecken?«

»Ja, alles, was schmeckt, ist ungesund«, sagte Stephan und trank das Glas in einem Zug leer. Er winkte nach einem zweiten Bier.

»Hoffentlich kommt der Fatzke nicht mit«, sagte Christine. Stephan hörte Abscheu in ihrer Stimme.

In diesem Moment schwang die Tür der Kneipe auf und er sah Monika eintreten, hinter ihr folgte ein großer hagerer Mann.

»Nichts mehr mit Hoffnung«, murmelte Christine.

»Hallo.« Stephan reichte beiden die Hand zur Begrüßung. Er spürte den festen Händedruck von Monikas neuem Freund.

»Alex Klakowski«, stellte Monika vor. »Mein Exmann Stephan Tries.«

Alex streckte Christine die Hand entgegen. Sie kniff nur die Lippen zusammen und starrte auf die Tischplatte. »Immer noch eingeschnappt, wie?«

Monika setzte sich Christine gegenüber, Alex nahm an ihrer Seite Platz. Christine rutsche von ihm weg.

»Lass sie in Ruhe«, bat Stephan.

Monika lachte gekünstelt. »Ah, ich verstehe. Sie hat dir auch schon ihre Märchen aufgetischt.«

Alex grinste schmierig.

»Es ist kein Märchen! Warum glaubst du mir nicht? Hat er dir den Verstand rausgefickt?«

»Christine!« Stephan bemerkte, wie die Gäste an den Nachbartischen zu ihnen herüberschauten. Er hatte seine Tochter noch nie so vulgär erlebt. Insgeheim amüsierte er sich darüber und es zeigte, dass seine Tochter nicht mehr als Kind betrachtet werden durfte, sondern dass eine junge Frau neben ihm saß. Und genau dies schien Alex an Christine zu schätzen.

»Du solltest dich mäßigen, junge Dame.« Alex klang verärgert.

Stephan fragte sich, warum dieser Typ sich so gestelzt ausdrückte. Warum nannte er Christine abfällig ›junge Dame‹?

»Von dir lass ich mir gar nichts sagen! Du bist nicht mein Vater!«, fauchte Christine und verschränkte wütend die Arme.

Stephan versuchte, die Situation zu entspannen. Er hatte keine Lust auf ein neues Zusammentreffen, nur weil heute keine Einigung erzielt wurde. »Kommen wir zur Sache. Christine möchte im Moment nicht bei dir wohnen, Monika. Und bevor sie auf der Straße sitzt, kann sie natürlich bei mir unterkommen.«

»Bei dir? Dass ich nicht lache. Du hast dich doch nie um sie gekümmert.«

Stephan versuchte tief einzuatmen und ruhig zu bleiben. Diese ewigen Vorwürfe hatte er satt.

»Ihrer Tochter bedarf der umfassenden Zuneigung durch eine liebevolle Mutter. Ich würde eine Umkehr anraten.« Alex lächelte süffisant.

In Stephan keimte Wut auf. Er kniff ein Auge zusammen und fixierte Alex. Kerzengerade saß dieser auf seinem Stuhl, als ob sein Rückgrat nicht aus Wirbeln, sondern aus einem Eisenrohr bestehen würde.

»Halten Sie sich da raus. Das geht nur meine Familie etwas an.«

»Mit Verlaub, Herr Tries, da ich mit Monika inzwischen den Hausstand teile, bin ich selbstverständlich an der Lösung dieses unangenehmen Missverständnisses interessiert. Mir käme nicht in den Sinn, zwischen einer Mutter und ihrer Tochter zu stehen.«

»Ich fordere Sie zum letzten Mal auf, sich da rauszuhalten?«, sagte Stephan scharf.

»Lenk nicht ab, Alex hat vollkommen Recht. Christine braucht mich.«

Christine holte tief Luft, doch bevor sie etwas sagen konnte, legte Stephan ihr beruhigend die Hand auf den Arm. »Das habe ich nie angezweifelt, Monika, und das weißt du auch. Aber dieser Kerl da«, er deutete mit dem Kinn auf Alex, »ist nicht so zivilisiert, wie er dir mit seinem Gerede weismachen will. Ich weiß nicht, warum du dem mehr glaubst als deiner Tochter. Ich denke, dass unsere Tochter es nicht nötig hat, zu lügen. Außerdem ist sie erwachsen, sie kann wohnen, wo sie will.«

Stephan stand auf, zog Christine am Arm sanft mit hoch.

Er legte einen Zwanzig-Euro-Schein auf den Tisch. »Ich kann dir nur raten, dich von diesem Typen nicht weiter an der Nase herumführen zu lassen. Am besten gibst du ihm den Laufpass. Viel Erfolg!«

Stephan zwängte sich mit Christine im Schlepptau zum Ausgang des Lokals.

Als sie die Tür erreichten, hörte er Monika keifen: »Du bist und bleibst ein Arschloch! Ich werde dich anzeigen!«

Die Reaktion der anderen Gäste bekam Stephan nicht mehr mit, da die Tür bereits hinter ihnen zufiel. Er holte einige Male tief Luft.

»Papa, du warst Klasse!«

Stephans Wut verrauchte, als er Christines glückliches Lächeln sah.

»Komm, lass uns nach Hause fahren«, sagte er. Als sie gemeinsam zu Gleis sieben schlenderten, hakte sich seine Tochter zum ersten Mal bei ihm unter und legte den Kopf an seine Schulter.

Kapitel 15

Mitten in der Nacht schrecke ich hoch. Die Gesichter der Toten verblassen, entschwinden wie flüchtiger Nebel in einem Windstoß. Ich fahre mir mit zittrigen Händen übers Gesicht, trete dann die zerwühlte Bettdecke vollends zur Seite und setze die Füße auf den Boden. Die Kälte an meinen Füßen ernüchtert mich. Ich stehe auf, gehe in die Küche und schütte mir ein Glas Milch ein. Ich stelle es in die Mikrowelle, schaue zu, wie sich der Teller dreht, eine Minute lang. Ich höre die Melodie, die sie mir vorgesummt hat, wenn ich weinend in ihren Armen lag, spüre immer noch die Hand, die meinen Kopf streichelt. Kurz vor dem Einschlafen noch ein Gebet. Momente der Geborgenheit.

Ich nehme das Glas heraus und setze mich an den Tisch. Die Milch wird mich müde machen. Ich brauche den Schlaf, denn morgen wird wieder ein schwerer Tag werden.

Kapitel 16

Am nächsten Morgen wurde Stephan als erster Patient von der blonden Arzthelferin in das Behandlungszimmer geführt. Gestern Abend waren Christine und er früh zu Bett gegangen. Was blieb ihnen auch sonst übrig, da noch immer nicht alle Lampen funktionierten? Über das Treffen mit Monika hatten sie nicht weiter gesprochen.

»Nehmen Sie doch bitte Platz. Der Doktor kommt gleich.«

Die Arzthelferin legte seine Karteikarte auf den Schreibtisch und ließ ihn alleine im Zimmer zurück. Er sah sich das Bücherregal an. Unter ›Medizinisches Lexikon‹ konnte er sich noch etwas vorstellen, aber die meisten anderen Titel sagten ihm wenig. Stephan sah sich um. An den Wänden hingen verschiedene Poster, auf einem die Abbildung des menschlichen Skelettes, eines zeigte Muskelstränge, ein anderes den Querschnitt durch die männlichen und weiblichen Genitalien. Der aufgeräumte Schreibtisch war ein graues Standardmodell mit glänzender Oberfläche. Nur wenige Gegenstände waren darauf verteilt, ein Stifthalter, verschiedene Kugelschreiber, ein Würfel aus Notizzetteln mit Werbeaufdruck. Eine Lampe warf helles Licht auf eine große Papierunterlage. Darauf hatte sich der Doktor mit krakeliger Schrift Notizen gemacht. Stephan fragte sich, ob es für den Berufsstand als Arzt erforderlich war, unleserlich zu schreiben. Er ging um den Schreibtisch herum und versuchte das Geschriebene zu dechiffrieren. Es schien sich überwiegend um belanglose Dinge zu handeln. In einer Aufstellung am rechten Rand glaubte Stephan, eine Einkaufsliste erkannt zu haben. Nur die Notiz ›Seminar Gifte – Fluch oder Segen? Noch anmelden‹ schien ihm interessant. Ungewöhnlich war eine derartige Veranstaltung für einen Mediziner sicher nicht.

Plötzlich wurde die Tür aufgerissen und mit einem energischen »Guten Morgen« kam Dr. Marchiat herein.

»Macht es Ihnen etwas aus, wenn wir die Seiten tauschen.«

Stephan stand wie angewurzelt hinter dem Schreibtisch. Er schüttelte den Kopf, zwängte sich an dem Arzt vorbei und setzte sich auf den Besucherstuhl. Stephan schwieg, während der Doktor die Karteikarte überflog.

»Na, viel habe ich nicht über Sie hier stehen. Sie wollen sich also einmal durchchecken lassen. Eine sehr gute Entscheidung, da verdiene ich immer eine Menge dran.« Der Doktor lachte. »Haben Sie irgendwelche Beschwerden?«

»Übergewicht. Deshalb möchte ich wieder mehr Sport treiben«, sagte Stephan.

»Aha, verstehe. Sonst noch etwas?«

Stephan verneinte.

»Dann fangen wir mit den Blutwerten an.«

Der Arzt drückte einen Knopf der Gegensprecheinrichtung und rief eine Arzthelferin herein. Diesmal erschien die Dunkelhaarige.

»Steffi, übliches Programm.« Dr. Marchiat wandte sich an Stephan. »Wir sehen uns gleich wieder.«

Bevor Stephan eine Frage loswerden konnte, war der Arzt schon wieder zur Tür hinaus.

»Der hatte aber Hummeln im Hintern«, staunte Stephan.
»Ein ganzes Nest«, stimmte die Arzthelferin zu.

Eine knappe halbe Stunde später sah Stephan den Doktor wieder. Stephan lag mit frei gemachtem Oberkörper ausgestreckt auf einer Liege, neben der ein Ultraschallgerät stand. Dieser Raum war spartanischer eingerichtet als das erste Besprechungszimmer. Am Fußende der Liege befand sich ein kleines Highboard, auf dem ein Computer stand. Viel mehr Einrichtungsgegenstände gab es hier nicht.

»Dann wollen wir mal. Ich schaue mir jetzt Ihre Organe und Arterien an.«

Die durchsichtige Paste, die der Doktor aus einer Flasche auf Stephans Brust tropfen ließ, fühlte sich kalt an. Dr. Marchiat setzte den Doppler auf.

»Ich hab ja schon als Kind hier gewohnt.« Stephan überlegte, wie er den Doktor in ein Gespräch verwickeln konnte.

»Aha.« Doktor Marchiat verstellte etwas an dem Ultraschallgerät.

»Ja, und ich bin jetzt wieder zurückgezogen in mein Elternhaus.«

»Leben Ihre Eltern noch hier? Sie gehören nicht zu meinen Patienten. Ihr Name ist mir nicht geläufig.« Der Arzt sah Stephan nur kurz an.

»Meine Eltern sind verstorben.« Stephan räusperte sich. »Das tut mir leid.« Der Doktor nahm den Schallkopf aus der Halterung.

»Das ist der Lauf der Dinge. Menschen werden alt und sterben.« Stephan sah den Doktor an. Dieser schien ihm nicht wirklich zuzuhören. »Allerdings hab ich den Eindruck, dass hier im Dorf die Sterberate ungewöhnlich hoch ist. Was sagen Sie dazu?«

Stephan erntete verständnislose Blicke des Doktors.

Dr. Marchiat drückte unbeirrt Schalter an dem Gerät und bediente einen Trackball, mit dem er Linien auf dem Schwarz-Weiß-Bildschirm erzeugen konnte. »Sie sprechen in Rätseln. Herzklappen sind in Ordnung.«

»Ich meine, ist es nicht außergewöhnlich, wie viele ältere Menschen in der letzten Zeit hier im Ort verstorben sind.«

Dr. Marchiat führte den Doppler über den Hals. »Woher wollen Sie das wissen?«

»Ich habe mir Statistiken angesehen.«

Dr. Marchiat fixierte Stephan. »Was soll das werden?«

Stephan spielte den Unbekümmerten. »Alte Gewohnheit. Ich bin Polizist, da hört man das Gras wachsen.«

Der Doktor verzog unwillig das Gesicht. »Hier wächst kein Gras, da können Sie beruhigt sein. Drehen Sie sich bitte einmal auf die rechte Seite.«

Stephan folgte der Aufforderung.

»Ich bin der einzige Arzt im Dorf und habe somit vermutlich die meisten Totenscheine ausgestellt. Nur eine handvoll wird ein Notarzt bescheinigt haben. Manchmal sterben ältere Patienten überraschend. Ich bin kein Anfänger und kann einschätzen, wie groß die Wahrscheinlichkeit ist, dass sich jemand wieder berappelt. Die Todesursachen waren allesamt nachvollziehbar und erklärbar durch die Anamnese der Verstorbenen. Das wäre mir sonst aufgefallen. Jetzt bitte wieder auf den Rücken.«

Stephan spürte das kalte Ultraschallgel auf dem Unterbauch, zuckte kurz zusammen. Den Druck des Dopplers empfand er als unangenehm. Er verdrängte das Gefühl und fragte: »Könnte es sein, dass Ihr Wissen um ihre Patienten gerade den Grund dafür darstellt, dass Sie ein unnatürliches Ableben nicht bemerken würden. Ich meine damit so etwas wie …«

»Betriebsblindheit«, unterbrach Dr. Marchiat. »Habe schon verstanden. Sie können sich wieder anziehen. Ihre Schilddrüse hat drei kleine Knoten. Dafür schreibe ich Ihnen ein Jodpräparat auf. Das kontrollieren wir nach drei Monaten wieder.«

Während Stephan sich das Gel mit Papiertüchern abwischte und anschließend das Hemd anzog, tippte der Doktor den Befund in den Computer.

»Es könnte doch aber doch sein?«, versuchte es Stephan schließlich nochmals.

Der Doktor seufzte. »Keiner der Hinterbliebenen hat eine Obduktion verlangt. Einige der Verstorbenen sind verbrannt worden. Sie werden wissen, dass der Amtsarzt dann ein weiteres Mal eine Leichenschau vornimmt. Auch da gab es niemals Zweifel.«

»Im Krematorium sind fünfzehn, zwanzig oder noch mehr Leichen aufgebahrt. Wenn da nicht gerade ein Messer im Rücken steckt, wird der Amtsarzt kaum etwas finden. Für eine eingehende Untersuchung fehlt meistens die Zeit.«

Dr. Marchiat stand auf. »Vielleicht. Aber ich weiß, was ich gesehen habe. Da war nichts. Sie machen jetzt ein Belastungs-EKG. Da können Sie mal zeigen, was Sie körperlich so drauf haben.«

Im Hinausgehen rief der Arzt laut: »Die Zwei geht zum EKG!«

Es klang gereizt. Hatte Stephan einen wunden Punkt getroffen? Oder lag es nur an der inzwischen wieder überfüllten Praxis?

Die blonde Arzthelferin schaute zur Tür herein. »Kommen Sie bitte mit.«

»Sie sollten tatsächlich lieber mehr Sport treiben, als Hirngespinsten hinterher zu jagen.«

Stephan saß mit nach vorne gebeugtem Oberkörper keuchend auf dem Fahrrad, den Kopf auf die Arme am Lenkrad abgestützt. Der Schweiß rann ihm in Strömen über den Körper, die Beine fühlten sich so steif an wie zwei Betonpfeiler.

»Sie sind Arzt«, keuchte er, »Sie wissen ganz genau, dass es Mittel und Wege gibt, Menschen zu töten, ohne dass äußere Anzeichen dafür erkennbar sind.«

Stephan richtete sich auf und Dr. Marchiat entfernte die EKG-Ableitungen.

»Dafür müsste man sich aber sehr gut mit der Materie auskennen. Wie zum Beispiel ein Polizist.« Der Doktor grinste.

»Oder ein Arzt«, entgegnete Stephan.

Dr. Marchiat lachte. »Ich habe einen Eid geleistet, an den halte ich mich immer noch. Das können Sie mir glauben. Passen Sie auf, Herr Tries, ich mache Ihnen einen Vorschlag.«

Stephan zog sich sein T-Shirt an. »Da bin ich ja mal gespannt.«

»Bei dem nächsten Fall rufe ich Sie und Sie kommen einfach mit.«

»Geht das denn?«

Dr. Marchiat winkte ab. »Das kläre ich schon. Notfalls sind Sie mein Assistenzarzt. Ich werde Ihnen die Vorgeschichte erzählen und Sie können sich die Leiche anschauen. Einverstanden?«

Der Doktor hielt ihm die Hand hin und Stephan schlug nach kurzem Zögern ein. Ihm war klar, dass der Arzt damit als potenzieller Täter noch nicht aus dem Rennen war.

Detlef warf ärgerlich sein Handy auf den Tisch. Er wollte nächste Woche Ware holen, doch sein Geschäftspartner meldete sich nicht. Detlef holte tief Luft. Dann stand er auf und kramte aus dem Wohnzimmerschrank die letzte Tüte Chips hervor. Hastig riss er sie auf und begann gierig zu essen.

»Blöder Frustesser!«

Er leerte die Tüte, entsorgte sie und wusch sich anschließend ausgiebig die Hände. Unruhig lief er zwischen Arbeitszimmer, Küche und Wohnzimmer hin und her.

Schließlich schnappte er sich Putzeimer und Lappen und wienerte die Fliesen im Flur auf Hochglanz. Als er fertig war, verstaute er das Putzzeug wieder im Schrank und versuchte erneut, seinen Geschäftspartner zu erreichen. Wieder ohne Erfolg.

Detlef stöhnte. Das kann doch nicht wahr sein, dachte er, ich werde noch verrückt.

»Wenn das so weiter geht, raste ich aus!«

Im Flur griff er sich seine Jacke, stürmte aus dem Haus und setzte sich in seinen Wagen.

Er fuhr quer durch das Dorf und parkte vor dem Lebensmittelladen. Mit schnellen Schritten lief er durch die Obstabteilung, eilte an den Regalen mit den Konservendosen und an der Fleischtheke vorbei. Er griff nach einer großen Chipstüte und öffnete sie. Genüsslich schob er eine Handvoll Kartoffelscheiben in den Mund.

»Was machen Sie denn da?«

Detlef drehte sich um. Eine grauhaarige Verkäuferin stand vor ihm.

»Wonach sieht das denn aus?«, fragte er und hob die Chipstüte ein wenig in die Höhe.

»Das können Sie doch nicht machen. Sie müssen zuerst bezahlen«, sagte die Verkäuferin mit scharfem Tonfall.

»Heute läuft es mal anders herum. Ich esse die Chips zuerst und zahle dann. Oder wollen Sie, dass ich durchdrehe? Glauben Sie mir, dass würde Tote geben.«

Er drehte sich um und packte sich so viele Tüten, wie er mit einer Hand fassen konnte.

Das reicht bis morgen, dachte er zufrieden, ließ die Verkäuferin stehen und schlenderte zur Kasse.

Als Stephan in den Hausflur trat, wurde er von Schmelzer mit einem breiten Lächeln empfangen.

»Gute Nachrichten, Herr Tries! Heute Abend können wir die untere Etage wieder unter Strom nehmen.«

»Provisorisch?«, fragte Stephan vorsichtig.

Herr Schmelzer lachte und schüttelte den Kopf. »Nein, nein, richtig. Wir werden morgen oben anfangen. Sie müssen nur ihre Schlafzimmer in der ersten Etage räumen. Sie können dann hier unten anfangen zu tapezieren.«

Stephans Freude hielt sich in Grenzen. Er schaute sich die Flurwände genauer an. Zwar waren sie dort, wo die neuen Kabel lagen, ordentlich verputzt, doch die Tapeten mussten erneuert werden.

Stephan rieb sich mit der rechten Hand über den Hinterkopf.

»Daran habe ich noch gar nicht gedacht. Sie haben nicht zufällig jemand bei der Hand, der das erledigen könnte?«

Meister Schmelzer wiegte langsam den Kopf hin und her. »Ich kenne da jemanden, der würde das vielleicht nebenbei machen können. Er hilft bei meinem Schwiegervater auf dem Hof.«

Stephan spürte eine Welle der Erleichterung. »Das wäre großartig! Rufen Sie den Mann sofort an. Er soll morgen anfangen.«

Christine kam die Treppe herunter. »Was ist denn hier los?«

»Du hast doch hoffentlich nichts vor heute? Wir fahren in den Baumarkt und suchen uns Tapeten aus. Na, wie klingt das in deinen Ohren?«

Christine verzog unwillig die Mundwinkel.

»Du kannst dir aussuchen, was du möchtest, Töchterchen«, sagte er schnell.

»Papa!«

»Was ist denn?«

»Du sollst mich nicht Töchterchen nennen! Aus dem Alter bin ich raus«

Stephan lachte. »So alt kannst du gar nicht werden.«

Gegen halb sieben kehrten sie zurück. Stephan hatte den Wagen mit Tapeten und anderen Utensilien, die man zum Tapezieren benötigt, beladen. Er hielt direkt vor der Haustür. Christine und Stephan entluden gemeinsam den Wagen. Eine Tapetenrolle nach der anderen, dazu Kleister, weiße Wandfarbe, Pinsel, Farbroller und den Tapeziertisch. Nachdem sie alles ins Haus getragen hatten, schlug Stephan vor, zur Feier des Tages das Pizzataxi anzurufen.

Christine zog die Nase kraus. »Zu viele Kohlehydrate. Aber Salat wäre okay.«

Eine halbe Stunde später saßen sie in der Küche vor dem gelieferten Essen. Stephan hatte sich Bier mitbestellt und freute sich darüber, dass es angenehm kalt war. Gerade als er anfangen wollte zu essen, hörten sie einen Wagen in die Einfahrt fahren. Stephan hob überrascht die Augenbrauen und sah Christine fragend an.

»Nicht für mich. Ich bin nicht verabredet.«

»Ich auch nicht.« Stephan stand auf und ging zur Haustür. Als er die Tür öffnete, stand Charlotte vor ihm, die Hand zum Klopfen erhoben.

»Du brauchst nicht mehr anzuklopfen, die Klingel funktioniert wieder.«

Stephan beugte sich vor und betätigte den Klingelknopf. Die Schelle im Hausflur rasselte.

»Es geht also voran«, stellte Charlotte fest. »Darf ich reinkommen?«

Stephan ließ sie vorgehen und bewunderte ihre Kleidung. Sie trug ein knielanges, tailliertes braunes Kleid und Schuhe mit hohen Absätzen. Die Haare waren offen über eine Schulter und nach hinten gekämmt. Ihr Parfum erinnerte an einen Hauch frischen Zimts.

»Wir essen gerade zu Abend. Setz dich doch zu uns.«

Charlotte begrüßte Christine freundlich und setzte sich. Christine pickte auf einmal nur noch in ihrem Salat herum.

»Ich möchte euch nicht lange stören. Verzeih mir bitte meine Neugier. Ich habe dich angerufen, aber du scheinst dein Handy ausgestellt zu haben.« Charlotte lehnte sich zurück.

»Oh, wirklich?« Stephan zog sein Handy hervor. Das Display zeigte nichts an. »Der Akku ist leer. Das habe ich gar nicht bemerkt«, stellte er fest.

»Deswegen hat Mama wahrscheinlich auch die ganze Zeit vergeblich probiert, dich zu erreichen«, sagte Christine.

Stephan sah seine Tochter an. »Davon habe ich auch nichts von mitbekommen.«

»Familiäre Probleme?«, fragte Charlotte.

»Nicht Ihr Problem«, antworte Christine harsch. Charlotte nickte. »Sie haben vollkommen Recht, Christine.«

Christine blickte Charlotte argwöhnisch an. Charlotte hielt dem Blick stand. Nichts deutete darauf hin, dass sie ihre Worte nicht so meinte, wie sie sie gesagt hatte. Stephan hielt die Luft an. Schließlich nickte seine Tochter fast unmerklich. Der Zweikampf schien in einen Waffenstillstand übergegangen zu sein.

»Ihr wollt sicher in Ruhe reden.« Christine nahm ihren Teller und stand auf. »Ich geh nach oben.«

»Hast du in der Zwischenzeit etwas erfahren können?«, fragte Charlotte, nachdem die Küchentür hinter Christine zugefallen war.

»Nicht viel.« Stephan führte nachdenklich die Gabel zum Mund. Die Nudeln waren kalt. Er hasste kaltes Essen und schob die silberne Aluschale von sich. Dann berichtete er Charlotte von seinen Besuchen beim Pastor und beim Arzt.

»Viel ist das noch nicht. Ich nehme an, als nächstes ist Pfarrer Voschner dran«, sagte Charlotte, als er geendet hatte.

»Und zu Frau Habicht muss ich auch noch mal. Wie sieht es mit Henning aus?«

»Er kommt am Freitag.«

»Also übermorgen.«

»Übermorgen spreche ich auch mit meiner Freundin, der Geschäftsführerin von Vitalis. Das geht leider nicht eher, sie ist im Urlaub.«

»Ich möchte dich bitten, einmal nach Umweltskandalen hier in der Gegend zu recherchieren. Und wenn du schon einmal dabei bist, vielleicht bekommst du auch heraus, ob ein neues Medikament auf dem Markt ist.«

»An so etwas habe ich noch gar nicht gedacht. Ob wir im Internet etwas herausfinden?« Charlotte legte die Stirn in Falten. »Ich kenne da ein paar Leute. Journalisten und jemanden vom Umweltamt. Diese Quellen könnte ich versuchen anzuzapfen.«

»Du kennst ja Gott und die Welt«, bemerkte Stephan. »Gott nicht, aber die Welt schon«, entgegnete Charlotte. Sie stand auf, Stephan erhob sich ebenfalls.

»Ich möchte nicht länger stören«, sagte sie, »Ihr habt hier ja noch viel Arbeit vor euch.«

Stephan begleitete sie bis zu ihrem Wagen. »Sehen wir uns morgen auf einen Kaffee, so gegen drei?«

»Ja, das passt.«

Nachdem Charlotte gefahren war, ging Stephan zurück in die Küche. Christine stand an die Arbeitsfläche gelehnt, die Arme vor der Brust verschränkt. »Ich hab gehört, worüber ihr geredet habt.«

Stephan setzte sich an den Tisch. Nachdenklich nahm er die Bierflasche, trank. »Was hast du gehört?«

»Ihr, Charlotte und du, vermutet, dass es einen Mörder im Dorf gibt. Jemanden, der alte Leute umbringt.«

»Du hast gelauscht?« Stephan wischte sich über den Mund. »Ich dachte, aus dem Alter seist du raus.«

»Ich hab es zufällig gehört.« Christine seufzte. »Eigentlich wollte ich wissen, was zwischen euch läuft. Nicht, dass diese Frau irgendwann hier einzieht oder so.«

Stephan schüttelte den Kopf. »Auf was für Ideen du kommst.«

»Kannst du jetzt mal etwas zu dem Mörder sagen? Wenn hier jemand Leute umbringt, dann ist das doch gefährlich für dich. Ich meine, falls du ihm auf die Spur kommst und so.« Christine biss sich auf die Unterlippe.

»Bisher haben wir nur einen vagen Verdacht, nichts Konkretes. Und wir hören uns ja auch nur um.«

»Du und deine Charlotte. Solltest du nicht lieber die Polizei informieren? Du bist ja nicht mehr im Dienst.«

»Ich sag doch, wir haben gar nichts vorliegen. Nur einen Verdacht. Das reicht nicht aus, um die Kollegen einzuschalten. Außerdem ist sie nicht meine Charlotte.«

»Ja klar, Papa. Mensch, das sieht doch ein Blinder mit ’nem Krückstock, dass ihr euch mögt.«

»Red nicht so’n Unfug. Und überhaupt, mir wäre es lieb, wenn du ganz schnell vergessen würdest, was du gehört hast. Und vor allem mit niemandem darüber redest. Gefällt mir überhaupt nicht, dass du jetzt Bescheid weißt. Das bringt dich nur in Gefahr.«

»Du hättest mir ja eher etwas davon erzählen können. Vielleicht wäre ich dann gar nicht hierher gezogen.« Sie verzog schmollend den Mund.

»Christine, verdammt. Ich glaube kaum, dass du wirklich in Gefahr bist. Du gehörst nicht zum Opferkreis. Allerdings wäre es besser, wenn du darüber Stillschweigen bewahrst. Auch Charlotte gegenüber. Sie muss ja nicht wissen, dass du es weißt.«

»Wieso das denn? Hältst du sie für die Täterin?« Christine lachte.

Stephan drehte die Bierflasche zwischen seinen Händen, er sah seine Tochter nicht an.

»Ach du Scheiße, du verdächtigst sie tatsächlich!« Christine schlug eine Hand vor den Mund. »Aber das macht doch keinen Sinn. Sie würde doch nicht mitforschen, wenn sie es wäre.«

»Es gibt Täter, denen ist öffentliche Aufmerksamkeit wichtig. Und bisher ist noch niemandem die hohe Sterblichkeitsrate aufgefallen. Es könnte einen zusätzlichen Kick bedeuten, die Polizei mit der Nase darauf zu stoßen. Außerdem weiß sie ja auch, was ich heraus bekomme. Sie könnte mich auf falsche Fährten locken. Aber ich glaube nicht wirklich, dass Charlotte eine Mörderin ist.«

»Du glaubst es nicht? Oder hoffst du, dass sie es nicht ist?«

Stephan antwortete nicht.

»Na, alles klar, Papa, versteh schon. Ich verspreche dir, dass ich kein Wort darüber verliere. Im Gegenzug versprichst du mir, dass du auf dich aufpasst. Vor allem in ihrer Nähe.«

Frische Luft empfing Stephan, als er vor die Haustür trat. Er schaute in den Himmel. Die Sterne leuchteten hell, er erkannte den großen Wagen. Der Hauch einer Brise strich über die Felder, trug den Geruch frischer Erde mit sich. Er blickte nach Westen. Keine Wolke war zu sehen. Morgen würde wieder ein schöner Tag werden.

Kapitel 17

Am nächsten Morgen schien die Sonne wie erwartet und so entschied sich Stephan, mit dem Rad zu fahren. Sein Ziel war die katholische Kirche genau im Zentrum des Dorfes. Der Turm ragte hoch über die Dächer der umliegenden Häuser hinaus. Das mit roten Ziegelsteinen erbaute Kirchenschiff setzte sich leuchtend von den Fassaden der umstehenden Gebäude ab. Stephan gefiel dieser klassische Bau vom Anfang des letzten Jahrhunderts besser, als die moderne evangelische Kirche.

Etwa einhundert Meter vom Hauptportal entfernt befand sich das Pfarrhaus, das Pfarrer Voschner nach alter Tradition bewohnte. Vor dem Haus parkte ein roter Peugeot. Stephan lehnte sein Rad gegen den eisernen Zaun, der das Grundstück umschloss, und bemerkte jetzt erst einen Mann, der in gebückter Haltung im Vorgarten Saat ausbrachte.

»Guten Morgen«, rief Stephan über den Zaun hinweg.

Der Mann richtete sich neugierig auf. Stephan staunte über dessen Größe. Der Mann trug dunkelblaue, eng anliegende Laufkleidung, die sich an seinen durchtrainierten Körper schmiegte wie eine zweite Haut. Seine Glatze und seine lange, spitze Nase waren von der Sonne rosa verbrannt. Aus hellblauen Augen blickte der Mann ihn freundlich an.

Stephan deutete zum Himmel »Sie sollten vorsichtig sein, die Sonne ist schon recht kräftig.«

»Ich habe mich heute sorgfältig eingecremt. Danke für ihre Fürsorge. Ich nehme an, Sie sind Herr Tries. Kommen Sie doch rein.«

Stephan öffnete das Tor und ging auf den Mann zu, um ihm die Hand zu geben.

Dieser griff beherzt zu. »Voschner.«

»Dachte ich mir schon«, sagte Stephan. »Sind wir uns schon mal begegnet oder woher kennen Sie mich?«

Der Pfarrer lachte. »Ihr Ruf eilt ihnen voraus. Pastor Gruber und auch der Doktor haben mich gestern Abend angerufen.«

»Haben die beiden Ihnen berichtet, warum ich sie aufgesucht habe?«

»Sicher doch.«

»Und?«

»Nichts und. Es gibt hier keine ungewöhnlichen Sterbefälle. Mit Frau von Berg sind Sie in dieser Sache schlecht beraten, das hat ihnen mein Kollege ja auch schon gesagt. Stört es Sie, wenn ich bei unserer Unterhaltung ein wenig weiter arbeite? Ich habe einen engen Terminplan.«

Stephan verneinte.

»Das Gärtnern ist Ihr Hobby?«

Der Pfarrer entnahm Samenkörner aus Tütchen und ließ sie in kleine Löcher in der feuchten Erde gleiten. »Hobby, ja, das trifft es. Ich bin gerne hier draußen und genieße die frische Luft.«

»Da können Sie mir sicher ein paar Tipps für meinen Garten geben, ich habe leider keinen grünen Daumen. Mein Nachbar hat sich schon über das Unkraut beschwert.« Stephan seufzte.

»Gerne. Das ist einfacher, als man denkt. Man muss sich, wie es eigentlich bei allen Dingen ist, nur daran wagen. Als ich vor drei Jahren die Gemeinde übernommen habe, wuchsen hier nur wildes Kraut und Efeu. Im letzten Sommer nannten meine Gemeindemitglieder dieses Fleckchen schon den Garten Eden.«

Stephan kam wieder zum Thema zurück. »Wir sprachen über Frau von Berg und ihre Vermutung, was denken Sie?«

»Sie ist eine nette Frau und kümmert sich rührend um ihre Mutter.«

»Sie hegen keinen Groll gegen sie?«

Pfarrer Voschner runzelte die Stirn. »Wieso sollte ich Groll hegen?«

»Zum Beispiel, weil sie Ihnen Ihre kostbare Zeit gestohlen hat?«

Der Pfarrer lachte und setzte seine Pflanzarbeit fort. »Lieber Herr Tries, wenn ich auf jeden ärgerlich wäre, der meine Termine durcheinander bringt, dann hätte ich den Beruf verfehlt. So etwas kommt ständig vor. So wie jetzt gerade.«

Er sah auf und grinste. Stephan konnte sich ein Schmunzeln nicht verkneifen. Der Pfarrer hatte einen feinsinnigen Humor.

»Von Pastor Gruber weiß ich, dass Sie sich auch gegenseitig bei Hausbesuchen vertreten. Sie haben also regelmäßigen Kontakt mit den älteren und kranken Menschen hier im Ort?«

Der Pfarrer drückte die letzten Samenkörner in die Erde und richtete sich auf. »Ich spende ihnen Trost, und wenn sie es wünschen, zelebriere ich mit ihnen das Abendmahl. Übrigens besuche ich auch hin und wieder die Mutter von Frau von Berg. So oft ich Zeit erübrigen kann, schaue ich bei ihr vorbei. Und wie Sie vielleicht wissen, geht es der alten Dame immer noch relativ gut.«

Stephan machte eine entschuldigende Geste. »Ich habe nicht gesagt, dass ich Sie verdächtige.«

Der Pfarrer wischte sich die Hände an der Hose ab. »Das stimmt wohl, ausgesprochen haben Sie es nicht. Haben Sie noch viele Fragen? Ich habe heute Vormittag noch eine Taufe und würde gerne vorher noch eine Runde laufen. Auch so ein Hobby von mir.«

»Nur eine Frage noch.«

»Ich habe schon gehört, dass Sie sehr hartnäckig sind.«

»Auch das zwitschern also die Vögel von den Dächern?«

»Wenn Sie hier laut husten, kommt garantiert innerhalb einer Stunde das halbe Dorf mit Hausmittelchen gegen Erkältung an.«

Stephan fiel in das Lachen des Pfarrers ein, dann wurde er wieder ernst. »Können Sie sich vorstellen, dass jemand aus dem Dorf ein Motiv haben könnte, alten kranken Menschen nach dem Leben zu trachten?«

Der Pfarrer kratzte sich am Hinterkopf. »Ich kann mir vieles vorstellen, aber es liegt mir fern, jemanden zu verdächtigen.«

»Aber?«

»Kein aber. Es gibt immer Gerüchte. Zum Beispiel Frau von Berg kümmert sich viel um andere Menschen. Tut sie das ganz uneigennützig? Sie werden sicher gehört haben, dass Frau Habicht vor einiger Zeit eine stattliche Summe geerbt hat. Auch Frau Habicht besucht Alte und Kranke, angeblich aus Nächstenliebe.«

»Sie vermuten, dass Frau Habicht aus Habgier handeln könnte. Nach dem Motto: Einschmeicheln, Testament ändern, töten, abkassieren?«

Pfarrer Voschner schüttelte den Kopf. »Ich vermute gar nichts, ich sprach von Gerüchten, die kursieren.« Eine Wolke schob sich vor die Sonne und Pfarrer Voschner sah auf die Kirchturmuhr.

»Danke, dass Sie sich die Zeit genommen haben, und vergessen Sie nicht, sich noch einmal einzucremen, bevor sie loslaufen. Oder setzen Sie besser eine Baseballkappe auf.«

Nachdem er sich verabschiedet hatte, machte sich Stephan auf den Weg zu Frau Habicht. Seine Gedanken kreisten um die angebliche Erbschaft. Ein langer, mühsamer Weg, um an das Geld anderer zu kommen. Aber durchaus gangbar, ohne aufzufallen. Stephan erinnerte sich an sein letztes Gespräch mit Frau Habicht und beschloss, mehr Fingerspitzengefühl zu zeigen. Er wollte versuchen, besonders höflich zu sein, sich bei ihr einschmeicheln. Vielleicht würde sie ihm auch von sich aus von der Erbschaft erzählen.

Stephan hielt unschlüssig sein Fahrrad am Lenker fest und suchte eine Möglichkeit, sein Fahrrad anzulehnen. Vor dem Haus standen mehrere Rhododendronbüsche, die allesamt bereits reichlich Knospen austrieben, einen Fahrradständer gab es nicht.

»Shit!« Stephan nahm sich vor, bei nächster Gelegenheit einen Fahrradständer zu besorgen. Er legte das Rad neben einen der Büsche, ging zur Haustür und drückte den Klingelknopf. Er konnte den Klingelton deutlich hören, aber es rührte sich nichts. Auch ein zweiter Versuch blieb erfolglos. Alles blieb ruhig.

Er schnappte sich sein Fahrrad. »Dann eben ein anderes Mal.«

Zu Hause erwartete Stephan ein neuer Helfer.

»Das ist Sergej. Nennen Sie ihn ruhig beim Vornamen.

Es macht ihm nichts aus und ganz unter uns: Sein Familienname ist unaussprechlich.« Schmelzer schlug dem Mann freundschaftlich auf die Schultern.

Dieser Sergej grinste freundlich und reichte Stephan eine mit Kleister verschmierte Hand. »Zdavstvujte.«

»Privet! Ich grüße Sie ebenfalls.«

»Sie sprechen Russisch?«, fragte Schmelzer verblüfft. »Das ist zu viel gesagt, aber ein paar Brocken habe ich bei meiner Tätigkeit schon mitbekommen.«

Stephan schaute sich in der Küche um. Sergej hatte ein bemerkenswertes Tempo an den Tag gelegt. Der Raum war bis auf zwei Bahnen fast fertig tapeziert.

»Das ist ja phänomenal!«

»Ja, Sergej hat schon was drauf. Wenn Sie gleich noch die Fliesen kaufen, wird die Küche heute fertig. Dann kann morgen die Küchenzeile aufgebaut werden und am Wochenende können Sie die ersten Gäste bewirten.«

Stephan hieb sich mit der flachen Hand gegen die Stirn. »Die Fliesen! Die habe ich total vergessen.«

Er sah auf die Uhr. Es war Zeit genug, bis Charlotte ihn abholen würde. »Bin gleich wieder da«, rief er den Handwerkern zu und stürmte hinaus.

Pünktlich um drei Uhr lenkte Charlotte ihren Wagen auf den Hof. Sergej war bereits dabei, die Fliesen anzubringen und es sah ganz so aus, als würde der Russe bis zum Abend mit dem Fliesenspiegel fertig werden. Stephan griff nach seinem Ermittlungsordner, den er inzwischen um die Notizen über Pfarrer Gruber erweitert hatte, und stieg zu Charlotte in den Wagen. Sie schlug vor, ein Café in Bornheim am Peter-Fryns-Platz aufzusuchen. Stephan war einverstanden. Da er sich in der Bornheimer Gastronomieszene nicht auskannte, wollte er sich auf Charlottes Urteil verlassen. Mit dem kroatischen Restaurant hatte sie auch seinen Geschmack getroffen.

Das Café wirkte von außen unscheinbar. Um so mehr war Stephan von der außergewöhnlichen Einrichtung überrascht – schlichte, funktionelle Möbel mit klaren Linien in Bordeauxrot und Schokoladenbraun. Sie wählten einen schwarzen Tisch mit Ledersesseln an der Stirnseite des Raumes. Der Kellner begrüßte sie freundlich und nahm die Bestellung auf.

Als er außer Hörweite war, begann Charlotte mit ihrem Bericht. »Also, ich habe ein wenig herumtelefoniert und folgendes heraus gefunden. Zwar gibt es vereinzelt alte Rohre, die eine mögliche Verunreinigung des Trinkwassers begünstigen, aber von einem flächendeckenden Problem kann keine Rede sein. Das ist aber auch schon alles. Ansonsten erfreut sich das Wasser hier in Bornheim bester Qualität. Alles andere würde sich auch kaum verheimlichen lassen. Schließlich wird in Roisdorf Mineralwasser in Flaschen gezogen. Einen Vertuschungsskandal könnte sich die Firma nicht erlauben.«

»Und neue Medikamente?«

»Ebenso Fehlanzeige.«

Der Kellner brachte die Getränke und zog sich, ohne überflüssige Worte zu verlieren, wieder zurück.

»Es war ein Versuch wert«, stellte Stephan fest und pustete in seinen Cappuccino. Dann erzählte er, was er bei Pfarrer Voschner in Erfahrung gebracht hatte. »Übrigens denkt der Pfarrer auch, dass du dich da in etwas verrennst.«

Charlotte rührte in ihrem Kaffee herum. »Das hatten wir doch schon mal. Du denkst doch inzwischen anders darüber, oder?»

»Das weißt du doch.«

»Ich wollte es nur noch einmal hören. Was sagst du denn zu Frau Habichts Erbschaft?«

»Das wäre ein Motiv, zumindest für diesen einen Fall. Was mich stört, ist, dass der Pfarrer nur eine Erbschaft erwähnt hat.«

»Somit ist der Hinweis auf diesen Nachlass nicht von Bedeutung?«

Stephan schüttelte den Kopf. »Es könnte auch bedeuten, dass andere Erbschaften nicht bekannt geworden sind. Oder aber Frau Habicht schmeichelt sich solange ein, bis sie feststellt, dass kein Erbe zu erwarten ist, und tötet dann aus Wut und Enttäuschung?«

»Also, um es ihnen heim zu zahlen?«

»Das Tragische dabei wäre, egal wie sich die Erblasser entscheiden, der Tod ist ihnen in jedem Fall gewiss.«

Eine Gruppe von fünf Schülern, die lärmend in das Café stürmten und sich an die Theke setzten, lenkten Stephans Aufmerksamkeit ab. Charlottes runzelte unwillig die Stirn.

»Jung und ungestüm«, stellte Stephan fest.

Charlotte drehte sich zu den Schülern um. »Ich bitte euch, etwas leiser zu sein.«

Augenblicklich verstummten die Jugendlichen.

»Danke«, sagte Charlotte.

»Du bist sehr direkt.« Stephan grinste.

»Ich würde es unter Ehrlichkeit fassen. Ich habe festgestellt, dass die Menschen durchaus bereit sind, auf andere Rücksicht zu nehmen, wenn man ihnen klar macht, was einen stört. Aber zurück zum Thema. Haben wir sonst noch Hinweise, denen wir nachgehen können?«

»Bin mal gespannt, was du über Henning in Erfahrung bringst. Dann will ich noch einmal mit Frau Habicht sprechen. Die Sache mit der Erbschaft lässt mir keine Ruhe. Viel mehr Möglichkeiten haben wir im Moment nicht. Es erstaunt mich überhaupt, dass mir bisher alle so bereitwillig Auskunft gegeben haben. Ich bin ja nicht offiziell als Kommissar unterwegs. Dr. Marchiat und die anderen hätten mich auch einfach rausschmeißen können.«

»Das ist ja ernüchternd.« Charlotte presste die Lippen fest aufeinander.

»Nun schmeiß mal nicht direkt die Flinte ins Korn«, sagte Stephan, »was meinst du, wie oft ich solche Situationen schon erlebt hab? Wenn's nicht weiter geht, fangen wir einfach wieder von vorne an. Irgendwann kommt das Quäntchen Glück dazu und führt uns auf die richtige Fährte.«

»Und wenn nicht? Ich meine, wenn der Mörder sich gut zu tarnen weiß? Werden wir ihm dann jemals ein Bein stellen können?«

»Ich habe ja jetzt durch Dr. Marchiat einen Fuß in der Tür. Notfalls werde ich ihn drängen, Obduktionen anzuordnen.«

»Und wenn er nicht darauf eingeht?«

Stephan lächelte. »Dann wäre er meiner Meinung nach sehr verdächtig.«

Wenig später brachte Charlotte Stephan wieder auf den Hof zurück. Er winkte ihr kurz hinterher.

Christine saß auf einem Stuhl vor dem Haus in der Sonne. »Hast du Lust, mit mir ins Kino zu gehen?«, fragte sie.

Stephan warf sich seine Jacke über die Schulter. »Was gibt's denn zu sehen.«

»Den neuen Bond-Film.«

»Und was ist mit der Küche?«

»Mach dir keine Sorgen, die Tapeten kleben und die Fliesen ebenfalls.«

Stephan zog sein Handy aus der Hosentasche und löschte die Mailbox, ohne sie abzuhören. Er verspürte keine Lust auf Monikas Stimme. Dann schaltete er das Handy aus. »Worauf warten wir noch?«

Als sie aus dem Kölner Kinotempel ›Cinedom‹ kamen und Richtung Bahnhof West schlenderten, fragte Christine: »War Spitze oder?«

»Film oder Hauptdarsteller?«

Sie knuffte ihren Vater in die Seite. »Mensch, Papa!« Stephan lachte. »Einigen wir uns einfach, beides war Spitze, okay?«

Der Zug traf mit zwanzig Minuten Verspätung in Sechtem ein. Sie stiegen in Stephans Golf und fuhren durch das verschlafene Dorf.

»Hier sind nachts die Bürgersteige hochgeklappt«, bemerkte Christine. »Da wünscht man sich in die Stadt zurück.«

Stephan spürte einen Stich und fragte vorsichtig: »Soll ich deine Mutter informieren?«

»Untersteh dich!«

Erleichtert atmete er aus.

Als Stephan wenige Minuten später seinen Golf auf den Hof lenkte, erfasste das Licht der Scheinwerfer Charlottes parkenden Wagen.

»Nanu?« Stephan blickte Christine verwundert an. Sie zuckte mit den Schultern.

Stephan stieg aus. Er sah zum ersten Mal, dass Charlotte rauchte. Sie zog heftig an einem Zigarillo und die Glut leuchtete hell auf. Sie hielt irgendetwas hinter ihrem Rücken verborgen.

»Ich geh dann schon mal rein«, murmelte Christine und verschwand blitzartig im Haus.

»Was soll das?«

Stephan hörte die Wut in ihrer Stimme. Verständnislos hob er die Schultern. »Charlotte, ich weiß nicht …«

»Komm mir doch nicht so!«, schrie sie.

Mit einer schwungvollen Bewegung zog Charlotte den verborgenen Gegenstand hinter dem Rücken hervor und rammte ihn Stephan in die Magengrube. Stephan stöhnte auf und krümmte sich, wobei er automatisch nach dem Gegenstand griff. Es war sein Ordner.

»Ich kann dir alles erklären.« Stephan rang mühsam nach Atem.

»Mir? Du willst mir etwas erklären? Denk daran, dass ich zu den Verdächtigen gehöre!«

»Lass uns darüber reden, ja? Bitte.«

Sie schüttelte heftig den Kopf. »Du bist ein hinterhältiges Schwein, weißt du das?«

Stephan zuckte zusammen. Monika kam ihm in den Sinn, wie sie damals vor ihm gestanden hatte, als sie hinter seine Affäre gekommen war. Monika hatte ihn ebenso bezeichnet. Vielleicht war ja etwas daran, dachte er. Möglicherweise konnte er mit Frauen nicht umgehen, ohne sie irgendwann zu verletzen. Im Nachbarhaus ging das Licht an. Detlef kann uns hören, dachte Stephan.

»Charlotte, ich bitte dich nochmals, lass uns reingehen und über alles reden. Die Nachbarn …«

»Die sind mir so was von egal! Du kannst mich mal. Ich werde jetzt ins Auto steigen, irgendwo hinfahren und Leute abmetzeln!«

Stephan wich dem brennenden Zigarillostummel aus, den sie vor ihn auf den Boden warf. Charlotte umrundete das Heck ihres Roadsters und stieg ein. Stephan wusste nicht, was er sagen sollte, sah nur zu, wie Charlotte den Wagen startete und mit durchdrehenden Reifen anfuhr. Stephan spürte, wie aufgewirbelte Steinchen, gegen seine Hosenbeine flogen. Wenig später hörte er das Geräusch des hochgedrehten Motors in der Ferne verstummen.

Das Telefon klingelte. Detlef sah auf das Display. Die Nummer kam ihm bekannt vor, doch konnte er sie keinem Namen zuordnen. Er überlegte einen Moment, ob er das Gespräch annehmen sollte. Er war gerade dabei, eine aufwendige Internetseite zu gestalten und wollte eigentlich nicht gestört werden. Er ärgerte sich, dass er vergessen hatte, das Telefon auszuschalten. Es könnte ein verärgerter Kunde sein und ich habe keine Lust auf Beschwerden, dachte er.

»Dann würde dir die Nummer aber überhaupt nichts sagen.«

Er drückte den Annahmeknopf und meldete sich. »Schlierer.«

»Hi Detlef, ich bin es, Steffi. Hast du morgen Abend schon was vor?«

Detlef schluckte, ihm wurde heiß. »Bisher noch nicht«, antwortete er.

»Dann lass uns tanzen gehen.«

Detlef dachte an sein schlechtes Gewissen, das ihn Anfang der Woche gequält hatte. Und an Henning. »Ich weiß nicht, ob das so eine gute Idee ist.«

»Hat es dir denn am Samstag nicht gefallen?«

Detlef hörte die Enttäuschung in Steffis Stimme. »Doch, doch, klar. War super. Ich habe mich lange nicht mehr so gut amüsiert.«

»Ging mir genauso. Also? Warum sollen wir es dann nicht wiederholen?«

Ihre süße Stimme macht mich fertig, dachte Detlef. Der Telefonhörer glitt langsam aus seiner schweißnassen Hand. Er packte fester zu und antwortete: »Henning könnte sauer sein, wenn er davon erfährt.«

Steffi lachte. »Hast du ihm von letztem Samstag erzählt?«

»Nein, natürlich nicht.«

»Siehst du, ich auch nicht. Das werden wir auch in Zukunft nicht. Und wenn uns jemand sehen sollte, dann sagen wir, wir hätten uns zufällig getroffen. Also, alter Tanzbär, abgemacht?«

Detlef schüttelte den Kopf, sagte aber: »Also, gut, abgemacht. Wann und wo treffen wir uns?«

Kapitel 18

Stephan lag auf seiner Matratze im Wohnzimmer, die Arme hinter dem Kopf verschränkt und dachte über Charlotte nach. Wie sollte er das wieder bereinigen? Christine schnarchte leise. Er war dankbar, dass sie sich taktvoll verhalten und ihn in Ruhe gelassen hatte.

Erst als es bereits dämmerte, schlief Stephan ein und wurde wenig später unsanft durch die Haustürklingel geweckt. Schläfrig blickte er zum Wecker. Es war bereits nach acht Uhr. Stephan sah zu Christines Matratze hinüber. Die Bettdecke war zurückgeschlagen, von seiner Tochter fehlte jede Spur. Er hörte Wasser rauschen. Sie war sicherlich im Bad. Dann klingelte es wieder. Noch schlaftrunken rappelte sich Stephan hoch, schlurfte in Zeitlupe zur Tür und ließ Schmelzer und seinen Gesellen herein.

»Guten Morgen, Herr Tries! Scheiß Wetter heute.«

Passt zu meiner Stimmung, dachte Stephan.

»Sergej kommt in einer Stunde«, erklärte Schmelzer. »Er muss erst noch in den Stall.«

Stephan nickte müde. »Ist schon gut.«

Nach einem provisorischen Frühstück und einem Telefonat mit Monika, in dem sie sich wieder alles Mögliche an den Kopf geschmissen hatten, machte sich Stephan nochmals auf den Weg zu Frau Habicht. Er spürte einen unangenehmen Magendruck, der sich immer dann einstellte, wenn ihn persönliche Probleme belasten.

Frau Habicht öffnete ihm reserviert die Tür, zögerte kurz, führte ihn dann in ihr Wohnzimmer. Die rustikalen, dunklen Holzmöbel schienen das Licht aufzusaugen. Nippes stand in allen erdenklichen Formen und Farben auf den Schränken. Schondeckchen lagen auf den Polstermöbeln.

»Ich möchte mich bei Ihnen entschuldigen«, begann Stephan. »Ich hätte sofort mit offenen Karten spielen sollen.«

Frau Habicht nickte. »Das hätten Sie.«

»Also gut. Frau von Berg hat mich auf eine Sache aufmerksam gemacht, der ich nachgehe.«

»Das hab ich mir schon gedacht.«

Stephan stutzte: »Wieso?«

Frau Habicht lachte. »Es ist noch nicht lange her, da saß Frau von Berg auf dem Sessel, auf dem Sie gerade sitzen.«

»Und hat sie von ihrem Verdacht, was die erhöhte Sterberate angeht, erzählt?«

»Nicht nur das. Sie gab offen zu, dass ich für sie eine Hauptverdächtige bin.«

Stephan dachte an das Essen mit Charlotte in dem kroatischen Restaurant. Zögernd hatte sie dort Namen genannt, hatte sich angeblich nicht vorstellen können, dass tatsächlich einer dieser Leute der Täter wäre. Stephan wurde klar, dass sie geschauspielert hatte. Aber warum? Sein Magen meldete sich und er musste aufstoßen, schlug im letzten Moment die Hand vor den Mund.

»Mein Magen. Verzeihung.« Er verzog gequält das Gesicht.

»Dagegen habe ich etwas.« Frau Habicht stand auf und nahm

zwei Likörgläser aus der Vitrine, stellte sie auf den Wohnzimmertisch. Dann holte sie eine Flasche aus dem Schrank, in der eine braune Flüssigkeit schwappte.

Schwungvoll goss sie ein. »Aufgesetzter. Melisse, Liebstöckel, Fenchel und Tausendgüldenkraut. Sie werden sehen, er wirkt vorzüglich.«

»Sie kennen sich in Kräuterkunde aus?«

Frau Habicht setzte sich wieder. »Bestens sogar. Die Kräuter sammle ich und was ich nicht finde, bekomme ich bei Pfarrer Voschner.«

»Er hat einen Kräutergarten, stimmt, davon hat er erzählt.«

Stephan schnupperte an dem Glas. Es roch würzig. Der erste Schluck brannte in seiner Kehle, doch wenig später spürte Stephan eine angenehme Wärme im Magen. »Heftig!«

Frau Habicht lachte. »Selbstgebrannter. Achtzig Prozent wird der schon haben.«

»Wenn die Kräuter nicht helfen, dann brennt der Alkohol alles weg, stimmt's?«

»So in etwa. Aber egal wie, Hauptsache es hilft.« Stephan nahm noch einen Schluck. »Ich habe gehört, Sie haben kürzlich eine Erbschaft gemacht.«

»Manchmal wundere ich mich wirklich, wie das wieder bekannt geworden ist.« Sie verdrehte die Augen.

»Es stimmt also?«

»Ja natürlich.«

»Darf ich fragen, wer der Erblasser ist? Jemand aus dem Dorf?«

»Erblasserin. Eine Freundin von mir, Else Rettlich. Sie war nicht verheiratet, hatte keine Kinder, es gibt keine weiteren Verwandten. Wir waren gut befreundet.« Frau Habicht zuckte mit den Schultern.

»Besonders begeistert scheinen Sie nicht zu sein.«

»Es war nicht der Rede wert. Ich hatte ihr im Gegenzug versprochen, mich um die Beerdigung zu kümmern. Die Kosten haben das Erbe fast aufgezehrt.«

»Woran ist sie denn verstorben?«

»Sie war neunundachtzig. Altersschwäche. Sie ist friedlich eingeschlafen.« Frau Habicht sah nachdenklich aus. Schließlich wandte sie sich wieder Stephan zu. »Was macht ihr Magen?«

»Dem geht's besser.«

»Freut mich. Kommen Sie ruhig zu mir, wenn irgendwelche Zipperlein Sie quälen. Dr. Marchiat glaubt zwar nicht daran, doch oft wirken die Kräuter besser und sanfter als seine Chemiekeule.« Sie lachte leise.

»Dürfte ich vielleicht noch einen Schluck haben?« Stephan sah sie verlegen an.

»Klar dürfen Sie!« Frau Habicht goss ihm nach, grinste. »Dann nehme ich auch noch einen kleinen.«

»Ich wollte eigentlich von Ihnen wissen, wie Sie die Theorie von Frau von Berg einschätzen. Könnte da etwas dran sein?«

Die alte Frau runzelte die Stirn. »Als Frau von Berg das erste Mal mit mir darüber sprach, hielt ich es für vollkommen absurd. Jetzt denke ich anders darüber. Ich meine, ich habe ja genug Erfahrung mit Krankheitsverläufen. Frau von Berg machte mich auf die hohe Sterberate der letzten Jahre aufmerksam. Eigenartig ist das schon alles, bei einigen Verstorbenen kam das Ableben sehr überraschend.«

»Der Doktor behauptet, dass alles durch die Vorerkrankungen erklärbar ist.«

Frau Habicht winkte ab. »Für den zählen nur die Lebenden. Mit denen kann er Geld verdienen. Die Totenscheine, die der ausfüllt, sagen genau so viel über Todesursachen aus wie mein Einkaufszettel.«

»Sie haben keine hohe Meinung von Marchiat?«

»Ich sehe ja, was er so alles verschreibt. Überflüssiges Zeug, das den Patienten mehr schadet, als dass es hilft. Ich habe ihn darauf angesprochen. Kräuterhexe hat er mich genannt. Wenn man Hilfe benötige, solle man einen ausgebildeten Mediziner zu Rate ziehen und nicht eine abgetakelte Krankenschwester, hat er gesagt.« Ihre Wangen leuchteten rot und Stephan wusste nicht, ob es am Alkohol lag oder an ihrer Wut.

»Nun ja, das ist nicht gerade freundlich.«

»Eine Frechheit ist das!«

Stephan trank noch einen kleinen Schluck, stand auf. »Ja, das ist eine Frechheit. Ich danke Ihnen, dass Sie mit mir über die Angelegenheit gesprochen haben und möchte nun auch nicht länger stören.«

Frau Habicht begleitete ihn zur Tür. Im Flur fiel Stephan eine Fotowand auf, die er beim Hereinkommen nicht bemerkt hatte. Er konnte Bilder von hohen Bergen erkennen, mal mit, mal ohne Frau Habicht.

»Sind das die Alpen?« Stephan hatte sich schon seit Jahren vorgenommen, dort einmal einen Wanderurlaub zu verbringen.

»Alpen?« Frau Habicht lachte. »Nein, das ist der Himalaja. Vor anderthalb Jahren war ich da.«

»Da muss man doch sicherlich mindestens vier Wochen bleiben, damit sich die Reise lohnt.«

»Ganz recht, ein halbes Jahr war ich dort. Ich habe mir auch Indien angesehen und von da aus bin ich nach Thailand gereist. Das war eine tolle Zeit. Ich habe Jahrzehnte dafür gespart. Es war schon immer mein Traum, und ich habe ihn mir erfüllt.«

Stephan schaute nachdenklich die Bilder an. »Wann waren Sie da?«

»November zweitausendfünf bis Ende April letzten Jahres. Ich kann Ihnen mehr Bilder zeigen. Über fünfhundert habe ich auf dem Computer.«

Stephan lächelte Frau Habicht an. »Gerne. Darauf komme ich zurück.«

Er drückte sein Handy fest ans Ohr. Geh schon ran, sei nicht so nachtragend, dachte er. Endlich hörte er Charlottes wütende Stimme.

»Lass mich in Ruhe!«

»Im Café um zwölf«, sagte er schnell. »Ich habe etwas Wichtiges in Erfahrung bringen können!«

Es rauschte im Hörer, eine, zwei, fünf Sekunden lang.

»Charlotte?«

Dann hörte er das Besetztzeichen. Sie hatte aufgelegt.

Stephan umklammerte sein Bierglas mit beiden Händen und schaute durch die Panoramascheiben nach draußen. Zwanzig nach zwölf. Inzwischen zweifelte er daran, dass Charlottes Neugier siegen würde. Zehn Minuten noch, dachte Stephan, dann gebe ich auf.

Plötzlich sah er ihren Roadster in eine Parklücke direkt gegenüber einscheren. Charlotte stieg aus und kam über die Straße gelaufen. Sie blickte ernst, öffnete die Tür des Cafés und setzte sich ohne Gruß zu ihm an den Tisch.

»Ich mache dir ein Angebot«, begann Stephan.

Charlotte unterbrach ihn. »Wenn ich mich selbst stelle, wirst du für meine Mutter sorgen?«

Stephan überging die Spitze und sagte: »Ich streiche dich von der Liste der Verdächtigten und wir machen weiter wie gehabt.«

»Warum so großzügig? Was überzeugt dich auf einmal, dass ich nicht die Mörderin bin?«

Stephan holte tief Luft. »Ich habe beschlossen, dir einfach zu vertrauen.«

»Jetzt erst?«

»Ich kann deinen Ärger verstehen. Kannst du dich noch an meine Worte im kroatischen Restaurant erinnern? Nichts vorschnell ausschließen, habe ich gesagt. Du hast mir selbst erzählt, dass du die Toten kanntest, daher war es nur logisch, dich mit auf die Liste zu setzen.«

Charlotte beugte sich über den Tisch. »Das kann doch nicht dein Ernst sein?«

»Es gab Indizien, die auf dich hindeuteten.«

»Welche?«, fragte sie kühl.

»Zum Beispiel, dass ich immer noch nichts Genaueres über Henning weiß. Keinen Namen, nichts über seine Kunden. In meinen Augen hast du Zeit geschunden.«

»Ich habe dir doch die Umstände erklärt!«

»Das ist nur ein Beispiel, Charlotte. Selbst heute bekam ich noch mal Zweifel.«

»Was war heute?«

»Frau Habicht hat mir erzählt, dass du bei ihr warst und sie verdächtigt hast. Als wir damals die Liste der möglichen Täter durchgegangen sind, erwähntest du Frau Habicht zögerlich, ganz so, als ob sie dir bisher nicht eingefallen wäre.«

»Ich wollte dich nicht mit meinen Theorien und Schlussfolgerungen überfallen. Du solltest dir unbeeinflusst selbst ein Bild machen können. Es hat ja auch funktioniert. Das, was wir zurzeit wissen, verdanken wir in erster Linie deinem Engagement.«

»Okay, wir hätten einfach offener darüber sprechen sollen.«

Charlotte schwieg. Stephan bedrängte sie nicht.

»Es muss wirklich aus deiner Sicht ein wenig seltsam ausgesehen haben«, sagte sie schließlich.

Stephan nickte. »Schwamm drüber.«

»Ja. Lass uns gemeinsam weiter machen.«

»Okay, also: Heute war ich nochmals bei Frau Habicht.« Er erzählte ihr von seinem Besuch.

»Die Habicht war wirklich ein halbes Jahr im Ausland? Davon habe ich nichts mitbekommen.« Charlotte wirkte überrascht.

»Anscheinend weißt du doch nicht alles.«

Charlotte nahm einen in Leder gebundenen Terminkalender aus ihrer Tasche und blätterte darin. »Zu der Zeit lag meine Mutter im Krankenhaus.«

»Und du bist nicht von ihrer Seite gewichen, stimmt's?«

»Richtig. Ich habe immer Sorge, dass ihr etwas passieren könnte, wenn ich nicht bei ihr bin.« Charlotte senkte den Kopf. Leise sagte sie: »Mein Mann starb, als ich auf dem Weg zu ihm ins Krankenhaus war. Als ich ankam, fand ich sein Bett bereits leer vor.«

Sie stockte. Stephan hätte gerne etwas Tröstliches gesagt, doch ihm fiel nichts Passendes ein.

Charlotte seufzte, senkte den Blick. »Er starb allein.« Sie weinte stumm.

»Verstehe.« Am liebsten hätte Stephan Charlottes Hände in seine genommen, doch stattdessen zog er ein Taschentuch aus seiner Jacke. Sie nahm es wortlos. Stephan ließ ihr Zeit.

»Am besten, wir machen einfach weiter«, sagte Charlotte nach einer Weile.

»Kann ich irgendetwas für dich tun? Dir helfen?« Charlotte winkte ab. »Ist schon in Ordnung, wirklich. Also? Was hast du noch.«

Stephan holte tief Luft. »Okay. Weiter im Text.« Er legte zwei Pfarrbriefe auf den Tisch. »Die beiden Pfarrhefte sind aus dem Zeitraum, als die Habicht in Asien war.«

Dann zog er auch die Statistik mit den Sechtemer Sterbefällen aus seinem Ordner, legte sie neben die Pfarrbriefe und tippte auf eine Stelle. »Das ist der gleiche Zeitraum.«

Charlotte beugte sich über die Tabelle. »Kein Rückgang der Sterbefälle zu erkennen. Ich vermute, die Pfarrbriefe sagen das Gleiche aus.«

Stephan nickte bestätigend.

»Sie kann nicht die Mörderin sein.« Charlotte lehnte sich zurück.

Stephan seufzte. »Falls es wirklich eine Mörderin gibt, ist es sicherlich nicht Frau Habicht. Nur ein kleiner Erfolg, aber immerhin.«

Charlotte stand abrupt auf.

»Was ist los?« Erschrocken sah Stephan sie an. Hatte er wieder etwas Falsches gesagt?

»Ich besorge jetzt die Informationen über Henning. Sobald ich mehr weiß, rufe ich dich an.« Sie winkte ihm kurz zu und verließ voll neu gewonnener Energie das Café.

»Was für ein gemütlicher Plausch.« Stephan lachte erleichtert.

»Kannst du mir das Tanzen beibringen?«

Detlef verschluckte sich an seiner Cola und hustete krampfhaft. »Was?«, fragte er keuchend.

Henning rollte mit den Augen. »Mensch, Dicker. Ich sprech doch kein Chinesisch. Ich möchte Tanzen lernen.«

Detlef dachte an Steffi, mit der er in gut acht Stunden verabredet war. Nur sie konnte der Auslöser für Hennings plötzlichen Wunsch sein.

»Dafür geht man normalerweise in eine Tanzschule«, sagte Detlef.

Henning verzog das Gesicht. »Würde ich ja, aber da wäre ich an feste Termine gebunden. Ich weiß nicht, ob ich dies im Moment einrichten kann. Tanzunterricht findet abends statt und da muss ich oft noch arbeiten. Dazu kosten die Stunden gutes Geld, welches ich zurzeit nicht habe. Mensch, Dicker, letztens, als du mit Steffi getanzt hast, da bin ich richtig neidisch geworden. Du hast es ja richtig drauf. Wo hast du das gelernt?«

»Meine Mutter hat auf vieles keinen Wert gelegt, weiß Gott nicht. Aber zum Tanzunterricht, da musste ich regelmäßig hingehen. Jahrelang. Sie hat es sogar kontrolliert. Per Stichprobe.

Und wehe, ich habe geschwänzt. Dann bekam ich kein Geld für eine Tankfüllung oder einen extra Zuschlag für Klamotten. Da war sie knallhart.«

Henning schüttelte den Kopf. »Verstehe ich nicht. Weshalb war das für deine Mutter so wichtig.«

Detlef schenkte ihm Cola nach. »Meine Mutter vertrat den Standpunkt, dass man anständige Mädchen nur auf der Tanzfläche kennen lernt.«

»Und? Hatte sie Recht?« Henning grinste.

Detlef zuckte mit den Schultern. »Könnte was dran sein. Die letzten Jahre bin ich nicht zum Tanzen gekommen. Und sieh dich um: Findest du ein anständiges Mädchen in meinem Haus?«

»Seh' nichts« Henning lachte. Es klang boshaft.

Detlef seufzte. »Siehst du. Meine Mutter könnte also immer noch mit ihrer Theorie richtig liegen. Den Gegenbeweis konnte ich bisher nicht antreten.«

»Okay, okay. Steffi liegt mir jeden Tag in den Ohren. Sie möchte mit mir tanzen gehen. Bisher habe ich immer nein gesagt. Ich möchte mich nicht blamieren. Ich wirke wie ein Baum gegen diesen amerikanischen Schauspieler aus den alten schwarz-weiß Filmen.«

»Fred Astaire?«

»Kann sein, ja. Mensch, Dicker, ich will Steffi nicht weiter enttäuschen und endlich mit ihr Tanzen gehen.«

Henning lehnte sich zurück und faltete die Hände um sein Glas. Detlef musterte ihn. Henning schien noch etwas auf dem Herzen zu haben.

»Was ist los?«, fragte Detlef.

»Hm?«, Henning sah hoch. »Ach, wahrscheinlich nichts weiter. Aber ich habe den Verdacht, dass sich Steffi mit anderen Männern trifft.«

»Wie kommst du denn auf den Quatsch«, fuhr Detlef auf.

»Quatsch? Woher willst du das denn wissen?«, fragte Henning. »Letzten Samstagabend habe ich versucht, sie auf ihrem Handy zu erreichen. Fehlanzeige. Meldete sich immer nur ihre Mailbox. Nach einigen Stunden rief ich in Sorge im Krankenhaus an. Steffi hatte mir erzählt, dass sie Nachtschicht hätte. Und was meinst du, haben die mir gesagt?«

Detlef wich Hennings Blick aus. »Weiß nicht, kann's mir aber denken. Sie hatte keinen Dienst.«

»Richtig. Ist doch verdächtig oder?«

Detlef wurde übel. Seine Zunge fühlte sich plötzlich pelzig an. Er zwang sich, seine Cola nicht in einem Schluck herunterzustürzen. »Dafür könnte es doch viele Gründe geben. Zum Beispiel könnte Steffi mit einer Freundin unterwegs gewesen sein. Oder sie wollte einfach nur in aller Ruhe ausschlafen. Hast du sie darauf angesprochen?«

Detlef beobachtete seinen Kumpel aufmerksam.

Henning strich sich mit einer fahrigen Bewegung die Haare nach hinten. »Nein, habe ich nicht.«

»Warum nicht?«

»Ja glaubst du denn, ich möchte meine Freundin mit übertriebener Eifersucht verschrecken? Wir sind doch noch nicht lange zusammen. Nachher wirft sie mir vor, ich würde ihr nachspionieren.«

Detlef fand dies ein wenig weit hergeholt. Doch für ihn war Hennings Vorsicht nur gut. Er bestärkte seinen Freund. »Ja, alles möglich. Pass nur auf, wie du mit ihr umgehst.«

Du Heuchler, dachte Detlef, bescheißt deinen eigenen Kumpel von vorne bis hinten. Er musste ein Grinsen unterdrücken. »Also gut. Ich werde dir ein paar Tanzschritte beibringen. In drei Monaten wird sich Steffi mit dir auf der Tanzfläche wie Ginger Rogers fühlen.«

Henning haute mit der flachen Hand auf den Tisch und lachte. »Mensch, Dicker, bist ein echter Kumpel. Besten Dank. Aber sag mal: Wer ist Ginger Rogers?«

Kapitel 19

Charlotte parkte ihren Wagen am Straßenrand. Sie blickte über die Straße zum Haus, in dem sich das Büro von ›Vitalis‹ befand. Früher gehörte es einem Kurzwarenhändler, der im Erdgeschoss seinen Laden hatte. Da aber die Leute aus dem Dorf hauptsächlich zu einem Schwätzchen bei ihm vorbei kamen und weniger, um sich mit Stoffen, Nähgarn oder Wolle einzudecken, hatte er vor einigen Jahren das Geschäft aufgegeben. Nun bewohnte er die Dachgeschosswohnung und hatte den Rest des Hauses vermietet. Die Firma ›Vitalis‹ war ein zuverlässiger Mieter, zahlte pünktlich die Miete, es gab nie Ärger.

Hinter dem großen Schaufenster sah Charlotte ihre Freundin Ursula am Computer arbeiten. Sie war die Geschäftsführerin der Pflegefirma. Ihr Mann Rainer arbeitete als Altenpfleger, Ursula erledigte die anfallenden Büroarbeiten.

Charlotte trat ein und wurde von ihrer Freundin mit einer herzlichen Umarmung begrüßt.

»Charlotte! Schön, dich mal wieder zu sehen. Setz dich doch. Möchtest du einen Kaffee?«

Charlotte bejahte. Sie setze sich an den Besuchertisch und Ursula verschwand in der angrenzenden Küche. Kurz darauf hielt Charlotte die Tasse mit dem duftenden Kaffee in den Händen.

»Gibt es einen besonderen Grund, dass du hierher kommst?«

Charlotte kannte Ursula seit Jahren. Sie hatten sich bei einem Computerkurs der Volkshochschule kennen gelernt und Ursulas offene und herzliche Art hatte Charlotte sofort gefallen. Über den Kurs hinaus entwickelte sich eine innige Freundschaft. Als Charlottes Mann starb, zog Ursula vorübergehend bei ihr ein, um tröstend an ihrer Seite zu stehen. Das würde Charlotte ihr nie vergessen. Darum fiel es ihr jetzt auch so schwer, ihre Freundin belügen zu müssen.

»Ach, wir haben uns so lange nicht gesehen, da dachte ich, ich besuche dich einmal.«

Sie unterhielten sich zunächst über Ursulas Urlaub, bevor Charlotte zu dem Thema wechselte, das ihr die ganze Zeit auf der Seele brannte.

»Es gibt da noch eine Sache, die ich mit dir besprechen muss. Es geht um die Pflege meiner Mutter.«

Ursula grinste. »Na, dachte ich es mir doch, dass du nicht nur auf ein Schwätzchen vorbeigekommen bist. Ist etwas nicht in Ordnung?«

Charlotte zuckte mit den Schultern. »Also dieser Henning, tja, ich weiß nicht.«

»Was ist mit ihm? Hat er sich nicht benommen?«

»Nein!«, wiegelte Charlotte ab. »Seine Arbeit führt er zur vollsten Zufriedenheit aus.«

»Was ist es dann?«

Charlotte nippte an ihrem Kaffee. »Er ist, was seine Person betrifft, sehr verschlossen. Ich weiß nichts über ihn, noch nicht einmal, wo er wohnt.«

Ursula lachte: »Vielleicht hat er gute Gründe, nicht so viel über sich zu erzählen. Und das beunruhigt dich?«

Charlotte nickte. »Ja. Er kommt meiner Mutter näher als ich selbst. Ist es da nicht normal, wenn man mehr über eine solche Person erfahren möchte? Ich will die beste Pflege für meine Mutter. Vielleicht gibt es ja eine geeignete Pflegerin. Dies wäre für meine Mutter sicherlich angenehmer.«

Ursula lehnte sich in ihrem Stuhl zurück und griff nach ihren Zigaretten. Charlotte winkte ab, als ihre Freundin ihr eine anbot.

»Rauchst du immer noch nur Zigarillos?«, fragte Ursula.

»Richtig, hin und wieder gönn ich mir dieses Laster.«

»Irgendwie, liebe Charlotte, nehme ich dir deine Besorgnis nicht ganz ab. Da ist doch noch etwas anderes.«

Charlotte wich Ursulas forschendem Blick aus und fluchte innerlich. So einfach konnte sie ihrer Freundin nichts vormachen. Das Telefon klingelte und Charlotte war froh, noch einen Moment Bedenkzeit zu bekommen, während Ursula das Gespräch annahm.

»Ambulanter Pflegedienst Vitalis! Sie sprechen mit Frau Berger.«

Charlotte wusste, dass sie nicht den wahren Grund verraten durfte. Ursula würde es nicht verstehen.

»Okay. Also, wenn du ein Problem mit Henning hast, wird es für uns von der Organisation her schwierig.«

»Wieso?«, fragte Charlotte.

»Jede unserer Mitarbeiterinnen und jeder Mitarbeiter bedient ein bestimmtes Gebiet. Henning, zum Beispiel, ist in Sechtem unterwegs. So sparen wir Anfahrzeiten. Überwiegend ist es sogar so, dass die Pflegekräfte in den Dörfern wohnen, in denen sie tätig sind. Gut, bei Henning trifft dies nicht zu, aber trotzdem betreut er nur Fälle in Sechtem. Die Mitarbeiter müssen sich auch nicht hier im Büro an- und abmelden. Wichtig ist für uns nur, dass sie die Termine zuverlässig einhalten und ihre Leistungen erbringen.«

»Und wenn jemand eine andere Pflegerin oder Pfleger haben möchte?«

»Dann müssen wir uns die zusätzliche Anfahrtszeit extra vergüten lassen.«

Charlotte überlegte kurz. »Wie lange betreut Henning denn schon eure Patienten in Sechtem?«

»Oh, schon eine ganze Weile. Warte mal.«

Ursula stand auf, schloss einen Stahlschrank auf, der hinter ihrem Schreibtisch an der Wand stand. »Ah, hier. Bei mir geht nichts verloren.«

Charlotte konnte ›Baumeister Henning‹ auf der Kladde entziffern, die Ursula vor sich auf den Tisch gelegt hatte.

»Wir haben Henning vor vier Jahren als Springer eingestellt. Seine Prüfung zum Pfleger hat er mit Bestnoten bestanden. Die vorgelegten Zeugnisse sind ausgezeichnet. Das hat uns überzeugt. Vor zweieinhalb Jahren haben wir ihm einen unbefristeten Vertrag angeboten. Seitdem arbeitet er überwiegend in Sechtem.«

Das passt, dachte Charlotte und spürte, wie ihre Hände feucht wurden. »Warum arbeitet er hier im Dorf, obwohl er woanders wohnt?«

Ursula lachte. »Schlichtweg aus organisatorischen Gründen, die wir zurzeit nicht ändern können.«

»Gab es schon mal Beschwerden über ihn?«, fragte Charlotte.

»Beschwerden gibt es immer, auch bei Henning. Es ist ein Dienst am Menschen, da treffen unterschiedliche Charaktere aufeinander. Doch bisher konnten wir alles zur Zufriedenheit der Kunden klären. Meistens hilft schon ein intensives Gespräch, um die Wogen zu glätten.«

Ursula zündete sich noch eine Zigarette an.

»Okay, wenn ich dich richtig verstanden habe, bestehen keine Zweifel an Hennings Qualifikation und Arbeitsleistung«, sagte Charlotte. »Und wie sieht sein restlicher Lebenslauf aus?«

»Die Frage war ja jetzt zu erwarten.« Ursula grinste und deutete auf die Kladde. »Schau selbst nach. Geh aber nach hinten, das muss ja nicht jeder sehen.«

»Danke, du hast was gut bei mir.«

Charlotte schnappte sich die Kladde und ging in die Küche. Dort stellte sie sich so an die Arbeitsplatte, dass sie von der Straße aus nicht gesehen werden konnte. Es duftete leicht nach Knoblauch und Basilikum. Sie legte die Akte auf die Arbeitsplatte und begann zu blättern. Mit dem rechten Zeigefinger glitt sie über den tabellarischen Lebenslauf. Geburtsdatum, Adresse, Familienstand, Schule, Ausbildung, Haftanstalt, beruflicher Werdegang.

Charlotte stockte, wanderte mit dem Finger wieder eine Zeile nach oben. Tatsächlich! Haftanstalt: 23. Mai 1995 bis 3. November 2002 stand dort. Sie stieß pfeifend Luft aus, ihr Herz schlug schneller.

Charlotte reichte die Unterlagen verstört an Ursula zurück. »Ihr habt ihn eingestellt, obwohl ihr wusstet, dass er im Gefängnis saß?«

Ursula nickte. »So etwas nennt man Resozialisierung. Du

kennst unsere politische Einstellung. Jeder verdient eine zweite Chance!«

Charlotte schüttelte zweifelnd den Kopf. »Und wenn er ein Mörder ist?«

»Ja und wenn? Selbst dann hätten wir ihn eingestellt. Was ist denn mit dir los? Er hat seine Strafe abgesessen, benimmt sich vorbildlich, ist der Mitarbeiter mit den geringsten Krankheitstagen und wird von den Kunden geschätzt. Also?«

Charlotte stand vor dem Schreibtisch, stemmte die Hände in die Hüfte. »Und wenn er sich nur deshalb so vorbildlich verhält, damit er nicht auffällt. Damit kein Verdacht auf ihn fällt. Er könnte …«

Charlotte unterbrach sich. Ihr wurde bewusst, dass sie immer lauter geworden war und Ursula sprachlos anstarrte.

Ihre Freundin schluckte. »Charlotte, was redest du denn da? Ich erkenne dich nicht wieder. Henning ist in Ordnung, glaub mir das.«

Charlotte öffnete den Mund, wollte ihren Standpunkt verteidigen. Aber ihr wurde klar, dass Ursula Recht hatte.

Charlottes hilflose Wut verrauchte. Sie ließ sich auf einen Stuhl sinken und fühlte sich auf einmal deprimiert und euphorisch zugleich. Auf der einen Seite hatte sich die Angst um ihre Mutter verstärkt, auf der anderen Seite gab es eine Spur, der sie nachgehen konnten. Und das war immerhin besser, als weiterhin im Dunkeln zu stochern.

Stephan lag mit geschlossenen Augen in der Badewanne. Er liebte diese Minuten der Ruhe, wenn sich die Muskeln durch das warme Wasser entspannten und eine Müdigkeit in den

Körper kroch. Der Duft der ätherischen Öle stieg in seine Nase.

Er griff nach seiner Flasche Kölsch, die neben seinem Handy auf dem Klodeckel stand. Nur schade, dass das Bier so schnell warm wurde. Als er die Flasche zurückstellte, klingelte sein Handy. Mit einem Seufzer nahm er es und schaute auf das Display. Charlotte. Er drückte den Knopf für die Rufannahme.

»Ich liege in der Wanne. Gibt es was Neues?«

»Ich habe etwas über Henning in Erfahrung bringen können.«

Stephan horchte auf. »Spann mich nicht auf die Folter.«

»Ursula hat mich in seine Personalakte sehen lassen!«

»Und?«

»Er saß im Gefängnis!«

»Weshalb?«

»Das war nicht angegeben und meine Freundin wusste es nicht. Aber es könnte ein Indiz sein.«

Stephan überlegte einen Moment. »ja, durchaus. Ich werde dem nachgehen. Sonst noch etwas?«

»Alles andere kann ich dir später berichten. Er heißt übrigens Baumeister, Henning Baumeister. Kannst du etwas über seine Straftat herausfinden?«

»Ich müsste Kollegen um Hilfe bitten. Das kann ein Weilchen dauern. Mal sehen.«

Stephan spürte Charlottes Enttäuschung. Am Anfang seiner Laufbahn war es ihm auch nie schnell genug gegangen. Er hatte lernen müssen, zu warten.

»Du bekommst als Erste Bescheid, das verspreche ich dir.«

Nachdem er aufgelegt hatte, drehte Stephan das heiße Wasser

nochmals auf. Ein paar Minuten Entspannung mussten noch drin sein.

Später saß er am Küchentisch und starrte sein Handy an. Wenn er mehr über Henning Baumeister in Erfahrung bringen wollte, musste er einen Kollegen um Hilfe bitten. Lutz wäre hierfür ideal, aber sein Partner war immer noch in der Reha. Erst vor ein paar Tagen hatten sie kurz telefoniert.

Die zweite Wahl war Martina. Mit ihr hatte er vor ein paar Jahren zusammengearbeitet und auch eine Affäre gehabt. Er zögerte, sie anzurufen, wusste nicht, ob er Angst vor seinen Gefühlen hatte oder was ihn davon abhielt. Schließlich griff er nach dem Handy und suchte ihre Nummer aus dem Telefonbuch.

Ein paar Stunden später stand er bei ihr vor der Haustür. Martina sah wie immer toll aus, stellte Stephan fest. Die braunen, fast schwarzen Haare und die bernsteinfarbenen Augen zeugten von ihrer italienischen Abstammung. Der Stoff ihres engen T-Shirts betonte ihre Brüste und die Jeans trug sie knackig eng anliegend.

»Stephan! Schön, dich mal wieder zu sehen«, sagte sie. »Komm rein. Kann ich dir etwas Gutes tun?« Sie lächelte anzüglich.

»Erst einmal danke, dass du so spät noch Zeit für mich hast. Und zu deiner Frage: Hätte ich denn noch eine Chance?« Stephan grinste.

»Jederzeit! Ich muss dich aber warnen! Du bist nicht der Einzige!«

»Ja, klar. Das ist ja auch der Grund, warum wir nicht mehr zusammen sind.«

Stephan seufzte übertrieben und folgte Martina ins Wohnzimmer. Er ließ sich auf einen Sessel fallen. Er hatte Martina, als sie noch Anwärterin war, kennen gelernt. Im Rahmen ihrer Ausbildung war sie für zwei Monate in seiner Abteilung eingesetzt worden. Damals kriselte es bereits in seiner Ehe und als Monika von seiner Liaison mit Martina erfuhr, reichte sie umgehend die Scheidung ein.

»Ich hol uns erst einmal was zu trinken. Kölsch?«

Stephan nickte. Sie holte zwei Flaschen Bier und drückte ihm eine in die Hand.«

Martina trank mit kräftigen Schlucken. »Ah! Eiskalt, das ist gut.« Sie rieb sich mit dem Handrücken über den Mund.

»Ich will nicht lange drum herum reden.« Stephan nippte am Bier. »Ich brauche deine Hilfe. Kannst du mir Informationen über einen Henning Baumeister beschaffen? Der müsste eine Akte haben, er hat gesessen. Ich will wissen, weshalb.«

»Das kann aber dauern.«

»Ich hab Zeit, bin ja nicht mehr im Dienst.«

»Wofür brauchst du die Information?«

»Eine Art persönliche Ermittlung. Er ist Pfleger, betreut die Mutter einer Freundin. Diese hat jetzt von seiner Vergangenheit im Knast erfahren und macht sich ein wenig Sorgen. Ich will sie beruhigen.«

»Verstehe.«

»Ich hab dir meine private Handynummer notiert.« Stephan reicht ihr einen Zettel und zwinkerte ihr zu. »Du kannst mich jederzeit anrufen. Tag und Nacht.«

»Tag und Nacht?« Martina grinste. »Na, wenn das nicht ein Angebot ist.«

»Ich muss los.« Stephan trank sein Bier aus, stand auf.

Sie brachte in bis zur Tür, küsste ihn flüchtig zum Abschied. Als Stephan sich abwandte, wäre er beinahe mit einem blonden Hünen zusammengeprallt.

»Hallo Cherie«, sagte der Mann zu Martina und schaute Stephan an, die Augenbrauen zusammengezogen.

»Ein Kollege von mir«, erklärte Martina. »Hauptkommissar Stephan Tries. Er wollte gerade gehen.«

»Ich bin schon weg.« Stephan drängte sich an dem Hünen vorbei in den Hausflur.

Martina schloss die Tür. Stephan hörte den Mann fragen: »Hattest du etwas mit dem?«

»Wo denkst du hin? Ich hab doch dich.«

Lächelnd ging Stephan die Treppe hinunter. Manche Dinge änderten sich nie.

Detlef lief wütend im Arbeitszimmer auf und ab. Mit dem rechten Arm wirbelte er wild in der Luft herum, mit dem linken drückte er den Telefonhörer ans Ohr.

»Das kann doch nicht dein Ernst sein! Erst in vier Wochen die nächste Lieferung? Weißt du, was mir da an Geld durch die Lappen geht? So geht das nicht! Sieh zu, wo du das Zeug herkriegst, sonst suche ich mir einen anderen Lieferanten, mit dem ich meine Geschäfte abwickle.«

Er beendete das Gespräch.

»Was denkt der sich eigentlich?« Detlef stampfte wütend mit dem Fuß auf. Er ging ins Obergeschoss und sah sich in seinem

Lager um. Viele Regale waren bereits leer. Nur noch vereinzelt lagen Kleidungsstücke darin. Detlef überlegte, ob er nach Polen fahren sollte, um sich bei anderen Händlern mit Ware einzudecken. Dann verwarf er den Gedanken. Sein derzeitiger Geschäftspartner war zwar nicht zuverlässig, lieferte aber Kleidung, die von Originalen kaum zu unterscheiden war. So was fand man selten.

Detlef spürte, wie seine Wut stärker wurde.

»Ich muss an die frische Luft So kann ich Steffi nicht gegenübertreten.«

Detlef nahm sich seine Jacke und stürmte hinaus.

Kapitel 20

Es ist wieder soweit.

Ich ziehe meine Jacke über und verlasse das Haus. Es hat aufgehört zu regnen, die Luft ist gereinigt und ich atme tief ein. Die Straßen sind leer, meine Schritte hallen in den Gassen wieder. Meine Anspannung steigert sich. Mein Herz schlägt wild, Schweiß bildet sich auf meinem Rücken.

Dass sie mir auf den Fersen sind, trübt meine Befriedigung. Ich muss noch vorsichtiger agieren als sonst.

Sie können nicht verstehen, dass ich tun muss, was ich tue. Nur ich kann helfen, niemand sonst. Es ist meine Aufgabe zu helfen, meine Berufung, Schmerz zu lindern, zu trösten und zu erlösen.

Ich drücke die Klinke und trete ins Haus. Ein muffiger Geruch schlägt mir entgegen, eine Mischung aus Krankheit, Einsamkeit und Angst. Freundlich und unauffällig werde ich weiterhin meine Aufgabe erfüllen. Die friedlichen Gesichter, in die ich nach meinem Beistand sehe, sind die Bestätigung, dass ich das Richtige tue.

Kapitel 21

Detlef folgte Steffi nach draußen. Die Tür fiel hinter ihnen zu und dämpfte die Musik. Sie wandten sich nach links und bummelten über den Bürgersteig.

Steffi hakte sich bei Detlef unter. »Das war ein schöner Abend.« Sie lächelte ihn an.

Er schluckte. »Ja, ich fand es auch toll.«

Schweigend gingen sie bis zu Detlefs Wagen. Er öffnete die Beifahrerseite für Steffi und ließ sie einsteigen.

»Ganz Gentleman.« Sie schenkte ihm ihr schönstes Lächeln.

Detlef zuckte verlegen mit den Schultern, stieg ein und fädelte den Wagen in den immer noch dichten Verkehr ein. »Es wird immer schlimmer«, sagte er. »Hier auf den Kölner Ringen ist selbst nachts um zwei Uhr noch Rushhour.«

Ein tiefer gelegter Golf überholte sie laut hupend. Detlef schüttelte verständnislos den Kopf.

»Vor einiger Zeit hat so ein Raser den Sohn vom Bürgermeister erwischt. Schlimme Sache. Der Junge stand auf dem Bürgersteig an der Fußgängerampel. Dort erwischte ihn dann der Wagen, der Junge war sofort tot. So schnell kann es gehen.«

»Ja, ich kann mich erinnern, es stand in der Zeitung.« Detlef blickte zu Steffi hinüber. Ihr Lächeln war verschwunden.

»Ich wollte dich nicht runterziehen. Tut mir leid«, sagte er.

»Schon gut.« Sie öffnete das Beifahrerfenster einen Spalt breit und ließ frische Luft hereinströmen.

»Ich kann auch die Klimaanlage anstellen.«

Steffi winkte ab. »Die trockene Luft vertrage ich nicht gut. Henning fährt immer mit eingeschalteter Klimaanlage, auch wenn ich mitfahre. Er nimmt keine Rücksicht auf mich.«

»Das würde ich niemals machen.«

»Ganz Gentleman halt.« Steffi lachte wieder und strich ihm mit der Hand sanft über den Oberarm. Detlef spürte ein angenehmes Prickeln dort, wo sie ihn berührt hatte.

»Henning ist schon manchmal knallhart«, sagte Detlef. »Er hat seine Prinzipien.«

Steffi seufzte. »Da hast du Recht. Auf der einen Seite trägt er mich auf Händen, liest mir jeden Wunsch von den Augen ab. Dann wieder schaltet er auf stur, wird aufbrausend, schreit mich an und macht mir damit Angst. Das sind die Momente, bei denen ich an einer gemeinsamen Zukunft zweifle.«

Detlef lenkte den Wagen auf den Autobahnzubringer. Es schmeichelte ihm, dass Steffi mit ihm solche Dinge besprach. Sie schien ihm zu vertrauen.

»Hat er dich geschlagen?« Detlef beobachtete Steffis Reaktion aus den Augenwinkeln.

Sie schüttelte heftig den Kopf. »Nein!«

»Aber du fürchtest, Henning könnte so weit gehen.«

Steffi öffnete den Mund, schloss ihn aber wieder ohne etwas zu sagen. Eine Weile saß sie schweigend neben Detlef, und er machte sich schon Sorgen, dass er zu weit gegangen war. Doch dann sagte sie: »Nein. Ich denke nicht, dass Henning mich schlagen würde. Mir tut er nichts. Da bin ich sicher.«

Stephan biss in sein Toastbrot und schaute Christine zu, wie sie ihr Müsli löffelte. Firma Schmelzer arbeitete heute woanders, somit konnten sie das Frühstück ohne Baulärm in seiner frisch renovierten Küche genießen.

»Was lächelst du so am frühen Morgen?«, fragte Christine.

»Nichts von Bedeutung, nur so. Schmelzer und Sergej haben ganze Arbeit geleistet.«

»Ja. Schon toll«, murmelte Christine.

Stephan schenkte sich gerade einen Kaffee ein, als sein Handy klingelte. Seine Tochter verdrehte genervt die Augen.

»Tries.«

»Marchiat. Haben Sie Zeit?«

Stephan brauchte einen Moment, bis ihm klar wurde, dass der Arzt ihn anrief und es um einen Todesfall ging. Er sprang auf und ging nach nebenan ins Wohnzimmer. »Ja, selbstverständlich. Wo? Ich bin in zehn Minuten da.«

Sie trafen sich vor dem Haus. Dr. Marchiat drehte den Türknauf, öffnete die Tür und betrat das Haus.

Stephan stutzte. »Ist nicht abgeschlossen?«

»Nein. Reuter hat nie abgeschlossen. Er war schlecht zu Fuß, wollte nicht immer aufstehen, wenn jemand kam. Seine Freunde wussten das. Ich natürlich auch. Und Henning, sein Pfleger.«

»Henning Baumeister?«

»Ja, der hat ihn betreut. Und auch gefunden heute Morgen. Er hat mich angerufen.«

Stephan schluckte. Es roch muffig in dem kleinen Haus, Altmännergeruch vermischt mit Staub. »Das heißt, jeder hätte hereinkommen können?«

»Tries, nun nerven Sie mal nicht. Dies ist ein Dorf. So manch einer hat die Hintertür nicht abgeschlossen.«

Wir sind aber doch vorne hereingekommen, dachte Stephan, fragte aber nicht weiter. Marchiat ging zielstrebig zu einem Raum, öffnete die Tür, trat ein. Er kannte sich zweifelsohne aus. Als Hausarzt hatte er den alten Herrn Reuter bestimmt oft besucht.

Der Tote lag auf dem Bett. Ein breites Ehebett aus dunkler Eiche, von dem nur die rechte Seite bezogen war. Die linke Seite war mit verstaubten Laken abgedeckt.

»Seine Frau starb schon vor zwanzig Jahren. Ich hab ihm immer empfohlen, ein schmaleres Bett zu kaufen, das wollte er aber nicht.«

Marchiat öffnete seine Tasche, zog das Stethoskop hervor. »Keine Vitalfunktionen«, murmelte er. »Kalte Haut, Leichenstarre bereits eingesetzt, Totenflecke.« Er hob die Bettdecke kurz an. »Abgang von Urin und Kot.«

Marchiat deckte den Toten wieder zu, nahm ein Formular aus der Tasche und setzte sich an den kleinen Schreibtisch, der unter dem Fenster stand.

»War das alles?«, fragte Stephan verblüfft.

»Alles? Was meinen Sie?«

»Ich meine, werden Sie den Toten nicht genauer untersuchen? Ihn ausziehen, umdrehen? Eine gründliche Untersuchung vornehmen?«

»Noch gründlicher? Guter Gott, Tries. Der Mann war alt und krank. Nun ist er tot. Es gibt keine augenfälligen Merkmale, dass irgendetwas nicht mit rechten Dingen zugegangen wäre. Wie bei allen anderen Todesfällen im Dorf auch. Die von Berg und ihre abstruse Theorie. Hier sehen Sie deutlich, wie absurd das ist. Der alte Mann ist friedlich eingeschlafen. Punkt.«

Ärgerlich begann der Arzt, den Totenschein auszufüllen. »Was mich daran stört, ist die Bürokratie. Scheine ausfüllen, Bescheinigungen schreiben und … ach, das hab ich fast vergessen.« Er zog das Handy aus der Tasche und benachrichtigte den Bestatter. »Der Mann ist mindesten zehn Stunden tot. Die Leichenstarre hat eingesetzt.« Marchiat beugte sich wieder über den Totenschein, murmelte vor sich hin.

Stephan ging langsam zum Bett. Der Tote hatte eine gelbliche Gesichtsfarbe, eingefallene Wangen, übersät mit grauen Bartstoppeln und seine Augen starrten zur Decke. »Und wenn ein Messer in seinem Rücken steckt?«

Marchiat lachte leise. »Dann sieht das der Bestatter, wenn er ihm das Leichenhemd überzieht. Aber dann wäre Blut im Bett und das hätte ich gesehen.«

»Aber es ist doch Vorschrift.« Stephan ging noch einen Schritt näher zum Bett.

»Vorschrift, Vorschrift. In Deutschland ist alles Vorschrift.« Marchiat seufzte und beugte sich wieder über den Totenschein, fluchte leise, kramte in seiner Jackentasche. »Ohne Lesebrille sehe ich nichts mehr. Das verdammte Alter.«

»Er ist also gestern Nacht gestorben.« Stephan beugte sich über den Toten, atmete durch den Mund ein.

»Friedlich eingeschlafen, ja.«

»Wo waren Sie gestern Abend, Doktor Marchiat?

Der Doktor seufzte. »Bin ich immer noch verdächtig?

Ich war noch bei einem Patienten. Der alte Fritz vom Storchenhof hat eine Angina.«

»Um das zu diagnostizieren, benötigen Sie einen ganzen Abend?«

»Sie kennen den Alten nicht. Sehr gesellig, trotz seiner Krankheiten. Bin erst gegen Mitternacht dort fortgekommen.«

»Hm, okay, das ist ja leicht überprüfbar.«

»Ja, machen Sie nur.«

Stephan deutete auf den Leichnam und fragte: »Woran ist er gestorben?«

»Herzinfarkt. Eine durchaus übliche Todesursache bei einem über Achtzigjährigen.«

»Und das können Sie ohne weiteres feststellen?«

»Es passt zum Krankheitsbild. Reuter war seit Jahren wegen seiner koronaren Herzerkrankung bei mir in Behandlung. Er hatte vor Jahren einen Hinterwandinfarkt, Thromben in allen Arterien. Zwei Bypässe wurden gelegt. Sein Bluthochdruck ließ sich mit Medikamenten behandeln – hätte sich behandeln lassen.«

»Hätte?«, fragte Stephan.

»Ja, hätte, wenn er die Medikamente regelmäßig genommen hätte. Hat er aber nicht. Noch nicht mal Henning konnte ihn dazu bringen.«

»Warum genau war Henning denn hier? War Reuter pflegebedürftig?«

»Nicht in dem Sinne. Er hatte keine Kinder, keine nahen Verwandten im Dorf, niemand der sich kümmern konnte. Essen bekam er geliefert. Henning schaute morgens und abends vorbei, sah grob nach dem Rechten, gab ihm die Medikamente oder versuchte es. Reuter war ein Dickkopf. Manchmal hat Henning das Bett bezogen, den Müll rausgebracht, solche Dinge. Sie wissen schon.« Marchiat winkte ab.

»Dement war Reuter nicht?«

»Nein. Nur stur.«

Stephan stutzte. Etwas an den Augen des alten Manns erschien ihm seltsam. Er beugte sich tiefer, hielt die Luft an. »Doktor …«

Marchiat hob den Kopf, stöhnte auf. »Was denn nun noch?«

»Kommen Sie mal … da … in den Augen …«

Marchiat legte ärgerlich den Totenschein zur Seite, stand auf und trat an Stephans Seite. Einen Moment lang starrte er in die weit geöffneten Augen des Toten. Er zog die Augenlider auseinander.

»Stauungsblutungen. Mein Gott.« Er nahm die kleine Untersuchungslampe aus der Tasche, öffnete mit einigem Druck den Kiefer des Toten, blickte in die Mundhöhle. »Blutergüsse in den Wangenschleimhäuten.«

»Sie wissen was das bedeutet, Marchiat?«

»Er ist erstickt worden. Mein Gott.« Der Arzt setzte sich auf die Bettkante, er wurde bleich.

»Und er hat sich gewehrt, sonst wäre es doch nicht zu Stauungsblutungen gekommen. Hab ich das richtig in Erinnerung?«

Der Doktor nickte stumm.

»Soviel zu Frau von Bergs abstrusen Ideen.« Stephan holte tief Luft, er wollte nicht zu sarkastisch klingen. »Sie rufen die Polizei und ordnen eine gerichtliche Leichenschau an.«

»Ich?«

»Natürlich Sie, Marchiat. Ich bin nicht im Dienst. Ich war gar nicht hier, darf gar nicht hier gewesen sein oder wie wollen Sie meine Anwesenheit erklären?« Stephan schnaubte wütend. »Schönen Abend noch, Herr Doktor.«

Er ließ die Tür knallend hinter sich ins Schloss fallen. Charlotte hatte Recht gehabt. Es gab tatsächlich einen Mörder in Sechtem. Nur wer war es?

Als er zu Hause ankam, fand er einen Zettel von Christine auf dem Tisch.

> *›Bin den ganzen Tag bei einer Freundin. Du hast dein Handy ausgeschaltet. Eine Martina hat angerufen und möchte dich dringend sprechen.*
> *LG Christine‹.*

Er schüttelte den Kopf, knüllte den Zettel zusammen und rief Martina an. »Du hast was für mich?«, fragte er ohne seinen Namen zu nennen. Er hörte die Ungeduld in seiner Stimme, versuchte sich zusammen zu reißen.

»Stephan?«

»Ja, ich bin es: Sorry, ich hab gerade schlechte Laune.«

»Liegt das an mir?« Er hörte das Grinsen in ihrer Stimme.

»Nein. Überhaupt nicht. Sagen wir mal, ich bin im Stress.«

»Stress?« Sie lachte. »Dafür hast du dir ein Sabbatjahr genommen? Ich will dich nicht stressen, ich ruf wegen diesem Baumeister an.«

»Was ist mit ihm? Hast du etwas heraus bekommen können?«

»Ja, in der Tat. Er saß wegen Totschlags. Hat jemanden in der Kneipe bei einem Streit um eine Tussi erschlagen. Außerdem gibt es noch Akten wegen Autodiebstahl und Betrug.«

»Du grüne Neune. Bist du dir sicher?«

Martina antwortete nicht.

»Entschuldige, Martina. Dieser Baumeister hat gerade einen Toten gefunden. Und dieser Tote hatte Stauungsblutungen in den Augen und Schleimhäuten.«

»Ihn hat jemand erstickt? Baumeister etwa?«

»Ich weiß es nicht. Ich weiß es wirklich nicht. Der Verdacht liegt nahe, aber nun sind die Kollegen dran. Wie du schon sagtest: Es ist mein Sabbatjahr.«

»Na dann noch gute Erholung. Meld' dich, wenn du noch was brauchst.« Martina beendete das Gespräch.

Stephan war sich nicht sicher, was der letzte Satz zu bedeuten hatte. Im Moment konnte er sich aber keine Gedanken darüber machen.

Sie hatten einen Toten und sie hatten einen Tatverdächtigen. Was ihnen fehlte, war das Motiv. Raub? Reuters Haus sah nicht so aus, als wenn es irgendwo verborgene Schätze gäbe. Rache? Aber wofür? Eifersucht? Stephan lachte auf, ein blöder Gedanke. Korruption? Auch nicht.

Stephan war froh, dass sich nun seine Kollegen darum kümmern würden. Er hatte genug eigene Baustellen im Leben.

Kapitel 22

Stephan musste mehrmals klingeln, bis er endlich Schritte hörte. Die Tür wurde einen Spalt breit geöffnet. Er blickte in ein verschlafenes Gesicht.

»Sind Sie Henning Baumeister?«, fragte Stephan. »Ich würde mich gerne mit Ihnen unterhalten.«

Baumeister wollte die Tür wieder schließen, doch Stephan schob seinen Fuß dazwischen. »Sie haben heute Morgen einen Toten gefunden, Karl Reuter. Er ist aller Wahrscheinlichkeit nach ermordet worden.«

Stephan lächelte Baumeister freundlich an. Dieser zögerte einen Moment, dann öffnete er die Tür.

»Scheiße! Wieso ermordet? Der Alte ist eingeschlafen. War doch auch nur eine Frage der Zeit.«

Stephan folgte ihm in eine kleine, aufgeräumte Küche. Durch das Fenster hatte man freien Blick auf die Felder.

Baumeister setzte sich auf einen Küchenstuhl und zündete sich mit zittrigen Fingern eine Zigarette an. »Sie wollen mir doch nichts anhängen?«

»Was für ein Eindruck machte Herr Reuter gestern Abend auf Sie. War er verwirrt oder hat er Besuch erwartet? Alles kann wichtig sein.«

»Er war wie immer. Etwas bissig, aber gut gelaunt. Von Besuch hat er mir nichts erzählt.«

»Wo waren Sie letzte Nacht?«

»Ich hatte noch einige Termine. Ich habe scheiß Arbeitszeiten. Frühmorgens raus, vormittags Termine, über Mittag etwas Ruhe und am späten Nachmittag geht es wieder los. Sie können das von mir aus alles überprüfen. Dann bin ich nach Hause, hab noch ein wenig durch die Programme gezappt und hab mich dann aufs Ohr gelegt.«

»Zeugen?«

»Ich lebe alleine.«

»Für jemanden mit Ihrer Vorstrafe ist das ein schwaches Alibi.«

Baumeister richtete sich auf. »Ich war's nicht, verstanden? Ich hab keine Lust mehr auf Knast. Ich habe meine Zeit abgesessen und ein neues Leben begonnen.«

Stephan zuckte mit den Schultern. »Das wird sich zeigen. Wie viel verdienen Sie so als Pfleger? So üppig wird es sicherlich nicht sein.«

»Es reicht. Im Knast lernt man, bescheiden zu sein.«

»Keine Begehrlichkeiten? Ich meine, Sie kommen vermutlich Tag für Tag mit Patienten zusammen, die kleine Vermögen angesammelt haben. Da kommt man in Versuchung, mal etwas mitgehen zu lassen.«

Baumeister sprang plötzlich auf und schrie: »Ich lass mir nichts anhängen! Gehen Sie jetzt!«

Stephan nickte. »Sie können mich rausschmeißen, aber ich warne Sie. Der Fall Reuter wird nur der Anfang der Ermittlungen sein. In Kürze wird ein Kollege von mir erscheinen und Sie offiziell verhören. Dem müssen Sie dann Rede und Antwort stehen.«

»Mensch, hören Sie schlecht? Ich war es nicht, auch wenn Sie mir drohen.«

Als Stephan sich erhob, sah er einen Schlüsselbund, der auf dem Küchentisch lag. Ein chromblitzender Stern fiel ihm auf. »Sie fahren Mercedes?«

»Und? Was dagegen?«

»Nein, ganz und gar nicht. Ich habe auch noch so ein altes Schätzchen in der Garage stehen.«

»Mit Oldtimern kann ich nichts anfangen. Meiner ist neu.«

Als Stephan aus dem Haus trat, fiel ihm ein silberner E-Klasse-Mercedes auf, der auf der anderen Straßenseite parkte. »Ist das Ihrer? Hatten Sie nicht etwas von Bescheidenheit erwähnt?«

»Ein Laster muss man doch haben oder? Den spar ich mir vom Mund ab.«

Stephan drehte sich um und ließ ihn stehen. Baumeister hatte überrascht, aber nicht ertappt reagiert, als Stephan die Ermordung Reuters erwähnte. Trotzdem blieb noch ein Rest an Unsicherheit. Vor allem, was Charlottes Mutter anging. Baumeister hatte weiterhin Kontakt mit ihr.

Stephan brauchte nicht lange zu überlegen, wen er um Hilfe bitten würde. Bereits eine halbe Stunde später saß Stephan mit seinem Freund Fritz in dessen WG-Küche.

»Okay. Jetzt spann mich nicht länger auf die Folter und erzähl.« Fritz schenkte ihnen beiden Kaffee ein.

»Ich möchte einen Raum überwachen. Vierundzwanzig Stunden, jeden Tag. Und ich möchte das aufzeichnen. Kannst du mir die Ausrüstung dafür besorgen?«

Fritz rieb sich das Kinn. »Muss man für eine solche Überwachung nicht einen richterlichen Beschluss haben?«

Stephan hob erstaunt die Augenbrauen. »Darüber machst du dir Gedanken?«

»Nun, bei aller Freundschaft, ich habe keine Lust, in Teufels Küche zu kommen. Du kannst mit mir Pferde stehlen, aber nur im übertragenen Sinne. Das weißt du.«

Stephan lachte, als er die besorgte Miene von Fritz sah.

»Keine Sorge. Wenn es hart auf hart kommt, werde ich alles auf meine Kappe nehmen. Du wirst gar nicht erwähnt. Aber soweit wird es nicht kommen, glaub mir.«

Fritz schien noch nicht überzeugt zu sein. Stephan beugte sich vor. »Es geht um ein Kapitalverbrechen.«

»Kapitalverbrechen?«

Stephan nickte und erzählte Fritz von seinem Verdacht, von den Ermittlungen und von Baumeister. Als Stephan geendet hatte, sagte Fritz: »Ist ja ein starkes Stück. Und Baumeister ist derjenige, den du überwachen willst?«

»Ja.«

»Ist es nicht gefährlich, ihn noch an seine Patienten heranzulassen?«

Stephan zuckte mit den Schultern. »Was Besseres fällt mir nicht ein.«

»Du könntest zu deinen Kollegen gehen.«

»Hast du nicht zugehört? Dies ist nicht mehr notwendig. Der Doktor hat die Polizei informiert. Die Maschinerie wird bereits angelaufen sein.«

Fritz trommelte mit den Fingern auf den Tisch. »Aber warum lässt du dann deine Kollegen nicht einfach ihre Arbeit machen?«

»Weil es zu lange dauert. Baumeister, auch wenn er nicht der

Täter ist, erscheint mir nicht ganz koscher. Ich möchte einfach sicher gehen. Er lebt auf großem Fuße, wie kommt er an das Geld? Also? Wirst du mir helfen?«

Fritz zögerte kurz, nickte dann.

Detlef hörte einen Wagen vorfahren. Er streckte den Hals, sah aus dem Fenster seines Arbeitszimmers auf die Straße hinaus. Hennings Mercedes glänzte frisch poliert in der Sonne.

»Nanu. Was will der denn hier?« Detlef stand auf und öffnete die Haustür. »Schöne Überraschung!«, rief er seinem Freund entgegen, der gerade das Gartentor schloss.

»Ich muss mit dir reden«, sagte Henning angespannt. Detlef spürte Schweiß auf der Stirn. Sie setzten sich ins Wohnzimmer. »Bei mir war gerade so ein Schnüffler. Soviel ich weiß, ist der jetzt dein Nachbar.«

Detlef atmete auf. Was immer Henning wollte, es hatte nichts mit Steffi und ihm zu tun.

»Du meinst Stephan? Stephan Tries? Der wohnt tatsächlich seit einigen Tagen dahinten.« Detlef deutete mit dem Zeigefinger in die Richtung. »Wenn du durchs Fenster siehst, kannst du sein Haus sehen.«

»Kennst du den näher?«

»Er ist ein ehemaliger Schulkamerad von mir. Jetzt ist er bei der Polizei.«

Henning nickte. »Schnüffler, sag ich doch.« Er nestelte aus seiner Brusttasche eine Packung Zigaretten hervor.

»Lass das!«, sagte Detlef, dem es ein Gräuel war, wenn in seinem Haus geraucht wurde. Henning schaute Detlef verwirrt an, steckte widerwillig die Packung in die Tasche zurück.

»Was wollte Stephan denn nun von dir?«, fragte Detlef. »Er will mir was anhängen! Der schnüffelt ja schon eine Weile herum, ist mir nicht verborgen geblieben. Sorgen habe ich mir bisher deshalb nicht gemacht. Warum auch?«

»Weil du eine reine Weste hast.«

Henning hieb sich mit einer Faust auf den Oberschenkel und deutete dann mit ausgestrecktem Zeigefinger auf Detlef. »Genau, Dicker.«

»Stephan wird sicher die richtigen Schlüsse ziehen. Was man so hört, soll er als Schnüffler ganz gut sein.« Detlef beugte sich zu Henning vor und legte ihm die Hand auf die Schulter. »Wenn du keinen Dreck am Stecken hast, wird Tries dich in Ruhe lassen.«

»Gut, das beruhigt mich ein wenig.« Henning rutschte nervös auf dem Sessel herum.

»Aber?«, fragte Detlef.

»Aber was?«, rief Henning aus.

Detlef lächelte. »Nun mal raus damit. Da ist doch noch was im Busch.«

Henning seufzte. »Mensch, Dicker, du merkst auch alles. Also, ich weiß ja nicht genau, was dein Nachbar so im Hinterkopf hat. Er hat mich nach dem alten Reuter gefragt, und ob ich ein Alibi für gestern Abend hätte.« Henning sah auf und blickte Detlef in die Augen. »Mit dem Tod des Alten habe ich nichts zu schaffen. Das kannst du mir glauben. Ich habe ihn nur gefunden, sonst nichts.«

Detlef wusste, dass Henning zu Gewalttätigkeiten neigte. Dies hatte seinen Kumpel damals in den Knast gebracht. Detlef dachte an die Schulden, die Henning mit seinem teuren Hobby angehäuft hatte. An den Gerichtsvollzieher, den Henning immer nur knapp dazu bringen konnte, den Mercedes vor der Tür stehen zu lassen. An Steffi, die sicherlich auch hier und da Wünsche äußerte, die Henning in seiner klammen finanziellen Situation nicht erfüllen konnte.

»Warum machst du dir dann Sorgen. Das verstehe ich nicht«, sagte Detlef.

Henning holte tief Luft. »Also gut. Ich habe beim alten Reuter ein paar Scheinchen mitgehen lassen. Der hat die immer in einer Blechbüchse in der Küche auf dem obersten Regalbrett. Als ich ihn gefunden habe, bin ich in die Küche und habe das Geld genommen. Ich meine, der alte Reuter hatte doch angeblich keine Verwandten. Es war eine sichere Sache, das konnte doch niemanden mehr auffallen.«

»Wie viel?«, fragte Detlef.

Henning sprang auf und wanderte im Wohnzimmer hin und her. »Eintausendzweihundert«, antwortete er.

»Kommt manchmal ganz gelegen, wenn jemand abtritt«, sagte Detlef.

Henning blieb abrupt stehen und blickte Detlef an. »Mensch, Dicker, wie du das sagst. Ich habe nicht nachgeholfen. Du glaubst mir doch oder?«

Detlef zuckte mit den Achseln. Er wusste nicht, was er glauben sollte. »Warum erzählst du mir das eigentlich? Ich meine, niemand wird hinter die Sache mit dem Geld kommen. Selbst Tries nicht.«

»Mensch, Dicker. Seit dem Knast haben wir uns doch immer alles erzählt. Wir haben doch keine Geheimnisse voreinander. Ich mache mir einfach Sorgen. Ich habe keinen Bock darauf, noch mal eingesperrt zu werden.«

Plötzlich kam Detlef ein Gedanke. Wenn Henning wieder in den Knast ginge, wäre Steffi frei. Sie würde bestimmt nicht auf einen Verbrecher warten, so sehr dieser auch seine Unschuld beteuerte. Das wäre doch gar keine schlechte Lösung. Detlef grinste.

»Was grinst du so blöd? Meine Probleme erheitern dich oder was?« Henning stand mit hochrotem Kopf vor Detlef. »Schön, dass du Spaß hast. Genau das erwartet man von seinem besten Freund.«

Bevor Detlef etwas sagen konnte, war Henning zur Tür hinaus.

Nach einer Weile seufzte Detlef.

»Seit ich Steffi kenne, ist nichts mehr wie vorher.«

Stephan und sein Freund Fritz standen im Schlafzimmer von Charlottes Mutter.

»Das riecht hier nach Krankenhaus«, sagte Fritz. Er deutete auf das höhenverstellbare Bett. »Wer schläft denn darin?«

Stephan lehnte sich an eine kleine Kommode. »Die Mutter meiner Freundin Charlotte. Frau Schmitz ist dement und bettlägerig.«

»Und wo ist sie jetzt?«

»Sie sind in Köln im Krankenhaus. Der Mutter ging es in den letzten Tagen nicht gut.«

Fritz klopfte die Wände ab. »Es macht deiner Freundin wirklich nichts aus, wenn wir durch die Wand bohren?«

Stephan schüttelte den Kopf. »Mach dir darüber keine Sorgen. Das ist alles abgesprochen.«

Fritz strich mit seinen Fingern über ein Bücherregal. »Perfekt«, bemerkte er. »Zwischen den Büchern verstecken wir die Kamera. Das Kabel führen wir durch die Bohrung in das angrenzende Zimmer und installieren dort Monitor und Aufzeichnungsgerät. Wann kommt deine Freundin wieder?« Fritz betonte das Wort Freundin und lächelte anzüglich.

Stephan zog die Augenbrauen hoch. »Nicht was du denkst. Wir sind nur Freunde. Charlotte ruft mich an, bevor sie in Köln losfahren. Ihre Mutter soll von der Kameraüberwachung nichts mitbekommen. Wir wollen sie nicht beunruhigen.«

Fritz nickte. »Dann lass uns mal anfangen«, sagte er. »Aber nicht, dass ich irgendwann Filmchen von euch beiden Turteltäubchen im Internet finde.«

Stephan überging die Bemerkung. »Woher hast du den ganzen Kram überhaupt? Ist doch alles nicht ganz billig.«

»Das hab ich alles von einem Kommilitonen.«

»Und der studiert was?«

»Biologie.«

»Und dafür braucht man eine solche Anlage?«

»Nö«, lachte Fritz. »Dieser Biologiestudent steht darauf, andere zu beobachten. Nicht nur Blümchen und Bienchen.«

Stephan pfiff leise durch die Zähne. »Und er hat seine Geräte einfach so hergegeben?«

Fritz zwinkerte. »Was glaubst du, was ich dem erzählt habe? Er besteht darauf, hinterher ein Band von unseren Aufnahmen zu bekommen.«

»Dürfte aber nicht seinen Geschmack treffen«, lachte Stephan.

Fritz holte die Bohrmaschine aus dem Koffer. »Wenn ich nicht so in Zeitnot gewesen wäre, hätte ich dir eine Kamera mit Ton besorgt.«

»Ist schon in Ordnung«, sagte Stephan. »Bin froh, dass du überhaupt etwas auf die Beine stellen konntest.«

Gegen zwanzig Uhr saßen Stephan und Charlotte im Nebenzimmer hinter dem Monitor, der auf einem Klapptisch stand, und sahen zu, wie Henning Charlottes Mutter nachtfertig machte. Der Raum, in dem sie saßen, war spärlich möbliert und wurde von Charlotte ansonsten nicht genutzt.

»Ich habe da keine Erfahrungen, sieht aber routiniert und professionell aus«, stellte Stephan nach einiger Zeit fest.

»Das habe ich auch nie bezweifelt.«

Sie beobachteten, wie Henning Frau Schmitz aufrichtete, sie mit dem Oberkörper abstützte und ihr den Rücken mit Franzbranntwein abrieb.

»Das mag meine Mutter überhaupt nicht. Von dem Geruch wird ihr übel, sagt sie mir immer.«

»Gibt Schlimmeres. Ich bin als Kind mal in eine Jauchegrube gefallen. Den Gestank hatte ich noch Tage in der Nase.«

Nach einer weiteren Viertelstunde deckte Henning Charlottes Mutter zu, setzte sich zu ihr und nahm ihre Hand. Stephan bemerkte, wie sich Charlotte versteifte und angestrengt auf den Monitor starrte. Der Pfleger saß mit den Rücken zu ihnen. So konnten sie Baumeisters Gesicht nicht erkennen, doch er schien nur ein paar Worte mit der alten Frau zu wechseln, die ihn zufrieden anlächelte.

»Sogar für ein paar warme Worte scheint er sich Zeit zu nehmen«, stellte Stephan anerkennend fest.

Charlotte sprang auf und ging zur Tür. »Ich werde ihn wie immer nach draußen begleiten. Ich bin gleich wieder da.«

Kurz darauf sah Stephan sie auf dem Bildschirm auftauchen. Er achtete nicht weiter darauf, sondern kontrollierte zum wiederholten Male die Geräte. Alles funktionierte einwandfrei, die Aufzeichnung lief und es musste nur daran gedacht werden, regelmäßig die Kassette zu wechseln.

»Er ahnt nichts«, sagte Charlottes, als sie den Raum wieder betrat.

»Warum auch? Die Kamera ist selbst dann schwer zu entdecken, wenn man danach sucht.«

Stephan warf einen letzten Blick auf den Bildschirm. Charlottes Mutter scheint bereits zu schlafen. »Du weißt, dass die Überwachung hier deine Mutter nur bedingt schützen kann?«

Sie nickte.

»Wenn ihr jemand etwas antun will, kommt es auf Sekunden an. Du musst dann sofort die Polizei informieren und eingreifen!«

»Darüber haben wir doch schon gesprochen. Dafür habe ich doch das Handy hier liegen. Die 110 ist gespeichert. Ich werde meine Mutter nicht mehr aus den Augen lassen!«

Kapitel 23

Steffi und Detlef verließen lachend das Festzelt. Sie setzten sich auf eine Bank, die unter einer großen Eiche stand. Die Musikkapelle hatte eine Pause eingelegt und so wollten sie draußen frische Luft schnappen. Detlef sah zum Himmel, der Vollmond leuchtete hell. Nur hin und wieder wurde er von einer vorbeiziehenden Wolke verdeckt.

»Henning wollte eigentlich mit mir hier hingehen«, sagte Steffi und kuschelte sich an Detlef.

»Was ist denn dazwischen gekommen?«

Steffi seufzte. »Was schon. Er muss arbeiten. Hat ein paar zusätzliche Patienten übernommen. Nur vorübergehend, wie er mir versicherte. Er tat dabei so geheimnisvoll. Er braucht sicher mehr Kohle.«

Der Tanzunterricht, dachte Detlef. Daran schien Henning, trotz der gestrigen Unstimmigkeit, festhalten zu wollen.

Die Musik setzte wieder ein und Steffi fragte: »Sollen wir wieder?«

»Gleich. Ich wollte dich erst noch etwas fragen.«

Detlef spürte Hitze in sich aufsteigen. Den ganzen Tag hatte er überlegt, wie er es angehen sollte. Steffi bedeutete ihm inzwischen sehr viel.

Steffi sah ihn an. Sie lächelte. »Ja?«

Detlef schluckte. »Henning ist nicht der Richtige für dich.«

Steffis Miene verfinsterte sich. »Wieso sagst du so etwas? Henning und ich sind glücklich. Trotz der kleinen Probleme.« Steffi stand auf. »Vielleicht sollten wir besser gehen.«

Na, das hast du ja Klasse hinbekommen, dachte Detlef. Jetzt sah er nur noch eine Chance. Er holte tief Luft und sagte: »Wieso ich das sage? Weil ich dich mag.« Er schluckte, senkte den Kopf. »Ach, verflucht.« Er griff nach ihrer Hand, zog Steffi neben sich auf die Bank. »Ich liebe dich.«

Steffi hob die Augenbrauen. »Also das ist ja …«

Jetzt lächelte sie wieder. Detlef streichelte ihre Hand.

»Ja. Vom ersten Augenblick an. Es bedrückt mich an, wenn ich sehe, wie Henning mir dir umgeht. Ihr habt so wenig Gemeinsamkeiten. Wir beide würden viel besser zueinander passen.«

Ein Mann kam aus dem Festzelt. Schwankenden Schrittes ging er an ihnen vorbei. Detlef schenkte ihm keine weitere Beachtung.

Steffi seufzte und drückte Detlef einen Kuss auf die Wange. »Ach, was mach ich nur mit meinem Tanzbär?«

Tanzbär! Das ist es, was du für sie bist, schallte er sich selbst. Du kannst froh sein, dass sie nicht tanzende Frikadelle gesagt hat. Er ließ Steffis Hand los. »Ist es wegen meines Äußeren?«

Steffi zögerte. Detlef spürte, dass sie nach Worten suchte. Enttäuschung stieg in ihm auf.

»So ist das! Als Lückenbüßer, da darf ich herhalten. Wenn aber deine Freundinnen sagen: He, Steffi, mit was für einem Fettsack gehst du denn aus, dann sagst du: Das ist nur ein Freund. Er tut mir so leid. Seht doch, wie der aussieht.«

Er stand auf. Steffi schüttelte den Kopf und antwortete: »So ist es nicht, Detlef, das weißt du auch. Du bist ein guter Freund. Nur eben nicht mehr.«

Detlef sah zu ihr hinunter. Er hörte sie kaum noch. Ein Rauschen in seinen Ohren wurde immer lauter. Detlef drehte sich um und verließ die Festwiese, ohne Steffi noch einen weiteren Blick zuzuwerfen.

Detlef stellte den Staubsauger in die Abstellkammer. Seit er von der Festwiese zurückgekehrt war, hatte er versucht, sich mit Aufräumen und Putzen zu beruhigen. Normalerweise half es ihm, sich zu sammeln. Doch diesmal saß seine Wut zu tief. Er fühlte sich von Steffi verraten. Detlef schnappte sich die zweite Tafel Schokolade. Er riss die Verpackung auf und biss eine große Ecke ab. Während er kaute, schaute er zum Fenster hinaus, direkt auf das alte Haus von Tries. Bei Stephan ging es zu wie im Taubenschlag. Möbel wurden aus der alten Scheune ins Haus getragen. Ein Typ, den Detlef nicht kannte, half Stephan. Eine junge Frau leerte mehrfach einen Putzeimer im Hof.

»Steffi würde bei mir nicht putzen müssen. Aber die Weiber ziehen einen Macho eben vor. Stehen auf Äußerlichkeiten.«

Detlef schnaubte verächtlich. Angewidert schaute er auf die Schokolade. »Schmeckt heute wie Scheiße.«

Er biss einen weiteren Riegel ab.

Stephan trat aus der Tür und stieß beinahe mit Detlef zusammen. »Hallo!« Er musterte seinen Nachbarn neugierig.

»Kann ich dich mal einen Moment sprechen?«, fragte Detlef ernst.

In Stephan keimte Ärger auf. Mit was für einer Lappalie würde sein Nachbar heute wieder nerven? »Wenn wir hier zu laut sind, dann …«

»Nein! Es geht um Henning.«

»Du kennst Henning Baumeister?«, fragte Stephan erstaunt. Sein Ärger verrauchte.

»Ja. Er ist ein Freund von mir. Er hat mir erzählt, dass du letztens bei ihm warst.«

Stephan nickte. »Hat er dir auch gesagt, warum?«

»Ja. Deswegen bin ich hier. Henning hat mir erzählt, dass er bei dem alten Reuter Geld hat mitgehen lassen. Über tausend Euro, vielleicht nicht viel, aber wenn man Hennings finanzielle Situation kennt … ich weiß nicht, ob, wie soll ich es sagen …«

»Du weißt nicht, ob er für diese Summe einen Mord begehen würde?«

Stephan rieb sich mit einer Hand über das Kinn. Warum erzählte Detlef ihm das? Wieso wollte er seinen Freund ans Messer liefern? Argwöhnisch fragte er: »Henning hat dir von dem gestohlenen Geld erzählt, aber keinen Mord gebeichtet?«

»Nein, im Gegenteil«, sagte Detlef. »Er hat seine Unschuld beteuert. Aber ich weiß nicht …«

Stephan bemerkte die hektischen, roten Flecken, die sich in Detlefs Gesicht ausbreiteten. Was immer Detlef umtrieb, Henning etwas anhängen zu wollen, so ganz wohl schien ihm dabei nicht zu sein, dachte Stephan. »Und was soll ich jetzt deiner Meinung nach tun?«

Detlef zuckte mit den Schultern. »Weiß nicht. Du bist der Polizist. Ich wollte dich nur informieren.«

»Okay. Das hast du jetzt getan. Sei mir nicht böse, aber ich muss weiter machen.«

Detlef nickte, drehte sich wortlos um und eilte davon.

»Was wollte der denn hier«, fragte Christine, die mit einem vollen Putzeimer hinzukam.

»Wenn ich das so genau wüsste.«

Als Detlef nach Hause zurückgekehrt war, überfiel ihn eine bleierne Müdigkeit. Er zog sein Hemd über den Kopf aus. Dabei bemerkte er geschmolzene Schokolade, die an seinen Fingern klebte.

»Was ist denn das für eine Schweinerei?«

Kopfschüttelnd stopfte er das Hemd in den Wäschekorb und wusch sich die Hände. Dabei betrachtete er sich im Badezimmerspiegel. Rote Augen, von dunklen Rändern umgeben, unrasiert.

»Du siehst furchtbar aus.«

Er lachte seinem Spiegelbild zu und ging ins Schlafzimmer. Unsicher blieb er vor dem Bett stehen.

»Was genau habe ich Stephan eigentlich eben erzählt?« So sehr er es auch versuchte, er konnte sich nicht daran erinnern.

»Du drehst langsam ab.«

Er legte sich auf sein Bett und schlief augenblicklich ein.

Das Läuten des Telefons weckte Detlef. Schwerfällig setzte er sich auf und rieb sich die Augen. Er fühlte sich einigermaßen erholt. Detlef hörte, wie im Untergeschoss der Anrufbeantworter ansprang und jemand etwas auf das Band sprach.

»Das könnte Hennings Stimme sein.« Detlef zuckte mit den Schultern. »Auch egal.«

Er sah auf die Uhr. Der Wecker zeigte sieben Uhr an. »Du hast den ganzen Nachmittag verpennt.«

Er roch an seinen Achseln. »Biber können nicht schlimmer stinken. Ab unter die Dusche.«

Um acht Uhr betrat Detlef die Kneipe ›Ottos Eck‹. Er hatte sich nicht verhört. Tatsächlich hatte Henning auf den Anrufbeantworter gesprochen. Er wollte mit ihm sprechen. Detlef hatte einen Moment gezögert, sich dann aber entschieden, Hennings Gesprächsangebot anzunehmen. Schließlich stand Steffi nicht weiter zwischen ihnen.

»Mensch, Dicker! Gut, dass du hergekommen bist«, begrüßte ihn Henning, »Otto, mach dem Dicken direkt ein Bier!«

Henning strahlte und hieb Detlef mit der flachen Hand auf die Schulter. Steffi begrüßte ihn kurz, ignorierte Detlef aber ansonsten. In einer Ecke der Kneipe sah Detlef noch drei Männer sitzen. Sie spielten Skat. Während Detlef sein Bier trank, meinte Henning schließlich: »Ich habe da am Samstag wohl ein wenig übertrieben. Du weißt ja, dass ich manchmal aufbrausend bin.«

»Kann man so sagen«, erwiderte Detlef.

»Ja. Also, T'schuldigung, Dicker.«

Henning nahm sein Glas und hielt es zum Prosten hin. Detlef stieß mit seinem Glas dagegen. »Schwamm drüber.« Beide tranken ihr Glas auf Ex aus.

»Noch 'ne Runde, Otto«, rief Henning.

Plötzlich spürte Detlef eine Hand auf seiner Schulter. Er drehte sich um. Einer der Männer aus der Skatrunde grinste ihn breit an. An den glasigen Augen konnte Detlef erkennen, dass der Mann bereits einiges getrunken hatte.

»Na, noch Spaß gehabt gestern?« Der Mann zwinkerte Steffi zu. »Ihr beiden Turteltäubchen.«

Detlef zog die Stirn in Falten. »Ich kann nicht ganz folgen.«

Der Mann warf seinen Kopf in den Nacken und lachte laut. »Na gestern am Festzelt … Ihr beide seid einfach ein auffallendes Paar.«

Detlef wurde flau. Der Mann im Mondlicht, das muss der Kerl gewesen sein. Den Kuss von Steffi hatte der Skatbruder wohl vollkommen missverstanden, dachte Detlef.

Er blickte von einem zum andern. Der Mann grinste anzüglich. Henning sah aus, als ob er sich jeden Moment auf Detlef stürzen würde und Steffi saß mit hochrotem Kopf wie versteinert auf ihrem Barhocker.

»Muss jetzt pissen«, sagte der Mann und ließ Detlefs Schulter los. Kurz darauf fiel die Toilettentür hinter ihm ins Schloss.

Henning stand auf und ballte die Fäuste. »Du warst mit Steffi aus?«

Detlef schluckte. Diesen Moment hatte er immer gefürchtet. »Henning, es ist nicht so, wie du denkst …«

Weiter kam er nicht. Hennings Faust traf ihn mitten ins Gesicht. Die Schmerzen betäubten Detlef einen kurzen Moment. Er fiel nach hinten vom Barhocker.

»Du Schwein!« Henning stand über Detlef gebeugt. Von irgendwoher hörte Detlef Steffis Stimme: »Henning! Nicht! Lass uns reden. Bitte!«

Henning wandte sich kurz von Detlef ab und schrie: »Halts Maul, du Schlampe!« Dann zog er Detlef auf die Beine. Detlef fühlte Blut aus seiner Nase laufen. Henning kam auf wenige Zentimeter heran und zischte: »Du Sau hast den Ehrenkodex verletzt!«

Der nächste Schlag traf Detlef auf der Kinnspitze. Ohnmächtig fiel er zu Boden.

Stephan hatte tief und fest geschlafen. Die letzten beiden Tage hatten sie bis zum Umfallen gearbeitet. Er spürte jeden Knochen im Körper, und Muskeln schmerzten, die er vorher nicht einmal gekannt hatte. Trotzdem war Stephan zufrieden. Heute, spätestens morgen, würden alle Spuren der Elektroinstallation beseitigt sein und die Möbel wieder an ihren angestammten Plätzen stehen. Dann hätte er endlich wieder Zeit für andere Dinge. Als er gerade im Bad stand und sich rasierte, klopfte es.

»Papa, Telefon. Frau von Berg.«

»Ich ruf zurück.«

»Sie sagt, es ist dringend.«

Stephan seufzte, legte seinen Nassrasierer zur Seite und öffnete die Tür. Christine gab ihm das Telefon und ließ ihn alleine.

»Charlotte. Was ist los?«

Sie kam direkt zur Sache. »Henning erschien heute Morgen mit bandagierter Hand. Er wollte mir nicht sagen, was los war. Aber ich habe ein wenig herumtelefoniert. Und jetzt halt dich fest: Er hat deinen Nachbarn zusammengeschlagen.«

»Detlef?« Die gestrige Begegnung mit seinem Nachbarn kam Stephan in den Sinn.

»Ja, richtig«, antwortete Charlotte. »So viel ich gehört habe, ging es um eine Frau.«

Stephan lachte verhalten. »Detlef und Henning sind Kontrahenten?«

»Ich weiß nicht, ob der Zwischenfall wichtig für uns ist. Was meinst du?«.

»Wenn es eine Verbindung zu den Todesfällen gibt, kann ich sie zurzeit noch nicht erkennen. Ich werde nachher mal zu Detlef rüber gehen. Vielleicht bringe ich etwas in Erfahrung.«

Er verabschiedete sich von Charlotte und ging nachdenklich in die Küche. Christine lachte, als sie ihn sah.

»So fröhlich? Was ist los?«

»Schau mal in den Spiegel.«

Stephan fühlte mit der Rechten über seine Wange. Als er seine Finger betrachtete, stellte er fest, dass Rasierschaum an ihnen haftete.

Am Nachmittag nahm sich Stephan Zeit, seinem Nachbarn einen Besuch abzustatten. Als Detlef die Tür öffnete, war Stephan überrascht. Eine Plastikschiene zierte Detlefs Nase, die in allen Farben schillerte. Auf dem Kinn klebte ein großes Pflaster. Das linke Auge war zugeschwollen.

»Was willst du denn hier«, nuschelte Detlef.

»Ich habe gehört, du hattest einen kleinen Streit mit Henning. Deshalb wollte ich mal nach dir sehen.«

»Also reine Neugierde«, sagte Detlef und schnaubte. Er zuckte zusammen.

»Schmerzen?«, fragte Stephan.

»Scheiße, ja. Komm rein. Bin froh, wenn ich wieder liege.«

Stephan folgte ihm ins Wohnzimmer. »Es ist ja sehr aufgeräumt bei dir«, bemerkte er. »Hast du eine Putzhilfe?«

Detlef legte sich auf das Sofa. Mit einer Hand nahm er einen Eisbeutel vom Tisch und legte sich diesen auf die Stirn. »Ich kann Dreck und Unordnung nicht leiden. Also? Was willst du wirklich?«, fragte Detlef, als Stephan sich gesetzt hatte.

»Ich weiß ja nicht, wann Henning dich verprügelt hat«, begann Stephan, »aber nachdem du mir gestern das über deinen Freund erzählt hast, wollte ich nachhören, oh vielleicht mehr passiert ist.«

Detlef lachte leise. Für Stephan klang es mehr wie ein Grunzen.

»Schau mich an! Du siehst doch, zu was Henning in der Lage ist, wenn er unter Stress steht.«

»Dass Henning aus dem Affekt heraus jemanden töten kann, hat er bereits bewiesen. Ich rede jetzt ganz offen mit dir. Es geht um Mord. Ich suche einen Täter, der heimtückisch ältere Menschen tötet.« Stephan beugte sich zu Detlef vor. »Würdest du Henning das zutrauen?«

Detlef nahm den Eisbeutel vom Kopf und blickte Stephan an. »Ich kann ihn einen Tag, nachdem er mich zusammengeschlagen hat, in die Scheiße reiten?«

»Ich will nur deine Meinung hören. Mehr nicht. Niemand wird Henning verhaften, nur weil wir hier miteinander reden.«

Wieder lachte Detlef. »Ihr Bullen seid doch alle gleich. Du würdest jederzeit meine Aussage gegen Henning verwenden. Erzähl mir also keine Märchen. Aber ich will ehrlich sein, so schwer es mir im Moment auch fällt. Henning ist impulsiv, ja, das ist er, ohne Zweifel. So brockt er sich immer wieder Dinge ein, die er hinterher bereut. Ich habe jahrelang mit ihm eine Zelle geteilt, glaub mir, ich kenne ihn besser als er sich selbst.

Einen kaltblütiger Mord? Nee, Henning nicht. Da bin ich mir sicher.«

Stephan nickte, stand auf und sagte: »Danke.«

»Wofür?«

»Für deine ehrliche Einschätzung. Wenn man dich so ansieht, erwartet man nicht, dass du Henning in Schutz nimmst.«

Auch am Mittwoch konnte Stephan nicht viel Zeit für weitere Ermittlungen aufbringen. Stundenlang waren sie damit beschäftigt, das Haus wohnlicher zu machen, und am späten Nachmittag waren sie endlich fertig. Erschöpft saßen Stephan, Fritz und Christine in der Küche. Die Männer tranken Bier, Christine bevorzugte Mineralwasser.

»Das war's jetzt erst einmal!«, sagte Stephan.

»Na dann Prost!«

Direkt am nächsten Morgen rief Stephan Charlotte an. Endlich hatte er die Zeit, über seinen Besuch bei Detlef zu berichten.

»Dass Henning das Geld genommen hat, wird kaum nachweisbar sein. Es wird Aussage gegen Aussage stehen. Aber was ich fragen wollte: Hast du eigentlich schon was von der Polizei gehört? Wird im Dorf wegen des Todesfalles ermittelt? Ich war hier so im Stress, ich habe nichts mitbekommen.«

»Bisher nicht. Ich bin auch von keinem darauf angesprochen worden. Ist das normal, dass das so lange dauert?« Stephan überlegte. »Hm, eher nicht«, antworte er, »Aber ich habe ab heute wieder Zeit. Ich werde mich mal umhören. Und sonst? Alles klar bei dir?«

»Ja, bisher. Henning benimmt sich vorbildlich.«

»Viele Serienmörder haben sich monatelang im Griff. Aber eigentlich ruf ich dich an, weil ich dich für morgen Abend zum Essen einladen wollte. Die Küche steht, der Herd funktioniert. Ich kann mein Versprechen nun einlösen. Dann können wir auch noch mal in Ruhe über alles sprechen.«

»Das klingt wunderbar. Ich komme gerne.«

»Noch was, Charlotte. Bitte bring einige Videobänder mit. Vielleicht sehe ich ja etwas, was dir bisher nicht aufgefallen ist.«

»Warum nicht. Einen Versuch ist es wert. Ich komme, sobald Henning weg ist. Dann schläft meine Mutter. Wird so gegen halb neun werden.«

»Bring Hunger mit.«

»Italienischen?«

»Was sonst?«

Stephan beendete das Gespräch und kochte sich einen Kaffee. Später nahm er sein Rad und fuhr zu der Dorfarztpraxis.

Stephan traute seinen Augen nicht, als er die Mitteilung las. Sie prangte in fetten, schwarzen Lettern auf der Innenseite der verglasten Eingangstür von Dr. Marchiats Praxis.

Praxis bis auf Weiteres geschlossen. Die Vertretung übernimmt Dr. Lunor in Merten.

Was war hier los? Der Doktor hatte nicht erwähnt, dass er Urlaub machen würde. Nachdenklich nahm Stephan sein Fahrrad.

Der Doktor nahm Urlaub, niemand im Dorf sprach über den Mord. Die Polizei schien nicht zu ermitteln. Stephan fragte sich, ob der Doktor die Polizei überhaupt benachrichtigt hatte. Aber warum nicht?

Charlotte brachte Henning zur Tür. »Bis heute Abend«, sagte sie lächelnd und hasste sich für ihre Heuchelei.

In der vergangenen Stunde hatte sie wie gebannt auf den Monitor gestarrt und Henning im Zimmer ihrer Mutter beobachtet. Er hatte sorgfältig gearbeitet, soweit sie das beurteilen konnte.

»Bis dann«, sagte Henning. Charlotte winkte ihm kurz nach und schloss die Tür. Nachdenklich ging sie ins Obergeschoss und setzte sich neben ihre Mutter auf die Bettkante.

»Der Mann zündet Kerzen an und fesselt mich«, flüsterte ihre Mutter und zog die Bettdecke ängstlich bis zum Kinn.

Charlotte streichelte ihr über die schütteren, grauen Haare. Vor der zunehmenden Senilität ihrer Mutter hatte Dr. Marchiat Charlotte gewarnt und ihr geraten, ihre Mutter in einem Pflegeheim unterzubringen. Doch davon wollte Charlotte nichts wissen.

»Das hast du nur geträumt.«

»Du warst doch nicht dabei.«

Charlotte lächelte. »Da irrst du dich. Ich passe rund um die Uhr auf dich auf.«

»Versprichst du mir das?«

»Ja, das verspreche ich dir!«

Ihre Mutter schien zufrieden und entspannte sich. Charlotte fragte: »Willst du einen Tee?«

Ihre Mutter nickte.

Als Charlotte aufstand, um in die Küche zu gehen, hörte sie die Haustürglocke.

»Nanu?«, sagte sie. »Ob Henning etwas vergessen hat?« Sie eilte die Treppe hinunter und öffnete die Haustür mit einem Schwung.

»Herr Pfarrer! Schön, dass Sie wieder einmal vorbei schauen. Kommen Sie doch herein. Meine Mutter wird sich über Ihren Besuch freuen.«

»Einer trage des anderen Last, so werdet ihr das Gesetz Christi erfüllen, Galater, Kapitel 6, Vers 2.« Pfarrer Voschner lächelte und trat ein. »Ich habe alle Utensilien mitgebracht. Wenn ihre Mutter wünscht, kann ich mit ihr das Abendmahl feiern.«

»Das möchte sie, da bin ich sicher. Kommen Sie doch bitte mit nach oben.«

Charlotte hängte die Jacke des Pfarrers an die Garderobe und ging voraus. »Pfarrer Voschner ist zu Besuch gekommen, Mama.«

Lächelnd setzte sich der Pfarrer an das Krankenbett. »Liebe Frau Schmitz, es freut mich, dass es Ihnen besser geht«, sagte Voschner.

»Oh, Herr Pfarrer, schön, dass sie gekommen sind. Die nette Frau hinter Ihnen wollte mir gerade einen Tee machen. Trinken Sie einen mit?«

»Gerne. Wenn es Ihrer Tochter nicht zu viel Mühe bereitet.«

»Tochter?«, fragte Frau Schmitz. Sie sah Charlotte nachdenklich an und runzelte die Stirn.

Charlotte seufzte. »Ich gehe dann mal den Tee machen.«

»Hier haben wir den Durchschlag.«

Die junge Frau schloss die Schublade des Metallschrankes mit einem Stoß aus der Hüfte.

Sie dürfte etwa zwanzig sein, Christines Alter, dachte Stephan. Das einzige Beerdigungsinstitut des Dorfes befand sich direkt am Friedhof.

»Darf ich mal sehen?« Stephan platzte fast vor Neugierde, versuchte aber, seine Ungeduld zu zügeln.

Die Frau zögerte, drückte das Papier an sich. »Sie sind wirklich ein Neffe des Verstorbenen? Ich meine, man hat uns gesagt, es gäbe keine Verwandten.« Hastig ergänzte sie: »Ich will ja nicht spießig sein, aber die Bestimmungen, Sie wissen schon, Datenschutz und so.«

Stephan lächelte sie an. »Machen Sie sich darüber keine Sorgen, es muss ja keiner erfahren.« Er blinzelte der Frau zu und damit schien er ihre letzten Bedenken beiseite geräumt zu haben. Sie drückte ihm das Formular in die Hand.

»Danke«, murmelte Stephan und konzentrierte sich auf das Papier. Einige Sekunden später blieb er an der entscheidenden Zeile hängen.

Herr Reuter war am Vortag beerdigt worden.

»Hab ich es mir doch gedacht!«

»Was denn?«

»Herr, äh, mein Onkel ist bereits unter der Erde.« Stephan bemerkte, wie die Frau skeptisch die Augenbrauen zusammenzog. »Das müssten Sie doch wissen.«

»Ja klar, es wundert mich nur, dass das schon amtlich ist.«

»Wieso? Längere Wartezeiten gibt es nur, wenn die Leiche nicht frei gegeben wird. Bei Mordfällen zum Beispiel.«

»Und da mein Onkel an einem ganz normalen Infarkt verstorben ist, gab es eben keine Wartezeiten, stimmt's?«

»Ja, genau.«

Stephan blickte nochmals auf das Formular, reichte es dann zurück. »Ach, eine Bitte noch.«

»Ja?«, fragte die Frau.

»Erzählen Sie bitte niemandem, dass ich doch gekommen bin.«

Sie lächelte. »Ich werde schweigen – wie ein Grab.«

Stephan sprang auf sein Fahrrad, durchquerte das Dorf und saß wenig später in Charlottes Küche.

»Warum hast du mir nichts von Reuters Beerdigung erzählt?« Er sah Charlotte ärgerlich an.

»Wir haben doch kaum miteinander gesprochen. Und überhaupt, was weiß ich denn, wie schnell eine Leiche frei gegeben wird, wenn ein Mordverdacht besteht.«

»Mord?« Pfarrer Voschner stand in der Küchentür. Stephan hatte ihn nicht kommen hören.

»Herr Pfarrer!«, rief Stephan überrascht, »Was machen Sie denn hier?«

»Der Pfarrer war so freundlich und hat meine Mutter besucht«, erklärte Charlotte.

Voschner sah verstört von einem zum anderen. »Wer ist ermordet worden?«

Stephan seufzte: »Aktenkundig niemand. Machen Sie sich keine Sorgen.«

Aber so schnell, wie Stephan gehofft hatte, ließ sich der Pfarrer nicht beruhigen.

»Sollte etwa doch etwas an Ihrer Theorie dran sein, Frau von Berg? Geht es darum?«

Stephan wechselte mit Charlotte einen flüchtigen Blick, dann erklärte sie: »Ich weiß bald überhaupt nichts mehr.«

Stephan fragte: »Haben Sie gestern die Beerdigung von Herrn Reuter übernommen?«

»Ja, sicher. Denn aus dem Herzen kommen arge Gedanken: Mord, Ehebruch, Hurerei, Dieberei, falsch Zeugnis, Lästerung. Matthäus, Kapitel 15, Vers 19.«

»Sie sagen es«, stimmte Stephan zu. »Es war bestimmt eine kleine Trauergesellschaft?«

»Ja. Nur einige Ältere aus dem Dorf. Herr Reuter war ja ein ziemlicher Eigenbrötler. Er hatte sogar den Kontakt zu seiner Verwandtschaft abgebrochen. Trotzdem hat sich ein entfernter Neffe um die Organisation der Beerdigung gekümmert. Er hat alles telefonisch geregelt.«

»Nun, dann scheint ja alles seine Ordnung zu haben«, sagte Stephan. Er bemerkte Charlottes überraschten Blick. Mit einem kaum merklichen Kopfschütteln unterband er weitere Fragen.

»Wo wohnt eigentlich Doktor Marchiat? Ich muss unbedingt mit ihm sprechen«, fragte Stephan.

»In dieser Sache?«, wollte Voschner wissen.

Stephan lachte. »Nein. Diese Sache ist für mich erledigt. Aber der Doktor ist einfach in Urlaub gegangen, ohne mit mir ein Abschlussgespräch über meinen medizinischen Check-up geführt zu haben. Ich habe keine Lust, mich bei Dr. Lunor erneut untersuchen zu lassen.«

»Die Adresse kann ich dir geben«, sagte Charlotte. »Sie steht auch im Telefonbuch. Aber das hast du sicherlich noch nicht.«

Der Pfarrer verabschiedete sich.

Charlotte brachte ihn zur Haustür. Als sie wieder in die Küche kam, fragte sie: »Warum willst du ihn in dem Glauben lassen, dass alles in Ordnung sei?«

Stephan zuckte mit den Schultern. »Was bringt es, alle Leute verrückt zu machen? Der Mörder würde nur gewarnt werden und noch umsichtiger vorgehen.«

»Oder aufhören.«

»Das glaube ich nicht. Der Täter hat den Punkt zur Umkehr bereits überschritten. Versetz dich mal in seine Lage. Was sollte er befürchten? Bisher ist er nicht ein einziges Mal aufgefallen.«

»Hm, ja. Was ist mit Reuter? Warum hat der Doktor nichts unternommen?«

»Ich weiß es nicht«, antwortete er. »Ich kann mir keinen Reim darauf machen. Wenn er der Mörder ist, dann hat er einen riesigen Fehler gemacht.«

Charlotte zog die Luft scharf ein. »Wenn der Doktor der Täter ist, wird er doch schon längst über alle Berge sein.« Stephan stand auf. »Das werde ich jetzt überprüfen!«

Kapitel 24

Eine mannshohe, weiß getünchte Mauer umschloss Dr. Marchiats Grundstück. Stephan blickte durch die Stäbe des schmiedeeisernen Tores, welches die Einfahrt versperrte. Das Haus lag gut dreißig Meter zurück. Die Rolläden waren herabgelassen. Es schien niemand zu Hause zu sein. Einige Bäume säumten den schlecht gepflegten Garten.

Stephan drückte den Klingelknopf. Im Haus schlug ein Hund an, ansonsten rührte sich nichts. Er versuchte es nochmals, erreichte damit aber nur, dass der Hund noch wilder bellte. Unschlüssig rüttelte Stephan an dem Tor. Es blieb verschlossen. Der Hund bellte immer noch.

Er setzte einen Fuß auf die untere Querverstrebung des Tores und stemmte sich hinauf. Das Tor hatte oben scharfe Spitzen, die wie aufgerichtete Dolche abschrecken sollten.

Stephan hatte einen besseren Weg gefunden. Er hielt sich mit einer Hand an der äußersten linken Spitze fest, den Fuß setzte er auf die mittlere Querstrebe, so befand er sich schon auf halber Höhe. Nun stützte er sich mit der anderen Hand auf der flachen Mauerkrone ab, stemmte sich in die Höhe und saß auf der Mauer.

Das ist Hausfriedensbruch, dachte er. Er hörte ein Surren. Suchend sah er sich um und entdeckte eine Kamera, die sich an der Dachkante des Bungalows befand. Sie drehte sich mit dem Objektiv in seine Richtung.

»Wusste ich es doch!«, murmelte er und winkte lässig in die Kamera.

»Verschwinden Sie!«, schnarrte eine Stimme aus der Gegensprechanlage, die sich über dem Klingelknopf befand.

Stephan sprang von der Mauer und sprach in die Anlage. »Nicht, bevor wir miteinander gesprochen haben.«

Er hörte ein Rauschen und das Bellen des Hundes, dann sagte Dr. Marchiat: »Wir haben nichts zu besprechen.«

»Ich kann auch meine Kollegen von der Kripo zu diesem Gespräch hinzuziehen.«

Stephan ließ den Knopf los und wartete. Schon wollte er seine Drohung wiederholen, als das Tor nach innen aufschwang und den Weg frei gab.

»Na, geht doch auch, ohne dass ich Hausfriedensbruch begehe«, sagte Stephan zufrieden.

Dr. Marchiat erwartete Stephan an der halb geöffneten Haustür. Er hielt einen aufgeregten Schäferhund fest am Halsband. Der Vierbeiner bellte. In der anderen Hand hielt der Doktor eine Flasche Johnny Walker.

»Aus, Hermann!«, befahl Dr. Marchiat.

Der Hund verstummte. Stephan musterte den Doktor und erkannte ihn kaum wieder. Mit rotgeränderten Augen blickte der Doktor ihn an. Der sonst so gepflegte Mann war unrasiert und hatte strähnige Haare. Die Kleidung wies Flecken auf, er stank nach Alkohol.

»Sie sehen nicht gerade gesellschaftsfähig aus«, meinte Stephan.

Der Doktor zuckte mit den Schultern und nahm einen kräftigen Schluck aus der Flasche.

»Sie können später noch so viel saufen, wie sie wollen«, sagte Stephan. »Aber erst einmal werden wir uns unterhalten!«

Der Doktor zerrte Hermann aus dem Weg. Ohne weitere Worte trat Stephan ein. Er folgte dem Doktor auf die Terrasse. Die Hände des Arztes zitterten, als er sich eine Zigarette anzündete. Der Hund schien plötzlich das Interesse an Stephan verloren zu haben. Friedlich ließ Hermann sich neben dem Doktor nieder.

»Warum haben Sie nicht die Polizei verständigt?«, kam Stephan sofort zur Sache.

Dr. Marchiat schnippte die Asche zu Boden, schüttelte dann den Kopf und drückte die kaum angerauchte Zigarette wieder aus. »Ich weiß es nicht. Wirklich nicht. Einen Moment bitte.« Der Doktor sah Stephan mit einem unsteten Blick an. Dann stand Marchiat auf, ging ins Haus. Wenige Minuten später kehrte er zurück, in der Hand ein Glas mit einer klaren Flüssigkeit.

Ärgerlich sagte Stephan: »Ich habe gesagt, sie können später saufen, jetzt möchte ich mich mit Ihnen unterhalten!«

Dr. Marchiat lachte.

Stephan richtete sich halb auf und nahm dem Doktor das Glas aus der Hand. »Ich will wissen, was los ist. Ansonsten werde ich Sie zum Präsidium schleppen.«

Dr. Marchiat senkte den Kopf. »Als Sie fort waren, setzte etwas bei mir aus. Ich konnte keinen klaren Gedanken mehr fassen, dachte nur an die vielen Toten. Vielleicht wären einige heute noch am Leben, wenn ich von Anfang an genauer hingesehen hätte. Der Bestatter kam, fragte, ob er den alten Reuter mitnehmen durfte. Ich hab es zugelassen, hatte den Totenschein ja schon ausgefüllt.«

»Aber Sie hätten Ihren Fehler immer noch korrigieren können!«, ereiferte sich Stephan.

»Theoretisch«, antwortete der Doktor und blickte in die Ferne. »Als ich Reuters Haus verließ, fuhr ich zur Tankstelle, kaufte mir eine Flasche Cheavas.« Er hustete, strich sich mit einer fahrigen Bewegung die Haare aus der Stirn.

Stephan schüttelte den Kopf. »Ich verstehe Sie nicht. Sie sind ein erfahrener Arzt, haben vielen Menschen im Dorf jahrelang geholfen und Leben gerettet. Und nun zerbrechen Sie daran?«

»Das können Sie nicht verstehen? Wie werde ich denn dastehen, wenn die Sache herauskommt, falsche Totenscheine habe ich ausgefüllt. Jahrelang!«, rief der Arzt aus. »Ich werde der unfähige Provinzdoktor sein, der immer und immer wieder eine natürliche Todesursache attestiert hat. Es wäre so einfach gewesen, auch einmal eine Obduktion einzuleiten. Und wie gut kann ein Doktor schon sein, der noch nicht einmal«, er hob den rechten Zeigefinger, »nicht ein einziges Mal einen Mord erkannt hat. Meine Patienten werden das Vertrauen in meine Fähigkeiten verlieren und das Weite suchen.«

Der Doktor schwieg. Stephan überlegte, ob der Doktor nur Theater spielte, um Zeit zu gewinnen. Für die polizeiliche Ermittlung war eine ganze Woche verloren, nur weil Marchiat es vorgezogen hatte, seine Fehler schön zu saufen.

Stephan stand auf. »Ich informiere jetzt meine Kollegen. Sie werden sich verantworten müssen.«

Hermann setzte sich auf und knurrte.

Der Doktor griff nach dem Halsband des Hundes, hielt ihn fest und sagte: »Am besten, Sie gehen jetzt.«

Stephan verließ das Haus.

»Das ist ja unglaublich«, sagte Kriminalhauptkommissar Engel vom KK 11 des Polizeipräsidiums in Bonn.

Stephan hatte diesmal keine Zeit verloren.

Engel überflog nochmals die Aufzeichnung. »Und diese Frau von Berg war die einzige, der die gehäufte Zahl der Todesfälle aufgefallen ist?«

»Ja. Sie hatte zwar einige Personen im Dorf darauf aufmerksam gemacht und um Hilfe gebeten, konnte aber niemanden überzeugen.«

»Warum ist sie nicht zu uns gekommen.«

Stephan zuckte mit den Schultern und sagte: »Du weißt doch, wie das ist. Die Leute kommen viel zu spät zur Polizei. Darüber hinaus kann ich Frau von Berg schon verstehen. Keiner glaubte ihr. Auch ich hatte lange Zweifel an ihrer Theorie.«

Er nippte an seinem Kaffee, während Engel sich Notizen machte.

»Wie wollt ihr die Sache angehen?«, fragte Stephan, als Engel sich eine Zigarette anzündete.

»Im Großen und Ganzen weißt du ja, wie das abläuft. Ich werde zunächst mit meinem Vorgesetzten sprechen. Dieser …« Engel sah in die Notizen und fuhr dann fort.

» … Reuter muss exhumiert werden, sicherlich einige andere auch, so wie ich das übersehe. Wie viele Leute da drangesetzt werden, kann ich noch nicht sagen. Aber sicherlich fangen wir schnellstmöglich an, da kann ich dich beruhigen.«

Stephan nickte und trank seinen Kaffee aus. »Gut. Hältst du mich auf dem Laufenden?«, fragte er Engel.

»Sicher, wenn du willst. Aber keine Einbahnstraße. Falls du noch etwas herausfindest, lass es mich wissen.« Engel tippte mit dem Zeigefinger energisch auf die Schreibtischoberfläche.

Stephan grinste. »Warum sollte ich mich da noch einmischen? Es ist jetzt euer Fall.«

Engel lachte und antwortete: »Ja ja, und Rotkäppchen frisst den Wolf. Pass auf dich auf.«

Erschrocken trat Charlotte auf das Bremspedal. Schleudernd kam ihr Mazda zum Stehen.

Um ein Haar hätte sie Stephan angefahren, als sie rasant um ihre Villa herumfuhr. Mit klopfendem Herzen stieg sie aus. »Das war knapp.«

Stephan stand wie angewurzelt neben seinem Fahrrad. »Scheiße, ja«, fluchte er. »Irgendwann fährst du jemanden tot.«

»Bis jetzt ist alles gut gegangen. Was machst du hier?« Stephan erzählte von seinem Besuch bei Dr. Marchiat und beim Polizeipräsidium.

»Jetzt ist es also ein offizieller Fall.« Charlotte lehnte sich gegen den Kotflügel ihres Wagens. »Dann können wir aufhören?«

Stephan lächelte. »Ich sehe es eher als Ergänzung. Lass meine Kollegen ihre Arbeit machen, wir machen weiterhin unsere. Je mehr Personen an dem Fall arbeiten, umso besser.«

Charlotte nickte. »Ich bin froh, wenn es bald vorbei ist. Was hast du heute noch vor?«

»Ich möchte das Alibi vom Doktor noch überprüfen. Kennst du den alten Fritz? Mit dem will der Doktor den ganzen Abend, an dem Reuter ermordet wurde, zusammen gewesen sein.«

Charlotte lachte. »Klar, den kennt hier jeder. Dass du dich an den nicht mehr erinnerst. Der alte Fritz ist die Hilfsbereitschaft in Person. Aber Achtung! Der Mann hat einen überaus beißenden Humor. Damit kommt nicht jeder klar.«

Der Storchenhof lag, umgeben von Feldern, etwas abseits des Dorfes. Direkte Nachbarn gab es keine. Der Platz des Hundevereins lag etwa fünfhundert Meter entfernt, aber der wurde nur am Wochenende genutzt.

Das Anwesen beeindruckte Stephan auf Anhieb. Er radelte die Einfahrt entlang auf die Wohngebäude zu. Stephan fiel auf, dass die rechte Hälfte nur halb so groß war wie die linke. Das große zweiflügelige Tor in der hohen Ziegelmauer stand offen. Die Fenster waren alle mit Läden versehen. Links an der Straßenseite, mit etwas Abstand zum Hof, stand eine kleine Kapelle. Ein Turm zierte den Giebel, und Stephan glaubte, sogar eine Glocke im Sonnenlicht glänzen zu sehen.

Als er durch die Einfahrt fuhr, öffnete sich vor ihm ein ausgedehnter Innenhof. Das Gehöft war ein klassischer Vierkanthof. An die Wohngebäude schlossen sich rechtwinklig die Stallungen an und auf der gegenüberliegenden Seite befanden sich Scheune, Werkstatt und die Gebäude für den Fuhrpark. Wie Wehrtürme ragten zwei Silos in den Himmel. Der typische Stallgeruch eines Bauernhofes lag über dem Anwesen.

Als Stephan abstieg, bemerkte er den dampfenden Misthaufen vor der Scheune.

»Haben Sie sich verfahren?«, hörte er eine raue Stimme.

Stephan erblickte einen alten Mann, der auf der Bank vor der Haustür saß. Er schob sein Rad näher heran und fragte: »Sind Sie Fritz Rechkemmer?«

Der Alte hustete angestrengt, hob entschuldigend eine Hand. Als er keuchend wieder Luft bekam, antwortete er: »Eigentlich Friedrich. Nur meine Freunde dürfen mich Fritz nennen.«

»Ah! Dann zählen Sie Dr. Marchiat dazu.«

Stephan erntete einen skeptischen Blick.

»Wir verstehen uns blendend, das ist richtig. Aber was geht Sie das an?«

Stephan lachte freundlich, stellte sich vor.

»Ich habe von Ihnen gehört. Sie sind ein Schnüffler und Schnüffler mag ich nicht.«

»Haben Sie schlechte Erfahrungen gemacht?«

»Ich bin unter Hitler aufgewachsen und mein Vater war nicht gerade ein Regimefreund.«

»Keine Sorge, ich bin kein Nazi.«

Er sah, wie der Alte die Stirn runzelte. »Sollte das ein Scherz sein?«

Stephan seufzte, lehnte sich mit den Unterarmen auf seinen Lenker und beugte sich nach vorne. Eindringlich blickte er dem Alten in die Augen. »Hören Sie, ich möchte eigentlich nur wissen, ob der Doktor letzte Woche Freitagabend bei Ihnen war. Mehr nicht. Sie brauchen es mir nicht zu sagen, aber ich sehe auch keinen Grund, ein Geheimnis daraus zu machen. Der Doktor könnte in Schwierigkeiten stecken und möglicherweise kann ich ihm helfen.«

Stephan richtete sich wieder auf, holte tief Luft und sah, wie der Alte die Lippen schürzte und aus der Brusttasche eine angebrochene Packung Reval hervorzog.

Stephan lehnte die angebotene Zigarette ab. »Der Doktor sagt, ich soll nicht mehr rauchen.«

Rechkemmer zuckte mit den Schultern und zündete sich eine Zigarette an. Der einsetzende, asthmatische Husten ließ in Stephan Zweifel aufkommen, ob der Alte die Zigarette überleben würde.

»Offensichtlich hat Dr. Marchiat recht«, sagte Stephan.

Der Alte winkte ab. »Egal«, keuchte er. »An irgendwas muss ich ja krepieren. Also, der Doktor war hier. Er hat mir sein Spatel in den Hals geschoben, mit seiner Lampe bis in den Magen geleuchtet und dann eine Dose Tabletten auf den Tisch gestellt. Dann meinte er, ein Grog wäre auch nicht schlecht, und er würde auch einen mittrinken. Es wurden dann mehrere draus. Wir kennen uns seit zwanzig Jahren, verstehen uns blendend.«

»So gut, dass Sie ihm ein Alibi verschaffen würden?«

»Quatsch! Fragen Sie Sergej oder Klaus. Die kamen auch dazu.«

Stephan riss die Augen auf. »Klaus Schmelzer etwa? Der Elektriker?«

»Meister«, ergänzte Rechkemmer, »Elektrikermeister. Der ist mit meiner einzigen Enkelin verheiratet. Fleißiger Bursche. Woher kennen Sie denn Klaus?«

»Er hat bei mir gearbeitet«, sagte Stephan, »mein Elternhaus mit neuen Stromleitungen wieder bewohnbar gemacht. Wann hat Dr. Marchiat Sie an jenem Abend verlassen?

»Kurz nach eins in der Nacht.«

»Das wissen Sie noch genau?«

»Auch wenn ich vielleicht so aussehe, bin ich doch noch nicht verkalkt.«

Stephan stutzte. Rechkemmer hatte ihn anscheinend falsch verstanden. Er hob zu einer Entschuldigung an.

Der Alte unterbrach ihn. »Ich habe in der Küche eine alte Kuckucksuhr hängen. Die haben meine Frau und ich Ende der Sechziger bei einem Schwarzwaldurlaub gekauft. Der Doktor macht sich immer einen Spaß und füttert den Piepmatz mit einem Stück Brot, wenn der Vogel aus seinem Häuschen kommt. Wahrscheinlich läuft die Uhr deshalb auch seit nunmehr über vierzig Jahren ohne Mucken.«

»Und er hat die Einuhrfütterung noch vorgenommen«, brachte es Stephan auf den Punkt.

»Ja. Und er wäre besser auch nicht mehr mit dem Auto gefahren. Aber der kann schon einen Stiefel vertragen, muss ich sagen.«

»Ich hab's erlebt«, murmelte Stephan nachdenklich.

Stephan bog in die Einfahrt seines Hofes ein. Dass der Alte die Wahrheit gesagt hatte, daran zweifelte er nicht.

Als er von seinem Rad abstieg, sah er jemanden auf der Bank im Schatten des Hauses sitzen. Er schirmte seine Augen mit der Hand ab und erkannte Monika. Stephan lehnte das Rad gegen die Hauswand und verschränkte argwöhnisch die Arme.

»Christine ist nicht da«, sagte Monika vorwurfsvoll. »Dein neuer Begleiter auch nicht.«

Einen Moment blitzte es in Monikas Augen, doch dann senkte sie den Blick und atmete tief durch. Sie reichte Stephan ein Schreiben.

Dieser überflog die Zeilen. »Ein Mahnbescheid. Du hast falsch geparkt.«

»Ja. Kannst du das für mich aus der Welt schaffen?«

Stephan reichte das Schreiben zurück. »Nein. Du weißt, dass ich so was nicht mache. Aber selbst wenn, dafür ist das Verfahren zu weit fortgeschritten.«

Monika seufzte, faltete den Bescheid zusammen und steckte ihn in ihre Handtasche.

»Sonst noch etwas?«, fragte Stephan.

»Ja. Ich wollte Christine … dich … euch besuchen.«

»Du bist jederzeit willkommen.« Nach einem kurzen Zögern ergänzte er: »Möchtest du reinkommen?«

Monika hob den Kopf. Sie lächelte. »Gerne.«

Stephan schloss die Haustür auf und führte sie ins Wohnzimmer.

»Hat sich kaum verändert. Du benutzt tatsächlich die Möbel deiner Eltern?«

»Warum nicht? Alles Massivholz. Besser als die Presspappe, die ich vorher hatte. Setz dich doch. Möchtest du Kaffee oder Tee?«

»Mach dir keine Umstände. Mein Zug geht gleich. Ich muss heute Abend noch zwei Stunden für eine Kollegin einspringen.«

»Wie gesagt, komm wieder, wenn du willst. Ruf aber besser vorher an, du siehst ja, dass wir viel unterwegs sind.«

Sie lachte spöttisch. »Ihr geht doch nie ran, wenn ihr meine Nummer seht.«

Stephan kratzte sich am Hinterkopf. Da hatte Monika recht.

»Das war nur vorübergehend«, sagte Stephan.

Bevor Monika etwas erwidern konnte, hörte Stephan Christine hereinkommen. »Papa, bist du da?«

»Wir haben Besuch. Wir sind im Wohnzimmer.«

»Wer ist es denn? Oh!« Christine blieb im Türrahmen stehen.

»Deine Mutter möchte uns in Zukunft öfter besuchen.«

Warum kann es nicht immer so sein, dachte Stephan, als er Monika am Bahnhof absetzte und den Wagen wendete. Sie waren zum ersten Mal seit Monaten ohne Streit auseinandergegangen.

Er atmete tief durch. Sein Leben schien sich zu normalisieren. Wenn er jetzt auch noch den Fall löste, dann wäre alles so, wie er es sich wünschte.

Stephan fuhr langsam die Straße entlang. Ihn bedrückte etwas, was er noch nicht ganz greifen konnte. War es wirklich so, wie er es sich vorstellte? Normalisierte sich sein Leben tatsächlich? Was würde aus ihm und Charlotte werden?

Er schüttelte den Kopf und sagte ärgerlich: »Idiot!« Sie würde sich sicherlich nicht auf eine Beziehung mit einem viel jüngeren Mann einlassen. Wie sich das anhörte, als ob er ein pubertierendes Bürschchen wäre. Lebenserfahrung konnte er genug anbieten und mit ein wenig Sport auch wieder ein annehmbares Äußeres.

Eine unmögliche Verbindung, ein Polizist in der Midlife-Crisis und eine verblassende Schönheit, getrennt durch fast ein Jahrzehnt Altersunterschied. Das würde ein Gerede geben! Nein, er würde sich eine Frau in seinem Alter suchen. Charlotte zog ihn an, ohne Zweifel, so weltoffen, wie sie war und so anmutig, wie sie sich bewegte. Sie strahlte ein Selbstbewusstsein aus, das ihn faszinierte. Gute Freunde, ja, aber ein Paar? Stephan schüttelte den Kopf und lachte bitter. Kann man es sich aussuchen, in wen man sich verliebt?

Kapitel 25

Am nächsten Morgen rief Stephan bei Charlotte an, um ihr von seinem Besuch beim alten Fritz zu berichten.

»Der Doktor hat ein wasserdichtes Alibi. Klaus Schmelzer habe ich auch noch angetroffen. Seine Aussage deckt sich mit der des Alten.«

»Wieder einer weniger auf unserer Liste der Verdächtigen.«

»Ja. Gut oder blöd, je nachdem, wie man es nimmt. Ich wollte dich um etwas bitten, Charlotte.«

»Um was?«

»Kannst du noch mal deine Freundin bemühen? Mich würde interessieren, ob sie weiß, wie Baumeister finanziell über die Runden kommt.«

»Wegen des Mercedes? Es geht dir um das Motiv, stimmt's?«

»Ja und ja. Baumeister ist immer noch verdächtig, auch wenn ich ihn nicht für den Mörder halte. Aber vielleicht betrügt er ›Vitalis‹ bei den Abrechnungen oder beklaut die Kunden. Sauber ist der Mann nicht. Ich werde einige Kunden von ihm besuchen. Vielleicht erfahre ich noch etwas Neues.«

Stephan schnappte sich die Liste mit den Namen der Patienten, die Baumeister pflegte. Als er aus dem Haus trat, benetzte feiner Regen sein Gesicht, der vom kalten Wind quer über den Hof getrieben wurde. Stephan stellte den Jackenkragen auf. Lieber wäre er mit dem Fahrrad gefahren, dessen Vorzüge er in den kleinen Gassen des Dorfes inzwischen zu schätzen gelernt hatte. Trotzdem stieg er in den Golf, steckte den Zündschlüssel ins Schloss und drehte ihn. Nichts! Kein Einrasten des Anlassers, kein Durchdrehen des Motors, absolute Totenstille.

»Scheiße!« Stephan hieb wütend auf das Lenkrad. »Verfluchte Karre!«

Er holte tief Luft und schaute sehnsüchtig zur Garage hinüber. Bald, wenn die Mordfälle geklärt wären, würde er den alten Mercedes auf Vordermann bringen.

Charlotte kam am Abend später als verabredet. Stephan hatte bereits mit den Vorbereitungen für das italienische Menü begonnen.

»Entschuldige bitte, meine Mutter quält sich seit gestern mit Herzrhythmusstörungen und übergeben musste sich die Arme auch mehrfach. Es hat ein wenig gedauert, bis sie einschlafen konnte.«

»Tut mir leid. Möchtest du beim Kochen zusehen?«, fragte Stephan und nahm ihr die Jacke ab.

»Um nichts in der Welt würde ich mir das entgehen lassen wollen.«

Sie ging mit wiegenden Schritten voraus. Das rote Kleid, das sie trug, schmeichelte ihrer Figur.

Während er die Tomaten enthäutete und hackte, erzählte er von seinem Wagen, dass er auf das Fahrrad ausweichen musste und von seinen Besuchen bei Hennings Kunden. »Ich habe nichts erreicht, niemand wollte mir aufmachen, ich erntete nur skeptische Blicke und alle wollten meinen Ausweis sehen. Dann fuhr ich zu Pfarrer Gruber, doch seine Frau erzählte mir, dass er einen Tagesausflug mit den Senioren macht.«

Stephan zerdrückte den Knoblauch. »Nur so bekommst du das ganze Aroma in die Pfanne. Die Pressen, die viele benutzen, halten den Geschmack zurück.« Er zeigte ihr das japanische Messer, das er benutzte. »Aber weiter. Bei Pfarrer Voschner hatte ich auch keinen Erfolg. Der ist heute in Koblenz. Er hat ein Klassentreffen. Das hat mir die Bibliothekarin der Pfarrbücherei erzählt. Reichst du mir bitte einmal die Spaghetti, hinter dir, auf dem Tisch? Also, zusammengefasst: Der Tag war eine einzige Pleite. Hast du etwas Neues?«

Stephan ergriff die Packung mit den Nudeln, die Charlotte ihm reichte, und öffnete sie, in dem er sie mit einer Hand mittig festhielt und mit einem Ende auf die Arbeitsplatte stieß. Die Packung platzte oben auf und er gab die Spaghetti ins kochende Wasser.

»Alter Trick«, sagte er, »Hab ich mir in einer Kochsendung abguckt.«

»So etwas schaust du dir an?«

»Sicher, aber nur, wenn italienisch gekocht wird. Aber jetzt erzähl mal. Warst du bei deiner Freundin von Vitalis?«

Charlotte nickte. »Ursula hat gelacht, als ich Sie fragte, ob Henning finanzielle Probleme hat. Und dann hat sie mich gefragt, woher ich davon wüsste!«

Stephan hielt inne und schaute nachdenklich Charlotte zu, die das Dressing unter den Salat rührte.

»Warte mit voreiligen Schlüssen. Das Autohaus hat eine Lohnpfändung erwirkt, deshalb erfuhr Ursula davon. Aber anstatt Henning die Leviten zu lesen, hat sie ihm eine Gehaltserhöhung gegeben.«

»Kaum zu glauben«, entfuhr es Stephan.

»Doch. Im Gegenzug hat Henning noch einige Patienten übernommen. Es sieht tatsächlich danach aus, als ob er nur für seinen Mercedes arbeiten geht. Denk an die Nudeln.«

Stephan schnappte sich den Topf, goss die Nudeln ab und füllte sie in eine Schüssel. Dann schwenkte er sie in Olivenöl. »Okay, Baumeister kommt zwar jetzt über die Runden, aber gegen ein wenig mehr wird er wohl nichts einzuwenden haben. Sein Motiv könnte also Geldgier sein.«

Charlotte seufzte. »Ja, aber lass uns nach dem Essen weiter reden. Ich komme um vor Hunger.«

»Das war lecker!«, sagte Charlotte.

Stephan schob seinen leeren Teller von sich, runzelte die Stirn und tat enttäuscht. »Nur lecker?«

»Bauchpinseln?«

Stephan nickte.

»Es war spitze! Ich habe noch nie so eine leckere vegetarische Bolognese gegessen. Was war da alles drin? Rote Linsen, Zwiebeln, und sonst?«

»Lauch, gehackte Tomaten, Knoblauch und eine Möhre. Untereinander gekocht und nach Bedarf gewürzt. Frisches Basilikum nicht zu vergessen.«

»Muss ich mir das notieren?«

»Ruf an, wenn du Appetit darauf hast.« Stephan zwinkerte Charlotte zu.

»Oh, danke. Das mach ich.«

Als Stephan auf die Uhr blickte, war es fast zehn. Sie beschlossen, sich noch ein paar Aufzeichnungen aus dem Zimmer von Charlottes Mutter anzusehen.

Stephan gesellte sich mit einer Flasche Bier in der Hand zu Charlotte ins Wohnzimmer, die auf der Couch saß und die Katze kraulte.

»Bier? Und dann direkt aus der Flasche? Es ist doch noch genug Rotwein da.« Charlotte rümpfte die Nase.

Er schaute auf seine Flasche. »Für ein gutes Bier lasse ich alles stehen. Sollen wir loslegen oder möchtest du jetzt über die Vorzüge von Wein referieren?«

Charlotte schwenkte lachend ihr Glas, der Wein schimmerte purpurrot im Licht. »Dann leg mal los, du Gourmand.«

In den folgenden Stunden konzentrierten sie sich auf das Videobild. Immer wenn Henning auftauchte, hielt Stephan den Schnellvorlauf an und achtete auf jeden Handgriff, den der Pfleger ausübte. Doch Henning vollführte seine Arbeit einwandfrei. Besucher tauchten auf, Nachbarn und auch Frau Habicht setzten sich an das Bett von Charlottes Mutter, ohne dass etwas Bemerkenswertes geschah. Nach Mitternacht schaute Christine kurz herein, um gute Nacht zu sagen.

Als es auf zwei Uhr zu ging, stand Charlotte auf. »Ich kann nicht mehr. Lass uns morgen weiter machen.«

Nachdem Stephan sie verabschiedet hatte, ging er wieder ins Wohnzimmer, setzte sich auf seinen Sessel, lehnte sich an und startete das Band erneut.

Fünf Minuten später war er eingeschlafen.

Stephan erwachte von einem Poltern. Er schaute sich erschrocken um und fand seine Bierflasche auf dem Boden liegend, schäumend lief die Flüssigkeit über die Dielen.

»Verfluchte Scheiße!«

Stephan hob die Flasche auf, stellte sie auf den Tisch und holte einen Aufnehmer. Während er das verschüttete Bier aufwischte, sah er hin und wieder zum Fernseher. Immer noch flimmerten Bilder aus dem Schlafzimmer von Charlottes Mutters über den Bildschirm.

Frau Schmitz hatte wieder Besuch. Stephan blieb wie angewurzelt stehen und verfolgte die Szene. Darüber vergaß er das Bier. Er griff nach der Fernbedienung und spulte zurück, sah sich die Stelle nochmals an. Dann drückte er die Pausetaste und fuhr sich mit der Hand über den Kopf. Langsam setzte er sich auf die Kante des Sessels, ohne den Blick vom Bildschirm zu wenden.

»Verdammt!«, entfuhr es ihm. »Verdammt! Verdammt! Verdammt!«

Die restliche Nacht lief er unruhig in der Küche auf und ab. Hin und wieder setzte er sich, blätterte in seinem Ermittlungsordner. Alles passte zusammen und er wunderte sich, dass es ihm nicht schon vorher aufgefallen war. Aufkeimende Schuldgefühle drängte er mit der Erkenntnis zurück, dass diverse Ereignisse ihn immer wieder in seinen Ermittlungen gestört hatten. Jetzt galt es, die verlorene Zeit aufzuholen. Gegen fünf schreckte er von einem Geräusch auf und sah Christine im Nachthemd vor sich stehen.

»Was is'n los? Deine Schritte hallen bis oben«, nuschelte sie und rieb sich die Augen.

»Kann nicht schlafen. Geh ruhig wieder ins Bett, lass dich von mir nicht stören.«

»Zu spät«, sagte sie, verschwand aber trotzdem wieder nach oben.

Um halb sechs trank er den fünften Kaffee, der nur noch bitter schmeckte, aber seinen Geist belebte. Brechreiz und Herzrhythmusstörungen! Er hatte auf der Polizeihochschule einmal von einem Fall gelesen, an den er sich nun erinnerte. Seine Gedanken kreisten seit einigen Stunden um diese Sache, doch er war sich nicht mehr ganz sicher, ob seine Vermutung richtig sein könnte. Er brauchte eine Bestätigung. Warum hatte er sich noch keinen Internetanschluss legen lassen? Dann wäre er jetzt schon einen Schritt weiter.

Kurz nach sieben Uhr klingelte er bei Dr. Marchiat, ohne Erfolg. Möglicherweise ist der Arzt auf dem Weg zur Polizei, dachte Stephan, oder total besoffen. Er musste jemand anderes um Rat fragen. Eine Person kannte Stephan noch, die ihm vielleicht weiterhelfen konnte. Er schob sein Fahrrad an und fuhr los.

»Was? Sie! Haben Sie einmal auf die Uhr gesehen? Heute ist Samstag!«, fuhr Frau Habicht ihn an.

»Es tut mir leid. Wenn es nicht wichtig wäre, würde ich Sie nicht behelligen, aber nur Sie können mir helfen.« Frau Habichts Gesichtsausdruck wurde freundlicher. »Sie sehen sehr besorgt aus, kommen Sie herein.«

Stephan nickte. »Sie wissen sicherlich, ob man aus Fingerhut Digitalis extrahieren kann?«

»Ja, ohne weiteres.«

»Behandeln Sie Patienten damit?«

Frau Habicht schien die Frage unangenehm zu sein, sie sah betreten zu Boden.

»Es ist wichtig, bitte.«

»Das kommt schon mal vor«, flüsterte sie. »Aber nur in absolut harmlosen Dosierungen! Ich weiß, was ich tue.«

»Das bezweifle ich nicht, wirklich nicht. Wie wirkt sich eine Überdosierung aus?«

Frau Habicht überlegte kurz. »Frühe Anzeichen sind Übelkeit, ständiger Brechreiz und eventuell Durchfall. Die deutlicheren Zeichen einer Vergiftung sind das Sehen von Doppelbildern und Störungen im Farbsehen. Es kommt zu Unruhe, Kopfschmerz, Desorientiertheit, Delirien, Halluzinationen, Blutdruckabfall, Bewusstseinsstörungen und schließlich kann es zu kurzen Bewusstlosigkeiten kommen. Herzrhythmusstörungen treten ebenfalls häufig auf.«

Stephan hieb sich mit der rechten Faust in die linke Handfläche. »Wusste ich es doch! Genau das habe ich befürchtet. Ich danke Ihnen.«

Um zwanzig vor acht war Stephan wieder zu Hause, holte die Wagenschlüssel und stieg in seinen Golf. Der Wagen ließ sich wieder nicht starten. Stephan trat die Wagentür zu, rannte ins Haus und rief den Pannendienst an.

»Es könnte an der Lichtmaschine liegen. Oder am Spannungsregler.«

»Geht's nicht ein wenig genauer?«

Der Mann im gelben Overall schüttelte den Kopf. Ungeduldig sah Stephan den skeptischen Blick des Pannenhelfers. Der Mann ließ die Motorhaube zufallen.

»Im Moment läuft er, aber sie haben ja nicht immer jemand in der Nähe, der Ihnen Starthilfe geben kann. Ich tippe auf einen Wackelkontakt. Bei der Elektronik heutzutage nicht leicht zu finden.«.

»Kann ich denn jetzt damit fahren?«

»Fahren sie nach Waldorf. Dort gibt es eine VW-Werkstatt.«

»Ja, ja«, sagte Stephan ungeduldig und stieg in seinen Golf.

»Ich garantiere für nichts«, hörte Stephan den Monteur sagen, als er die Tür schloss und losfuhr.

Unterwegs dachte er an seine Mutter. Auch sie hatte unter Gedächtnisstörungen und Herzbeschwerden gelitten. Sie wurde zusehends verwirrt, erbrach sich, konnte nichts mehr alleine regeln. Stephan brachte sie kurzerhand in einem Altenheim in Dellbrück unter, nicht weit von seiner Wohnung entfernt. Danach ging es zeitweise mit der Gesundheit seiner Mutter bergauf. Ein Zeichen dafür, dass sie den giftigen Einflüssen noch rechtzeitig entkommen war, oder war es einfach nur Zufall?

Vor ihm auf der A 4 bremsten die Fahrzeuge ab, wurden immer langsamer. Ein Schild wies darauf hin, dass eine Fahrspur gesperrt war. Stephan musste weiter abbremsen, schließlich ging es nur noch im Schritttempo voran. Irgendwas schien sich gegen ihn verschworen zu haben. Er beschloss, das stockende Vorankommen zu nutzen, um Charlotte zu informieren. Er suchte in seinen Taschen, sah im Handschuhfach nach, blickte auf den Rücksitz, doch sein Handy war nicht da. Dann erinnerte er sich, dass er es ins Ladegeräte steckte, nachdem er den

Pannendienst angerufen hatte. Als er dann überhastet losgefahren war, hatte er das Handy vergessen.

»Scheiße!« Kurz erwog er, umzudrehen, sofern sich der Stau irgendwann einmal auflöste und er auf die andere Seite wechseln konnte, dann verwarf er dies jedoch. Bis zum Abend wäre er längst zurück und könnte Charlotte rechtzeitig informieren. Bis dahin bestand für ihre Mutter keine Gefahr. Ein schwarzer BMW versuchte sich in die letzten Meter vor ihm auf die Spur zu drängen. Stephan fuhr bis fast auf die Stoßstange des Vordermannes auf.

»Keine Zeit«, murmelte er und lächelte dem BMW-Fahrer zu, der ihm mit der Faust drohte.

Der Stau hatte sich durch einen Unfall an der Baustelle zu einer Vollsperrung entwickelt. So ging es bereits auf drei Uhr zu, als Stephan endlich die abschüssige Straße, die nach Monschau führte, entlang fuhr und schließlich im Parkhaus vor der Fußgängerzone sein Auto abstellte. Er hastete über das Kopfsteinpflaster ins Zentrum hinunter. Im Touristikbüro erfragte er sich die Adresse des ortsansässigen Pfarrers. Kurz darauf lief er die Eschbachstraße entlang und stand wenig später außer Atem vor dem Pfarramt und klingelte.

»Der Pfarrer ist nicht da.«

Stephan drehte sich um. Vor ihm stand ein kleinwüchsiger Mann, dessen rotkariertes Hemd auf einer Seite aus der braunen Cordhose heraus hing. Die Hosenbeine steckten in Gummistiefeln. In einer Hand hielt der Mann einen Eimer, in der anderen eine Angelrute.

»Wissen Sie denn, wann er wieder zurück ist«, fragte Stephan.

»Jo, selbstverständlich.«

Stephan wartete, doch der Mann schien nichts weiter sagen zu wollen.

»Heute?«

»Ne.«

Der raubt mir den letzten Nerv, dachte Stephan wütend und zwang sich, ihn nicht am Kragen zu packen und durchzuschütteln. »Und woher wissen Sie das?«

»Nu, bin der Küster hier.«

Stephan atmete auf. Wenn jemand über eine Gemeinde Bescheid wusste, dann war es der Küster.

»Arbeiten Sie denn schon lange für die Kirche?«

Der Mann kaute auf seiner Zigarre und lächelte plötzlich. »Jo, kann man so sagen. Siebenunddreißig Jahre.«

»Hier in Monschau?«

»Jo.«

Stephan überlegte kurz. »Ich hab ein paar Fragen.«

Der Küster sah auf seinen Eimer, dann auf seine Angelrute. Stephan verdrehte genervt die Augen. Dann grinste der Küster und sagte: »Wollte angeln gehen. Aber was soll's. Die Fische werden warten. Geben Sie einen aus?«

Stephan nickte erleichtert.

»Klein, aber gemütlich.« Der Küster öffnete die Tür der Kneipe und ging voran. Sie setzten sich an die Theke.

»Schon wieder zurück vom Angeln, Jupp?«, fragte der Wirt, der kurz darauf unaufgefordert zwei Korn vor ihnen abstellte. »Bier kommt gleich.«

Der Küster hob sein Glas. »Bin der Jupp.«

Stephan nickte, prostete und ließ sich auf das Du ein. Der Schnaps brannte Stephan unangenehm auf nüchternem Magen.

»Du wolltest mich was fragen?« Der Küster kippte den Schnaps hinunter.

Stephan griff zu seinem Bierglas. »Kannst du dich noch an Pfarrer Voschner erinnern?«

Der Küster verschluckte sich und hustete. »Jo.«

Stephan bemerkte, wie Jupp einen Blick mit dem Wirt wechselte, der offensichtlich ihr Gespräch verfolgte. »Warum ist er denn versetzt worden?«

»Wie mein Arbeitgeber halt so ist. Die Wege des Herrn und so weiter, kennste ja. Kommt häufiger vor, als man denkt. Bist du ein Zeitungsheini oder warum interessiert dich das so?«

»Warum sollte sich die Presse für die Versetzung eines katholischen Pfarrers interessieren, zumal das schon Jahre zurück liegt?«, fragte Stephan.

Der Küster zuckte mit den Schultern und trank schweigend sein Bier.

»Hörn se mal«, sagte plötzlich der Wirt. »Wir wollen keinen Ärger mehr. Was soll es bringen, tote Hunde zu wecken? Über die Sache ist Gras gewachsen und das ist auch gut so!«

Der Wirt zapfte mit grimmiger Miene ein Bier und stellte es vor dem Küster ab.

Stephan hatte offensichtlich in ein Wespennest gestochen. Er hob beschwichtigend die Hände und sagte: »Ich versichere Ihnen, dass ich nichts mit Presse oder Fernsehen zu tun habe.«

Der Wirt verschränkte die Arme vor der Brust. Der Küster schien unschlüssig und fragte: »Polizei?«

Stephan hob die Augenbrauen und deutete ein Nicken an.

Jupp seufzte. »Nach all den Jahren habe ich nicht mehr damit gerechnet, dass noch jemand nach der Sache fragt. Hätte ich das geahnt, wäre ich zum Angeln gegangen, kannste mir glauben.«

Zum Wirt sagte der Küster: »Gib mir mal was zum Schreiben.«

Der Wirt legte einen Block und einen Bleistift auf die Theke.

»Du bist zu vertrauensselig«, sagte der Wirt. »Du kennst den Typen überhaupt nicht.«

»Ist schon gut«, sagte der Küster. »Nur die Adresse der alten Meier. Sie kann dann selbst entscheiden, ob sie Was sagen will.«

»Mach was du willst, aber ich habe dich gewarnt«, brummte der Wirt missmutig. Der Küster schrieb eine Adresse auf einen Zettel und reichte ihn Stephan.

»Gret Meier?«

»Wohnt in Imgenbroich.«

Stephan notierte sich die Wegbeschreibung.

»Dafür krieg ich aber noch'n Bier«, sagte der Küster und ergänzte: »Brauchst eh noch nicht los.«

Stephan, der bereits vom Barhocker gerutscht war, setzte sich wieder. »Warum?«

»Die alte Meier ist mit dem Pfarrer auf Tagestour. Aachener Dom. Vor sieben sind die nicht zurück.«

Abends parkte Stephan seinen Golf vor dem Haus von Gret Meier. Nachdem er vorhin in der Kneipe etwas gegessen hatte, hatte er versucht, Charlotte zu erreichen, aber sie war nicht ans Telefon gegangen. Vermutlich hatte sie auf Henning aufgepasst. Als Stephan ausstieg, fuhr ein Taxi vor. Der Fahrer ging um den

Wagen herum und half der älteren Frau beim Aussteigen. Stephan schloss seinen Golf ab und folgte den beiden zur Haustür.

»Guten Abend«, sagte er freundlich. »Sind Sie Frau Gret Meier?«

Der Taxifahrer verschränkte die Arme vor der Brust. »Wer möchte das denn wissen?«

»Ich heiße Stephan Tries, komme aus Bornheim und möchte mich mit Frau Meier unterhalten.« Stephan blickte die alte Frau an und erklärte: »Ich habe Ihre Adresse von dem Küster Jupp. Er sagte mir, dass Sie mir vielleicht weiterhelfen können.«

Der Taxifahrer schüttelte den Kopf und sagte: »Kommen Sie morgen wieder. Es ist spät und Frau Meier ist sicherlich müde von dem Ausflug.«

Stephan hörte Ärger in der Stimme des Fahrers mitschwingen.

»Ich denke, das geht schon in Ordnung«, sagte plötzlich die Frau.

Der Fahrer zuckte mit den Schultern und sagte: »Sie müssen es wissen.« Dann verabschiedete er sich.

Stephan sah ihm hinterher. »Mürrischer Bursche.«

Frau Meier lachte. »Eigentlich nicht. Nur vorsichtig. Seine Mutter ist vor kurzem überfallen worden. Auf der Straße, am helllichten Tage. Seitdem sieht er in jedem Fremden eine Gefahr. Sie sind also Stephan Dreis aus Bornheim. Bornheim bei Frankfurt?«

»Rheinland, Köln. Und mein Name ist Tries«, antwortete Stephan.

Sie lächelte. »Dann kommen Sie mal rein.«

»Ich bin bereits zweiundachtzig und erfreue mich bis auf ein paar Zipperlein bester Gesundheit. Ich habe Glück und genieße jeden Tag. Wahrlich, es war nicht immer so, das kann ich Ihnen sagen.«

Stephan saß mit ihr bei einer Tasse Tee im Wohnzimmer. Bisher hatte er keine Gelegenheit gehabt, seine Fragen zu stellen. Er ließ Frau Meier ohne Unterbrechung plaudern. Stephan merkte ihr an, dass sie sich darüber freute, einen Zuhörer zu haben.

»Erzählen Sie ruhig. So viel Zeit muss sein«, sagte er, obwohl er seine Ungeduld kaum beherrschen konnte. »Ach, wissen Sie, Herr Driss ...«

»Tries«, unterbrach Stephan.

»Ja, richtig, entschuldigen Sie bitte. Namen konnte ich mir noch nie gut merken. Also, vor drei Jahren versagten meine Nieren, schlimme Sache. Es stand gar nicht gut um mich, das kann ich Ihnen sagen. Hätte ich damals das Angebot des Pfarrers angenommen, nun, dann säße ich heute nicht vor Ihnen.«

Stephan horchte auf. Hatte er richtig gehört? »Der Pfarrer?«, fragte er möglichst beiläufig, um Frau Meier nicht zu beunruhigen. »Der hat Ihnen ein Angebot gemacht?«

»Stimmt, Sie sind ja nicht von hier, das wurde damals auch nicht an die große Glocke gehängt.«

Frau Meier stemmte sich mühsam aus ihrem Sessel und kramte in einer Schublade ihres Wohnzimmerschrankes. »Hier!« Sie reichte Stephan einen Zeitungsartikel. Er überflog die Zeilen, während Frau Meier sich wieder in den Sessel fallen ließ.

»Vermutungen und Andeutungen? Keine Namen?«

Frau Meier nickte. »Ja, die Presseleute waren sehr vorsichtig, rannten uns aber die Türen ein. Es gab ziemlich Unruhe in der Gemeinde und einige sind heute noch sauer darüber. Aber es kam nicht alles heraus. Wer legt sich schon gerne mit der katholischen Kirche an. Der Pfarrer hat sich rausgeredet. Er hat behauptet, ich und die anderen hätten ihn falsch verstanden. Es stand Aussage gegen Aussage. Aber ich habe ihn nicht falsch verstanden, das kann ich Ihnen sagen!«

Stephan spielte den Entrüsteten. »Ich bitte darum! Da muss man doch drüber sprechen!«

»Er ist ja dann auch versetzt worden. Beweis genug, dass an der Sache etwas faul war, oder nicht, Herr Tries?«

Stephan nickte.

»Angeblich zu seinem eigenen Schutz, so der Bischof«, erzählte Frau Meier. »Voschner hätte hier keine Basis mehr. Aber dies kennt man ja von den Pfaffen: Wenn es ungemütlich wird, dann wird das Weite gesucht. Den hätten sie ins Gefängnis stecken müssen, das kann ich Ihnen sagen, Herr Tries! Noch einen Tee?«

»Nennen Sie mich doch einfach Stephan. Ist vielleicht einfacher als mein Nachname.« Er lächelte freundlich. »Gerne nehme ich noch Tee. Ich möchte auf jeden Fall Ihre Sicht der Dinge erfahren. Was ist denn nun genau passiert?«

Frau Meier goss Tee nach. »Er besuchte mich regelmäßig. Das fand ich am Anfang noch sehr angenehm, diese Fürsorge. Dann aber fing er immer wieder von den Schmerzen an, die ich ertragen müsste. Er sprach davon, wie schön ein Leben nach dem Tod wäre, kein Leiden mehr, die reine Glückseligkeit. Zunächst dachte ich noch, dass es für einen Pfarrer ganz normal ist. Als er mich fragte, ob er mir etwas besorgen sollte, um mein Leid zu beenden, wurde ich stutzig. Ich dachte zuerst, ich hätte es falsch verstanden, habe es einfach ignoriert. Zu dem Zeitpunkt hatten mir die Ärzte bereits versichert, dass es wieder aufwärts gehen würde. Doch er ließ nicht locker.«

Frau Meier holte tief Luft und Stephan nutzte die Gelegenheit, um einzuhaken.

»Also, ich bringe es einmal auf den Punkt. Der Pfarrer wollte Ihnen die Selbsttötung ermöglichen, richtig?«

»Ja, genau und nicht nur mir. Das ist ja dann auch alles aufgeflogen. Die Tochter einer meiner Freundinnen informierte den behandelnden Arzt, der wandte sich an die Presse und die Diözese.«

»Aber schließlich verlief alles im Sand? Kaum zu glauben.«

»Genau! Eingesperrt gehört der, eingesperrt!«

Stephan nickte. »Wie hieß denn der Pfarrer? So etwas darf man doch nicht dulden.«

»Voschner hieß der, Engelbert Voschner! Seien Sie auf der Hut, wenn Sie dem begegnen!«

Aus reiner Höflichkeit blieb Stephan noch eine Weile. Gegen zweiundzwanzig Uhr verabschiedete er sich, bedankte sich für Tee und Gebäck und machte sich auf den Weg nach Hause.

Stephan dachte an das Videoband, an die Szene, in der Pfarrer Voschner Charlottes Mutter etwas in das Glas Wasser schüttete und es ihr zu trinken reichte. Stephan war sich inzwischen sicher, dass Voschner Digitalis oder einen vergleichbaren Wirkstoff untergerührt hatte.

Frau Schmitz' Herzrhythmusstörungen und der Brechreiz, der anschließend aufgetreten war, konnten kein Zufall sein.

Dem Pfarrer vertrauten die alten und kranken Menschen rückhaltlos. Beseelt von seiner Bestimmung schien Voschner jedes Mittel recht zu sein. Hier in Monschau war er mit seinem Unterfangen gescheitert. In Sechtem hatte er seine Auffassung von Sterbehilfe aktiv umgesetzt. So schnell wie möglich wollte Stephan Charlotte informieren. Sie durfte den Pfarrer nicht mehr ins Haus lassen. Auch seinem Kollegen Engel, vom Polizeipräsidium in Bonn, wollte er seine Vermutungen mitteilen.

Trotz der Anspannung gähnte Stephan. Der fehlende Schlaf machte sich bemerkbar. Plötzlich stellte er irritiert fest, dass die Straße immer schmaler wurde. Nach einer Weile war er sicher, dass er sich hoffnungslos verfahren hatte. Er hielt in einer Bergmulde am Straßenrand, versuchte, sich anhand der Straßenkarte zu orientieren. Nach einigen Minuten schmiss er die Karte auf den Beifahrersitz. Wenn man nicht wusste, wo man sich befand, dann nützte einem die beste Karte nichts. Er schaute sich um, gähnende Einsamkeit. Kein Dorf in Sicht, noch nicht einmal ein einzelner Bauernhof. Er entschied sich, der Straße weiter zu folgen, kuppelte ein und würgte den Motor ab, das Licht erlosch.

»Kacke!«, entfuhr es ihm. Er drehte den Zündschlüssel um. Nichts geschah. Er wiederholte mehrmals die Aktion, doch der Anlasser blieb stumm. Resigniert starrte er in die Dunkelheit und lachte. Es macht fast den Eindruck, als wollen mich höhere Mächte aufhalten, dachte er und legte seinen Kopf auf das Lenkrad.

Kapitel 26

Er schreckte auf, als jemand gegen die Scheibe klopfte. Stephan rieb sich die Augen und kurbelte das Seitenfenster herunter. Neben seinem Wagen stand ein Rennradfahrer, gekleidet in einem kanariengelben, eng anliegenden Sportdress.

»Tag, ich dachte schon, Sie wären tot.«

»Ich habe eine Panne und wollte mitten in der Nacht nicht losstiefeln«, erklärte Stephan und gähnte.

»Haben Sie schon einmal etwas von Handys gehört?«

»Witzbold.«

»Na dann.«

Der Rennradfahrer wollte weiterfahren, aber Stephan hielt ihn zurück. »Haben Sie zufällig eins mit? Darf ich es benutzen?«

»Klar. Ich habe immer eins dabei.« Der Mann grinste, öffnete seine Hüfttasche. Stephan nahm das Handy entgegen und schaute auf das Display. Es war erst kurz nach sechs Uhr.

»Sie sind aber früh unterwegs«, bemerkte Stephan. »Sie haben nicht die Nummer vom Pannendienst?«

Der Rennradfahrer grinste breit. »Unter ADAC im Telefonbuch.«

Stefan suchte die Nummer heraus, wählte.

Erst um halb zehn morgens kam Stephan endlich zu Hause an. Der Mann vom Pannendienst hatte ihm Starthilfe gegeben und ihn anschließend bis zur Autobahn geleitet.

Stephan stieg aus und ging ins Haus. Alles war ruhig, Christine schien noch zu schlafen. In der Küche lag sein Handy. Er versuchte, Charlotte zu erreichen. Es meldete sich nur ihre Mailbox. Er wählte die Festnetznummer, hörte jedes Tuten mit steigender Nervosität. Schließlich meldete sich Charlottes Mutter. »Schmitz.«

Stephan atmete auf. »Tries hier, Stephan Tries, ein Freund ihrer Tochter.«

»Ja?«

Kein Erkennen in der Stimme.

»Kann ich Charlotte sprechen?«

»Nein.«

Stephan rieb sich genervt mit der Hand über den Kopf. »Wo ist Sie denn.«

»Mein Kind?«

»Charlotte, ja«, sagte Stephan mit gepresster Stimme.

»Heute ist Sonntag. Da ist meine Tochter in der Kirche!«

Stephan öffnete vorsichtig die Kirchentür, blieb im Halbdunkel des Eingangsportals stehen und sah sich um. Die Bänke waren gut gefüllt. Es roch nach Weihrauch. Stephan hörte Pfarrer Voschner einen Moment zu, der mit Inbrunst von seiner Kanzel herunter predigte.

»Wenn es euch gut geht und ihr euch satt essen könnt, dann gebt acht, dass ihr nicht den Herrn vergesst! Des Herrn Augen schauen alle Lande, dass er stärke, die mit ganzem Herzen bei ihm sind.«

Sehr einprägsam, dachte Stephan, und ließ seinen Blick über die Besucher gleiten. Er fand Charlotte. Ihre roten Haare wirkten wie ein Signal. Sie saß bei einem jungen Pärchen in der vorletzten Reihe. Stephan schlich durch den Mittelgang und setzte sich auf den freien Platz neben Charlotte. Der Pfarrer unterbrach die Predigt. Er schaute durch das Kirchenschiff, bis seine Blicke auf Stephan trafen.

»Ich freue mich über jeden Besucher«, sagte der Pfarrer. »Aber das nächste Mal sollten Sie Ihren Wecker eine halbe Stunde früher stellen.«

Stephan spürte, dass er rot wurde und ärgerte sich darüber. Einige Anwesende sahen zu ihm herüber, grinsten. Voschner setzte die Predigt fort. Stephan entspannte sich.

»Was willst du denn hier?«, flüsterte Charlotte überrascht.

»Ich weiß jetzt, wer der Täter ist.« Stephan spürte, wie Charlotte neben ihm erstarrte.

»Henning?«

Stephan schüttelte kaum merklich den Kopf und deutete mit dem Kinn auf Pfarrer Voschner. Aus den Augenwinkeln heraus sah er, wie Charlotte die rechte Hand vor den Mund schlug und mit der Linken seine Hand drückte. »Sicher?«

»Sicher!«

Als die Messe zu Ende war, wollte Stephan so schnell wie möglich aus der Kirche heraus, doch Charlotte wurde von einer Nachbarin angesprochen und aufgehalten. Ungeduldig wartete er an ihrer Seite, versuchte vergeblich, den Pfarrer zu entdecken. Endlich beendete Charlotte das Gespräch und sie eilten dem Ausgang entgegen. Als sie durch die Tür ins Freie traten, wurden sie vom Pfarrer erwartet.

»Herr Tries! Welche Überraschung. Dies ist der Tag, den der

Herr macht; lasset uns freuen und fröhlich darinnen sein, Psalm, Kapitel 118, Vers 24.«

Stephan zwang sich zu einem Lächeln und sagte: »Zuviel der Ehre. Frau von Berg hat mir immer wieder von Ihren Predigten vorgeschwärmt und da wollte ich mich mal selbst überzeugen.«

»Und? Hat es Ihnen gefallen«, fragte der Pfarrer. Voschners hellblaue Augen hatten etwas Hypnotisches.

»Ja. Sie haben mir aus dem Herzen gesprochen. Sie sollten in die Politik wechseln.« Zu dick aufgetragen, bemerkte Stephan augenblicklich. Ein wenig mehr Zurückhaltung wäre glaubwürdiger gewesen.

Er sah, wie der Pfarrer die Augenbrauen zusammenzog. Stephan fühlte eine Gänsehaut über seine Arme hochsteigen. Unter der aufgesetzten Freundlichkeit des Pfarrers verbarg sich etwas Bedrohliches. Er kann es nicht wissen, versuchte Stephan sich zu beruhigen. Er weiß nicht, dass ich es weiß.

»Das freut mich. Besuchen Sie meine Messe nächsten Sonntag wieder.«

»Werde ich«, versprach Stephan. »Jetzt müssen wir aber los.« Er zuckte entschuldigend mit den Schultern.

»Sicher«, sagte der Pfarrer und nickte. »Dann bis nächste Woche.«

Stephan sah Charlottes Wagen auf dem Parkplatz gegenüber der Kirche stehen. Er griff nach ihrer Hand und zog sie hinter sich her. »Fahr los!«, sagte er, sobald sie im Wagen saßen. »Wir fahren zu mir! Mein Rad holen wir später.«

Charlotte setzte sich an den Küchentisch. »Ich will alles wissen!«

Stephan nahm zwei kleine Flaschen Wasser aus dem Kühlschrank und setzte sich auf die Eckbank. »Du kannst es dir nicht vorstellen, Charlotte, der gestrige Tag war die Hölle.«

»Nun erzähl schon.«

»Es fing mit meinem Wagen an. Ich wollte losfahren und die Scheißkarre sprang nicht an. Mein Handy habe ich dann auch noch liegen lassen.«

»Was hat das mit den Morden zu tun?«

»Warts ab. Ich rief also den Pannendienst und der kam auch ...«

»Stephan!«

Er zuckte zusammen. »Na gut, tut mir leid. Bin etwas müde. Also, ich habe auf einem der Bänder gesehen, wie der Pfarrer deiner Mutter etwas ins Wasserglas tat. Das war an dem Tag, bevor es ihr so schlecht ging. Da habe ich eins und eins zusammengezählt und mich gefragt, ob Voschner der Täter sein könnte. Erlösung und so.«

Charlotte beugte sich nach vorne. »Voschner? Ich kann es kaum glauben.« Sie schüttelte den Kopf.

»Doch!«, sagte Stephan. »Deshalb bin ich nach Monschau gefahren. Voschner selbst hat mir erzählt, dass er dort Pfarrer war, bevor er hierhin versetzt wurde. Das heißt, ich wollte fahren. Eigentlich bin ich nur geschlichen. Baustelle, Stau ...«

»Komm auf den Punkt!« Charlottes Stimme wurde ungeduldig.

»Ist ja schon gut. Ich habe in Erfahrung gebracht, dass Voschner Dreck am Stecken hat. Er hat versucht, ältere Kranke zu überreden, Selbstmord zu begehen.«

Charlotte zog die Stirn kraus. »Und damit ist er nicht aufgefallen? Keine Anzeige, keine Polizei, kein Verfahren?«

Stephan nahm einen Schluck Wasser. »Darüber habe ich mich auch gewundert. Aber da stand Aussage gegen Aussage. Und wer kommt schon gegen die Kirche an? Voschner ist damals gescheitert, nun versucht er es auf einem anderen Weg. Er ist unser Mann, davon bin ich felsenfest überzeugt. Ich schnappe mir jetzt meinen Ordner und fahre ins Präsidium nach Bonn.«

Charlotte stand auf. »Ich komme mit, schließlich ist das auch mein Fall.«

»Deine Mutter …«

»Sie kann das eine Mal auch alleine bleiben! Darauf kommt es nicht an.«

Stephan schüttelte den Kopf. »Doch, kommt es! Voschner ist nicht blöd. Es ist möglich, dass er ahnt, dass wir ihm auf den Fersen sind.«

Charlotte setzte sich wieder und ergriff seine Hand. »Schau, ich habe monatelang einem Phantom hinterhergejagt. Jetzt hat es ein Gesicht bekommen. Pfarrer Voschner hat versucht, meine Mutter zu töten. Freunde von mir sind durch seine Hand gestorben. Ich muss einfach mit.«

Stephan dachte einen Moment nach. Dann entzog er ihr seine Hand. »Nein! Mein letztes Wort. Das Risiko ist zu groß.«

Charlotte streckte trotzig ihr Kinn nach vorne. »Du kannst mir nichts verbieten. Ich komme mit!«

Bevor Stephan etwas erwidern konnte, stand Christine in der Küche. »Ich kann Sie verstehen. Ich bleibe bei Ihrer Mutter.«

»Was hast du gehört?«, wollte Stephan wissen.

»Fast alles. Es war nicht zu überhören.«

Stephan überlegte. Zwar gefiel es ihm nicht, Christine in Gefahr zu bringen. Doch wenn sie in Charlottes Haus blieb und die Türen nicht öffnen würde, war die Gefahr minimal.

»Sie wirken so gefasst. Erschreckt es Sie nicht, was Sie eben gehört haben?«, fragte Charlotte.

Christine zuckte mit den Schultern und lehnte sich mit dem Rücken gegen den Türrahmen. »Ich weiß ja, dass mein Vater einen Mörder jagt. Ob jetzt dieser Pfarrer oder jemand anders, Hauptsache, er wird schnell geschnappt.«

Stephan glaubte, ein leichtes Zittern in der Stimme seiner Tochter gehört zu haben. Ein Beweis dafür, dass sie nicht so abgeklärt war, wie sie vorgab.

Charlotte wandte sich an Stephan. »Du hast deiner Tochter davon erzählt?«

»Nein, sie hat uns gehört. Ähnlich wie heute. Das Haus ist hellhörig. Das spielt doch jetzt keine Rolle.« Er wurde ungehalten. »Wir setzen Christine ab und fahren anschließend sofort weiter. Das kleine Stück quetschen wir uns zu dritt in deinen Mazda. Meinem Wagen trau' ich nicht mehr.«

Sie brachten Christine zur Grauen Burg. Stephan gab ihr strikte Anweisungen, niemanden hereinzulassen. Sie sollte auch möglichst Charlottes Mutter nicht wecken, damit diese nicht beunruhigt war, weil sich eine Fremde im Haus befand.

Christine nickte zu allen Erklärungen, schloss die Tür hinter sich ab und beobachtete durch das Fenster, wie der Wagen die Einfahrt hinunter fuhr.

Dann drehte sie sich um. Die Diele war riesig, Marmorfliesen bedeckten den Boden. Eine breite Treppe führte nach oben. Links schien es ins Wohnzimmer zu gehen. Christine betrat den Raum. Sie schaltete den Fernseher an, zappte sich durch sämtliche Programme. Das übliche Sonntagsspektakel: Zeichentrickfilme und Sendungen wie der ›Fernsehgarten‹. Entnervt schaltete sie das Gerät wieder aus.

Sie ging langsam an der großen Fensterfront entlang. Die Sonne schien und es war warm. Der ideale Tag, um im Garten zu liegen und zu lesen. Christine ärgerte sich darüber, dass sie ihr Buch nicht mitgenommen hatte.

Der Bücherschrank in Charlottes Wohnzimmer war gut gefüllt. Christine las die Titel, da war nichts, was sie spontan interessierte.

Sie ging durch die Räume im Erdgeschoss. Esszimmer, ein Arbeitszimmer mit einem großen Schreibtisch, auf dem ein Computer stand. Christine schaltete ihn an. Ein Passwort wurde verlangt, das sie natürlich nicht hatte.

Die Gästetoilette war größer als ihr Badezimmer zu Hause. So viel Platz und das für zwei alte Frauen, dachte Christine.

In der Küche öffnete sie den Kühlschrank. Sellerie und Möhren, Jogurt. Nichts, was sie ansprach. Aber sie hatte Hunger. Zum Frühstück hatte die Zeit nicht gereicht. Unschlüssig tastete sie nach ihrem Handy. Ihr Vater hatte ihr eingeschärft, niemanden die Tür zu öffnen. Sie hatte es versprochen. Aber er würde nicht wollen, dass sie hungern musste. Im Gegenteil, er bestand immer darauf, dass sie ordentlich aß. Er würde bestimmt nichts dagegen haben, wenn sie sich vom Pizzataxi einen Salat bringen ließ. Überzeugt, im Sinne ihres Vaters zu handeln, drückte sie die Nummer der Pizzeria.

Charlotte parkte den Wagen auf dem Parkplatz des Bonner Polizeipräsidiums.

»Warum fahren wir eigentlich nicht zu deinen Kollegen nach Köln?«, fragte sie Stephan, der die ganze Fahrt über versucht hatte, Kriminalhauptkommissar Engel per Handy zu erreichen. Stephan nahm sein Handy vom Ohr. »Verdammt! Warum geht der nicht ran?« Er nahm seinen Ordner und öffnete die Wagentür.

»Stephan!«

»Ja?« Er blickte Charlotte verwirrt an.

»Warum sind wir nach Bonn gefahren und nicht nach Köln? Dort kennst du doch alle, es sind doch deine Kollegen.«

»Köln ist nicht zuständig. Jetzt komm schon.«

Stephan stieg aus, während Charlotte vor sich hinschimpfte: »Nicht zuständig, nicht zuständig. Beamtengeschwätz. Als ob es darauf ankommt.«

Christine stand in der Tür zum Schlafzimmer von Charlottes Mutter. Diese schlief immer noch friedlich. Das graue Haar der alten Frau breitete sich über das weiße Kopfkissen aus und umrahmte ihr Gesicht wie ein erbleichender Heiligenschein. Falten hatten sich tief in die Haut eingegraben und zeugten von den Höhen und Tiefen, die diese Frau in über achtzig Jahren durchwandert haben musste. Ob ich jemals so alt werde, fragte sich Christine.

Die Haustürglocke schlug an. Christine schlich aus dem Zimmer und stürmte die Treppe hinunter. Sie schloss auf und öffnete mit Schwung die Haustür.

»Das ging ja schnell«, rief sie, doch der große, hagere Mann vor der Tür sah nicht aus, als ob er etwas liefern wollte. Christine erstarrte.

»Frau von Berg ist nicht da?«, fragte der Mann.

Ein mulmiges Gefühl überfiel Christine. Sie hätte erst durchs Fenster schauen sollen. »Sie sind nicht der Pizzabote, oder?«

Der Mann lachte, verbeugte sich und richtete sich dann wieder auf. »Ich bin der katholische Pfarrer, mein Kind. Voschner mein Name.«

Der Pfarrer lächelte gütig. Christine spürte, wie ihre Knie weich wurden.

»Darf ich reinkommen?«, fragte er. Alles andere, nur nicht das, dachte Christine. Panik stieg in ihr auf und verhinderte, dass sie einen klaren Gedanken fassen konnte.

»Tut mir leid. Frau von Berg ist nicht da. Kommen Sie später wieder.«

Christine wollte die Tür schließen, doch Pfarrer Voschner trat dagegen. Christine ließ die Klinke los und taumelte überrascht zurück. Dabei stolperte sie über die hochgeschlagene Kante des Flurläufers. Den Sturz konnte sie zwar mit den Armen mildern, trotzdem schlug sie mit dem Hinterkopf hart auf den Marmorboden auf. Ein heftiger Schmerz durchfuhr sie. Sie sah, wie der Pfarrer in den Flur trat und die Tür schloss. Dann wurde sie bewusstlos.

Stephan raufte sich die Haare und holte tief Luft.

»Pass auf, Kollege. Ich habe dir jetzt zweimal erzählt, wie ich auf den Pfarrer als Täter gekommen bin. Meiner Meinung nach schon einmal zu viel. Jetzt sieh mal zu, dass du einen Kollegen hinzuziehst. Mir scheinst du ja nicht zu trauen.«

Er kämpfte gegen seinen Ärger an und fixierte den jungen Kommissarinspektor. Dieser schien sich hinter seinem Computermonitor verstecken zu wollen.

»Ich habe doch schon probiert, den Kollegen Engel zu erreichen«, sagte der junge Mann, »Das hast du doch mitangehört. Weiß auch nicht, warum der nicht dran geht. Wir haben einen Mordfall. Die MK ist offensichtlich unterwegs. Im Moment muss ich alleine die Stellung halten.«

»Dann ruf nochmals den Staatsanwalt an.«

»Da ist die ganze Zeit besetzt. Das haben wir doch schon probiert.«

Stephan blickte auf die Uhr. Es war eine gute Stunde vergangen, seit sie von zu Hause aufgebrochen waren. Charlotte, die neben Stephan saß, kramte aus ihrer Handtasche das Handy hervor. »Ich brauche ein wenig frische Luft. Ich gehe vor die Tür und benachrichtige Christine, dass es etwas länger dauert.«

Stephan nickte. Er blickte Charlotte hinterher, bis sie den Raum verlassen hatte. Dann wandte er sich wieder seinem Kollegen zu. »Irgendjemand müssen wir doch erreichen können. Ansonsten kannst du ja schon mal den Fall aufnehmen. Es muss ein Aktenzeichen geben, Fall Reuter.«

Der junge Kollege beugte sich wieder über den Computer. »Ich finde hier nichts. Aber ich kenn' mich mit dem neuen Programm noch nicht so gut aus.«

Er griff wieder zum Telefonhörer.

Stephan seufzte entnervt. »Bin mal kurz draußen.«

Was mache ich nur mit ihr? Sie wird mich verraten. Sie, Frau von Berg und dieser Polizist gehören zu den selbsternannten Moralisten, die aufschreien, wenn man verdeutlicht, dass der Tod schöner sein kann als ein Leben unter Schmerzen, die einem zum Wahn-

sinn treiben. Was wissen die denn schon, diese Heuchler! Nur wer es selbst miterlebt hat, weiß, welches Leid von den Sterbenskranken genommen wird, wenn man ihnen hilft. Ich habe meine Eltern an Krebs sterben sehen. Und auch meine Tante. Ich habe die glückliche Entspannung miterlebt, die sich in ihren Gesichtern widerspiegelte nach Monaten der körperlichen Pein. Sie sind in eine bessere Welt übergegangen. Eine Welt ohne Medikamente, die die Sinne berauschen und den Körper auszehren. Das sind aufrechte Werte, für die es sich zu Sterben lohnt! Sterbehilfe ist Anerkennung des letzten Willens eines Todgeweihten, eine Hilfe, die man nicht versagen darf! Aktiv mithelfen, damit die Schmerzen aufhören. Mut fassen, die richtigen Mittel einzusetzen für eine rasche Erlösung!

Helfen!

Das ist mein Grundsatz!

Was heute noch rechtswidrig eingestuft und von allen Institutionen als grausam verschrien wird, darüber werden zukünftige Generationen milde lächeln. Sie werden die falsche Moral über Bord geworfen haben und anstelle derer Tugenden setzen, die es jedem selbst in die Hand legen, zu leben oder zu sterben.

Bis dahin ist es noch ein weiter Weg. In der Zwischenzeit will ich mein Möglichstes tun, damit diese armen Geschöpfe Hilfe erhalten. Frau von Berg, dieser Tries und jetzt auch dieses Mädchen wollen mich daran hindern. Ich will es nicht, aber sie zwingen mich dazu, Dinge zu unternehmen, die ich nicht möchte. Wenn sie Erfolg hätten, dann müssten viele leiden, die im Moment noch hoffen können, dass ich sie erlöse.

Das kann und will ich nicht zulassen!

Stephan verließ das Polizeipräsidium. Charlotte stand vor der Tür und hielt in der einen Hand das Handy, in der anderen ein Zigarillo.

Er trat zu ihr. »Ich habe dem Kollegen die Leviten gelesen. Wird nicht mehr lange dauern. Was sagt Christine?«

Charlotte ließ ihr Handy sinken und zog an ihrem Zigarillo. Nervös sagte sie: »Sehe ich aus, als ob ich deine Tochter schon erreicht hätte?«

Stephan starrte sie überrascht an. Charlotte zitterte am ganzen Körper. Kreidebleich stand sie vor ihm.

»Hast du kein Netz?«

»Blödsinn! Ich habe alle Nummern probiert. Nichts rührt sich. Da stimmt etwas nicht.«

Stephan holte sein Handy aus der Tasche und versuchte es selbst. Mit jedem Klingelzeichen wuchs seine Angst. Schließlich steckte er sein Handy wieder weg.

»Glaubst du mir jetzt?«, fragte Charlotte. Ihre Stimme überschlug sich fast.

Stephan nickte. Wütend zischte er: »Wenn Voschner Christine nur ein Haar krümmt, dann gnade ihm Gott. Los! Ich fahre!«

Kapitel 27

Christines Kopf brummte, als ob sich ein Wespenschwarm eingenistet hätte. Das Brummen veränderte die Tonlage, ging in ein Schrillen über. Für einen kurzen Moment wäre sie dankbar gewesen, wenn sie wieder in die schmerzfreie Schwärze hätte gleiten können. Dann aber hörte sie Charlottes Mutter. Sie sprach mit jemandem, dessen tiefe Stimme beruhigend klang.

Es war noch jemand im Haus!

Schlagartig klärten sich Christines Sinne und sie riss die Augen auf. Pfarrer Voschner!

Durch das große Fenster schien die Sonne. Das helle Licht zwang Christine zu blinzeln. Sie saß auf einem Stuhl in dem Raum neben dem Schlafzimmer von Charlottes Mutter.

Die Arme waren hinter ihrem Rücken gefesselt. Ihre Hände fühlten sich taub an. Sie zerrte an den Fesseln, erreicht aber nur, dass sie sich schmerzend in ihre Haut drückten.

Christine sah sich um. Verzweifelt stellte sie fest, dass nichts in der Nähe war, um die Fesseln durchzureiben. Sie versuchte aufzustehen, doch ihre Unterschenkel waren an die Stuhlbeine gebunden.

Sie hörte den Pfarrer mit Charlottes Mutter sprechen. »Meine Tochter?«

»Ihrer Tochter geht es gut, Frau Schmitz, seien Sie unbesorgt.«

»Leisten Sie mir Gesellschaft?«

»Sicher, Frau Schmitz, sicher. Ich bin doch gerne bei Ihnen. Ihre Tochter wird gleich wiederkommen.«

»Sie sind ein guter Mensch, Herr Pfarrer.«

Christine wollte schreien, doch irgendetwas steckte in ihrem Mund. Sie würgte.

»Du solltest ruhig durch die Nase atmen.«

Pfarrer Voschner stand plötzlich vor ihr, die Hände auf Hüfthöhe übereinander gefaltet und blickte zu ihr herunter. Christine würgte heftiger. Sie spürte bereits Magensäure aufsteigen. Plötzlich fühlte sie Voschners kalte Hände an ihrem Unterkiefer. Er nahm ihr den Knebel aus dem Mund. Christine stöhnte erleichtert auf und erbrach sich.

»Daran wären Sie garantiert erstickt. Gut, dass ich so schnell reagiert habe«, stellte Voschner zufrieden fest.

Anscheinend ignorierte er vollkommen, dass er diese Situation herbeigeführt hatte. In was war sie nur hineingeraten? Voschner setzte sich auf die Bettkante. Säuerlicher Geruch stieg Christine in die Nase und ihr Hals fühlte sich an wie Schmirgelpapier.

Erneut musste sie würgen. »Was wollen Sie?«, fragte sie heiser.

»Nur helfen. Ich führe nichts Böses im Schilde. Du bist die Tochter von diesem Tries.«

Christine hob erstaunt die Augenbrauen. »Woher wissen Sie das?«

Der Pfarrer lachte. »Dein Personalausweis. Er steckte in deiner Jacke.« Er zog den Pass aus seiner Jackentasche und hielt ihn hoch.

»Okay, ja. Ich bin die Tochter. Aber hören Sie, ich weiß nicht, was ...«, begann Christine. Sie wurde von Voschner unterbrochen.

»Oh doch! Du weißt ganz genau, warum ich hier bin. Glaub ja nicht, ich wäre blöd! Wie du mich vorhin angesehen hast, als ich dir sagte, wer ich bin. Du bist keine gute Schauspielerin.«

Voschner schüttelte den Kopf und ergänzte: »Du redest lieber Böses denn Gutes, und Falsches denn Rechtes, Psalm, Kapitel 52, Vers 5. Unterschätze mich nicht!«

Christine wollte protestieren, sich verteidigen, erläutern, dass sie keine Ahnung hatte, was ihn umtrieb, als das Telefon klingelte. Hoffnung flammte in ihr auf. Doch Voschner lächelte nur und sagte: »Ruhig. Es ist nicht das erste Mal.«

Charlotte probierte unentwegt verschiedene Nummern durch. Sie wechselte von Christines Handynummer zu ihrem eigenen Festnetzanschluss. Stephan raste über die Autobahn, überholte rechts, wenn er mit der Lichthupe die linke Spur nicht freiräumen konnte.

»Geh dran! Geh dran!«, flehte Charlotte.

Stephan lenkte den Wagen auf die Ausfahrt. Noch sieben Kilometer, dachte er, oh Gott, noch sieben!

Christine vernahm wieder das Klingeln des Telefons. Der Anrufer ließ nicht locker.

»Hartnäckig«, sagte Voschner. »Wer könnte das sein?«

Christine wich seinem bohrenden Blick aus und schaute zu Boden. Sie spürte einen Schweißtropfen über ihren Nasenrücken laufen.

Plötzlich hörte Christine die kraftlose Stimme von Charlottes Mutter im Nebenzimmer. »Hier Schmitz.«

Sie hatte ein Telefon am Bett.

Christine riss die Augen auf. Sie sah zu Voschner.

Der Pfarrer zögerte kurz. »Ich habe gedacht, sie kommt nicht an den Hörer.«

Er sprang auf und lief nach nebenan. Christine horchte ängstlich, fürchtete, dass Voschner Frau Schmitz etwas antun würde.

»Warum haben sie das gemacht, Herr Pfarrer? Ich konnte ja gar nicht verstehen, wer am Apparat war.«

»Keine Sorgen, Frau Schmitz. Ich möchte nur, dass Sie sich nicht überanstrengen. Sie sollten schlafen und sich nicht von irgendwelchen Werbern stören lassen. Der wollte Ihnen sowie so nur eine Zeitung verkaufen.«

Voschners Stimme klang freundlich, voller Fürsorge.

Christine spürte den Brechreiz zurückkehren, kämpfte dagegen an, indem sie sich auf das Gespräch konzentrierte.

»Aber war das nicht meine Tochter?«

»Wenn ja, wird sie schon wieder anrufen. Wichtig ist, dass sie sich nicht verausgaben. Ich werde den Anruf entgegen nehmen, wenn ihre Tochter es nochmals versucht.«

»Danke, Herr Pfarrer.«

Christines Hals brannte. Sie sehnte sich nach einem Schluck Wasser, um den säuerlichen Geschmack auf ihrer Zunge wegspülen zu können. Sie zerrte an den Fesseln mit dem Erfolg, dass sie sich noch schmerzhafter ins Fleisch schnitten.

»Versuch es erst gar nicht. Du fügst dir nur selbst Schmerzen zu.«

Der letzte Satz klang fast mitleidig und Christine sah den Pfarrer erstaunt an. Voschner stand mit dem mobilen Telefon in der Hand vor ihr. Es klingelte wieder. Der Pfarrer musterte es mit einem traurigen Blick und steckte es dann in eine Tasche seines Anzuges.

Er sah Christine an. »Was mache ich nur mit dir?«

Christine sah zu dem Pfarrer auf, der groß und bedrohlich vor ihr aufragte und sich mit einer Hand das Kinn rieb.

»Vielleicht töten, so wie die anderen!«, spie Christine ihm entgegen.

Voschner riss erstaunt die Augen auf. »Da verstehst du etwas vollkommen falsch. Ich töte nicht, ich erlöse! Das ist ein Unterschied, darüber solltest du einmal nachdenken. Denn wer da weiß Gutes zu tun, und tut's nicht, dem ist's Sünde, Jakobus, Kapitel 4, Vers 17.«

Christine schüttelte ungläubig den Kopf. »Sie entschuldigen ihre Morde mit ihrem Glauben?«

Sie bereute im selben Moment ihren Ausbruch. Auf keinen Fall dürfte sie den Mann reizen.

»Selig sind die Barmherzigen; denn sie werden Barmherzigkeit erlangen, Matthäus, Kapitel 5, Vers 7! Ich bin reinen Herzens.«

Christine konnte sich nicht zurückhalten. »Sie sind krank.«

Der Pfarrer lächelte nachsichtig. »Wenn ich Frau Schmitz helfen will, dann habe ich nur eine Möglichkeit. Und so viele andere warten auch noch auf mich.« Voschner seufzte. »Du willst doch, dass ich der alten Frau helfe, oder?«

Christine überlegte fieberhaft. Angst kroch in ihr hoch. Es gehörte nicht viel dazu, um zu ahnen, wie die Hilfe für Charlottes

Mutter aussehen sollte. Dieser Pfarrer hatte es ja oft genug praktiziert. Auch was er mit ihr vorhatte, damit er weiter handeln konnte, war nicht schwer zu erraten.

»Denken sie an meinen Vater. Er weiß Bescheid.«

»Ja, da hast du Recht. Um den muss ich mich auch noch kümmern. Aber einer nach dem anderen.«

»Er ist zur Polizei gefahren. Bald wird es hier von Polizisten wimmeln.«

Der Pfarrer lächelte. »Er wird mir nichts beweisen können.«

Christine sah an dem verklärten Blick des Pfarrers, dass dieser wirklich an seine Unschuld glaubte. Sie spürte, dass Voschner längst eine Schwelle überschritten hatte, die seine Welt von der Wirklichkeit trennte. Der verklärte Blick des Pfarrers und sein unseliges Lächeln ängstigten sie. Sie wollte versuchen, Zeit zu gewinnen. Die Einsatzkräfte waren bestimmt bereits unterwegs.

Sie griff seine Frage wieder auf. »Ja! Sicher möchte ich, dass Sie Frau Schmitz helfen.« Ihr Hals brannte. »Doch sollten wir nicht zuerst für sie beten?«

Der Pfarrer blinzelte einige Male. Christine vermutete, dass Voschner sich erst in dem hier und jetzt wieder einfinden musste.

»Beten«, wiederholte Christine mit leiser Stimme.

»Und das Gebet des Glaubens wird dem Kranken helfen, und der Herr wird ihn aufrichten; und so er hat Sünden getan, werden sie ihm vergeben sein. Jakobus, Kapitel 5, Vers 15. Ja, mein Kind, wir sollten beten! Nehmen wir Frau Schmitz in unser Gebet auf und bitten Gott, sie gnädig zu empfangen, wenn sie ihre Reise beendet.«

Gespannt verfolgte Christine, wie der Pfarrer seinen Kopf senkte, die Hände in Bauchhöhe zum Gebet hob und die Augen schloss.

Doch bevor er mit dem Gebet anfangen konnte, fragte Christine: »Herr Pfarrer, bitte. Meine Hände.«

Er schaute auf.

»Bitte. So kann ich meine Hände nicht falten«, jammerte Christine.

Plötzlich hatte Voschner ein Messer in der Hand. Christine fühlte sich an eine Varieté-Show erinnert, bei der ein Magier Kunststücke vorführte und aus dem Nichts die unmöglichsten Dinge herbeizauberte. Als Voschner sich über sie beugte, fürchtete Christine einen kurzen Moment, gleich den scharfen Schmerz des eindringenden Messers zu spüren. Stattdessen waren ihre Hände frei.

»Jetzt aber keine Störungen mehr«, ermahnte sie der Pfarrer. »Sonst muss Frau Schmitz ohne ein begleitendes Gebet aufsteigen.«

Stephan bremste scharf. Der Wagen kam neben einem roten Fiat zum Stehen. Stephan stieg aus und las das Kennzeichen. Er zögerte. SU-KK 33. Er hatte den Wagen schon einmal gesehen, das war sicher. Verdammt! Er konnte sich nicht erinnern, wo.

»Das ist Voschners Wagen«, sagte Charlotte. Er blicke sie an. Jegliche Farbe war aus ihrem Gesicht verschwunden.

»Ja. Daher kenn ich die Karre. KK, Katholische Kirche. Verdammt! Den Haustürschlüssel! Schnell!«

Charlotte suchte mit zitternden Fingern den Schlüssel in

ihrer Handtasche. Ungeduldig schaute Stephan zu. Am liebsten hätte er ihr die Tasche aus der Hand gerissen und den Inhalt auf den Boden verstreut.

Nach einer halben Ewigkeit sagte Charlotte: »Hier!«

Stephan nahm den Schlüssel. In diesem Moment kam ein mit bunter Werbung verzierter Fiat Uno durch die Toreinfahrt auf sie zu.

Der Wagen stoppte, ein junger Mann stieg aus. »Tut mir leid. Hat ein wenig länger gedauert. Haben Sie den Salat bestellt?«

»Amen!«

»Amen«, murmelte Christine und spähte mit bußfertig gesenktem Kopf auf ihre Armbanduhr. Kurz vor eins. Wo blieb nur ihr Vater? So lange konnte es in Bonn doch nicht dauern. Und wo blieb der Pizzabote?

»Gott stärkt mich mit Kraft und weist mir einen Weg ohne Tadel, Samuel, Kapitel 22, Vers 33. Es wird Zeit.«

Christine wusste plötzlich, dass ihr nur eine Chance blieb und sie alles auf eine Karte setzen musste. Sie sammelte allen Mut, schrie.

Stephan starrte den jungen Mann an. Das konnte nicht wahr sein.

»Der Salat. Ich bin sicher, dass dies die richtige Adresse ist«, sagte der Pizzabote.

Stephan wandte sich ab und rannte die Stufen zur Haustür hinauf. Er stieß den Schlüssel ins Schloss. Stephan spürte kurz einen Wiederstand, dann fiel im Inneren des Hauses etwas mit einem dumpfen Geräusch auf den Boden. Der zweite Haustürschlüssel, dachte Stephan triumphierend. Er drehte seinen Schlüssel, zögerte dann aber.

Sollte er eindringen? Aus Erfahrung wusste er, dass ein alleiniger Zugriff ein erhöhtes Risiko darstellte und nur in Ausnahmefällen in Betracht kam. Der Pfarrer könnte im Besitz einer Schusswaffe sein.

»Ich habe nicht den ganzen Tag Zeit«, beschwerte sich der Pizzabote.

Stephan ignorierte ihn. Ruf erst die Einsatzkräfte zur Hilfe, ermahnte sich Stephan. Wie lange würden sie brauchen? Drei Minuten? Eher fünf, wenn nicht noch länger. In Sechtem gab es keine Polizeiwache. Die nächste befand sich in Bornheim. Und je nachdem, wo die Kollegen der Schutzpolizei gerade einer alten Frau über die Straße halfen, würde sich unter einer Viertelstunde kein Blaulicht zeigen.

Stephan holte tief Luft.

»Also? Wissen die Damen und Herren jetzt, ob sie etwas bestellt haben.« Der Pizzabote wurde ungeduldig.

Stephan drehte sich zu ihm um. »Hau ab.«

Der junge Mann öffnete den Mund. Doch bevor er sich empören konnte, hörten sie einen gellenden Schrei aus der Villa.

Stephan erstarrte, griff dann routiniert unter seine linke Achsel und registrierte nach einem kurzen irritierenden Moment, das Fehlen seiner Walther PKK. »Dann eben nicht.«

Charlotte kam die Treppe hoch. »Stephan, um Gottes willen, unternimm etwas.«

Stephan nickte. Er rannte zum Heck des Roadsters und holte aus dem Kofferraum den Radmutternschlüssel. »Ich geh rein. Ruf du die Kollegen. Sieh zu, dass die hier mit Pauken und

Trompeten auffahren. Egal, was passiert, bleib hier draußen und warte!«

Er lief an Charlotte vorbei, drehte den Schlüssel und stieß die Tür auf.

»Verdammt sollst du sein, Weib!«, zischte Pfarrer Voschner. Christine sah zwar den Schlag kommen, doch konnte sie, am Stuhl gefesselt, nicht ausweichen. Sie spürte einen heftigen Schmerz, als seine Faust ihr Auge traf, kurz darauf noch einen, als ein zweiter Hieb ihre Nase traf. Etwas knackte wie ein trockener Ast, auf den man trat. Christine benötigte einige Sekunden, bis ihr klar wurde, dass Voschner ihr die Nase gebrochen hatte.

»Was ist da los? Herr Pfarrer?«

Christine hörte die besorgte Stimme von Frau Schmitz wie aus weiter Ferne. Voschner griff Christine an den Haaren und riss sie brutal nach hinten. Sie ließ die Arme fallen, schnappte nach Luft. Der Raum schien sich zu drehen. Das Gesicht des Pfarrers war keine zwanzig Zentimeter von ihrem entfernt. Sein Atem schlug ihr entgegen.

»Ich werde mich jetzt um Frau Schmitz kümmern.«

Eine erneute Schmerzwelle durchfuhr Christine, als ihr zuerst der rechte, dann der linke Arm nach hinten gerissen wurde. Bevor sie reagieren konnte, waren ihre Arme wieder gefesselt. Augenblicklich bemerkte sie ein Kribbeln in ihren Händen.

Christines Magen krampfte sich zusammen, doch mehr als ein Würgen brachte sie diesmal nicht hervor. Sie hörte Charlottes Mutter besorgt rufen.

»Herr Pfarrer? Wo stecken Sie denn? Charlotte?«

Voschner antwortete: »Alles in Ordnung, Frau Schmitz. Machen Sie sich keine Sorgen. Gleich leiste ich Ihnen wieder Gesellschaft.«

Er griff nach Christines Kinn und drückte den Kopf nach hinten. »Ich möchte nicht mehr gestört werden«, zischte er wütend.

Christine nickte ängstlich.

»Gut so. Ich werde Frau Schmitz helfen und möchte, dass du es miterlebst. Deine Wut wird dann von dir weichen, wenn du erkennst, dass mein Handeln von Liebe und Fürsorge geprägt ist. Das entspannte Gesicht der alten Frau wird Zeugnis darüber ablegen. Mit diesem Wissen wirst auch du danach glücklich deine Reise antreten können.«

»Sie sind verrückt!«

»Oh nein, ich bin vermutlich der einzig Normale. Jetzt schweig!«

Sie sah, wie er den Knebel vom Bett nahm und zusammenknüllte. Christine presste ihre Kiefer fest zusammen. »Mach den Mund auf!«

Christine schüttelte den Kopf. Die Schmerzen wurden sofort heftiger. Das Summen in ihrem Kopf kehrte wieder zurück. Für einen kurzen Augenblick wurde ihr Schwarz vor Augen. Sie spürte zwar, wie Voschner den Knebel in ihren Mund schob, doch fehlte ihr die Kraft, sich dagegen zu wehren.

»Vielleicht treibe ich vorher noch den widerspenstigen Dämon aus, der Besitz von deiner Seele …«

Plötzlich hörte Christine die Haustür in den Angeln quietschen. In Christine flammte Hoffnung auf. Sie zog wild an ihren Fesseln.

»Wirst du wohl ruhig sitzen bleiben«, zischte Voschner und schlug ihr ins Gesicht. Der Schmerz explodierte in Christines Kopf und augenblicklich kehrte die Schwärze zurück.

Stephan schlich durch den Hausflur.

»Charlotte? Bist du wieder da?«, hörte er Frau Schmitz in der oberen Etage rufen.

Stephan drehte sich auf der Stelle. Den Radmutternschlüssel hielt er in Brusthöhe mit beiden Händen umklammert. Das Haus besaß unzählige Türen mit ausreichend Möglichkeiten, sich dahinter zu verstecken. Für ihn alleine unmöglich, alles im Blick zu haben.

»Charlotte? Was ist denn los?«, rief Frau Schmitz.

Stephan ging mit dem Rücken zur Wand vorsichtig die Treppe hinauf. Als er den Treppenabsatz erreichte, sah er Christine. Sie saß mit gesenktem Kopf in dem Zimmer auf dem gegenüberliegenden Flurende. Stephan holte tief Luft. Er musste gegen den Zwang ankämpfen, einfach loszulaufen und seiner Tochter zu helfen. Kurz lähmte ihn die Angst um Christine. Dann spürte er Wut aufsteigen. Wenn ich Voschner in die Hände bekomme, dann gnade ihm Gott, dachte er und schlich die rechte Flurwand entlang bis zur ersten Tür. Mit einer schnellen Bewegung drückte er die Klinke und stieß die Tür nach innen auf. Der Raum dahinter war leer. Charlotte nutzte nur wenige Räume in dem großen Haus, das wusste Stephan. Er ging quer über den Flur. Die erste Tür links, dahinter ein Badezimmer.

Er hörte Christine stöhnen und stieß erleichtert Luft aus. Sie lebte. Vorsichtig ging er weiter. Links wieder ein leerer Raum, rechts eine Besenkammer. Dann der Raum, in dem die Geräte für die Videoüberwachung standen.

Wo steckst du, Drecksack, dachte Stephan. Er schlich weiter. Die Tür zu dem Schlafzimmer von Charlottes Mutter stand offen. Stephan blickte hinein.

Als Frau Schmitz ihn sah, zog sie erschrocken die Bettdecke bis zum Kinn. Stephan legte den rechten Zeigefinger an seine Lippen. Ein kurzer Blick, hier versteckte sich der Pfarrer auch nicht.

Blieb nur noch das Zimmer, in dem Christine auf dem Stuhl saß.

Christines Gesicht fühlte sich an, als ob alles gebrochen wäre. Doch der Schmerz schien nicht mehr ganz so schlimm zu sein.

Ist der Schock, dachte sie und hob den Kopf. Sie blinzelte einige Male, da sie nur verschwommen sehen konnte. Als sich ihr Blick klärte, riss sie überrascht die Augen auf. Ihr Vater stand mit grimmiger Miene im Türrahmen. In der Hand hielt er etwas, das wie eine Eisenstange aussah.

Warum half er ihr nicht? Christine fing an zu schluchzen. Ihr Hals zog sich zusammen und sie musste wieder würgen. Sie bemerkte den besorgten Gesichtsausdruck ihres Vaters. Ihr Vater machte einen raschen Schritt auf sie zu, blieb dann zögernd stehen und sah sich um.

Plötzlich sah Christine, wie die schwere Eichentür herumschwang und ihren Vater mit voller Wucht traf. Er taumelte benommen zur Seite und ließ die Eisenstange fallen. Mit dem Rücken rammte er gegen eine Anrichte. In diesem Moment bemerkte Christine den Pfarrer, der sich hinter der Tür versteckt hatte. Voschner sprang auf ihren Vater zu. Erschrocken sah Christine im Licht der Deckenlampe das Messer in Voschners Hand aufblitzen.

Stephan stieß mit dem Rücken gegen die Kommode, der Schmerz strahlte von den Nieren bis in die Beine. Ihm wurde schwarz vor Augen und er taumelte. Aus den Augenwinkeln nahm er eine schnelle Bewegung wahr. Voschner stach mit einem Messer nach ihm. Stephan konnte gerade noch die Unterarme nach oben reißen und so rechtzeitig den Stoß abfangen. Die Schneide drang in seinen rechten Arm ein. Er stieß den Pfarrer mit aller Kraft zurück und schmiss sich auf den Boden. Mit der linken Hand spürte er den kühlen Stahl des Radmutternschlüssels, umschloss ihn fest, drehte sich halb auf den Rücken und ließ den Schlüssel durch die Luft sausen. Er traf Voschner am rechten Knie. Der Pfarrer schrie und knickte ein. Stephan richtete sich auf, schwang das Eisen über seinen Kopf. Zu spät erkannte Stephan seinen Fehler. Voschner stieß erneut zu.

Christine sah, wie der Pfarrer das Messer in den Bauch ihres Vaters rammte. Dieser krümmte sich stöhnend zusammen und ließ die Eisenstange fallen.

Voschner lachte hysterisch und rief aus: »Ich habe einen guten Kampf gekämpft, ich habe den Lauf vollendet, ich habe Glauben gehalten, Timotheus, Kapitel 4, Vers 7.«

Untätig musste Christine zusehen, wie Voschner das Messer über den Kopf hob und sie zweifelte keinen Moment daran, dass der Pfarrer ihren Vater töten würde. Sie presste die Augen zusammen, wollte nicht zusehen, wie ihr Vater starb. Sie hörte Martinshörner. Zu spät, dachte sie verzweifelt.

Charlotte hatte es nicht ausgehalten und war Stephan nach einigen Minuten gefolgt. Unbemerkt konnte sie sich ins Zimmer schleichen.

Voschner stand über Stephan gebeugt, das Messer in der rechten Hand, zum Stoß bereit. Mit einem Schrei sprang Charlotte nach vorne, stieß den Pfarrer mit voller Wucht gegen die Wand. Das Messer flog aus seiner Hand auf ihr Bett. Charlotte warf sich auf die Matratze. Die Federn quietschten laut. Sie griff das Messer und drehte sich auf den Rücken. Keine Sekunde zu früh. Der Pfarrer hechtete heran und warf sich mit weit aufgerissenen Augen auf sie.

Charlotte fühlte, wie das Messer in seinen Körper eindrang. Sie ließ überrascht den Griff los. Der Pfarrer stöhnte, drückte sich vom Bett ab und taumelte in die Höhe. Mit offenem Mund starrte er auf das Messer. Mit beiden Händen griff er danach und zog.

Voschner stöhnte. Für einen kurzen Moment hatte Charlotte den Eindruck, er würde es nicht schaffen. Doch dann sah sie, wie der Pfarrer Zentimeter für Zentimeter die blutige Klinge aus seinem Bauch zog. Voschner sah auf und lächelte Charlotte dämonisch an.

Sie schrie.

Voschner stolperte einen Schritt auf Charlotte zu. Plötzlich stürmten Polizeibeamten das Zimmer. Einer rief: »Polizei! Lassen Sie die Waffe fallen!«

Voschner schien sie nicht wahrzunehmen. Er machte noch einen unsicheren Schritt auf Charlotte zu.

»Lassen Sie die Waffe fallen!«

Charlotte konnte es nicht glauben, dass der Pfarrer noch einen Schritt machte.

Dann explodierte ein Schuss.

Kapitel 28

Stephan öffnete die Augen. Er verspürte einen stechenden Schmerz im Bauch und stöhnte.

»Stephan?«, hörte er eine Stimme.

Diese Schmerzen. Seine Zunge fühlte sich an wie ein pelziges Tier, die Lippen schienen Risse zu haben. Ein Schatten tauchte über ihm auf.

»Trink einen kleinen Schluck Tee. Er wird dir gut tun!« Stephan nippte an dem Becher, der an seine Lippen gehalten wurde. Er verschluckte sich.

»Langsam, das wird schon.«

Er kannte diese Stimme, dachte über den melodischen Klang nach, während er in kleinen Schlucken trank. Dann fiel es ihm ein. Heiser flüsterte er: »Charlotte?«

Sein Blick wurde klarer, es kam ihm vor, als ob sich ein Polaroidbild entwickelte. Die Kontraste wurden schärfer.

Plötzlich war alles wieder da. Hastig versuchte er aufzustehen, doch der Schmerz im Bauch ließ ihn wieder zurückfallen. Er spürte Charlottes Hand auf seiner.

»Alles in Ordnung. Du bist im Krankenhaus. In Sicherheit. Christine geht es auch gut.«

Christine geht es gut. Gott sei Dank, dachte Stephan. Irgendwas zog an seinen Gedanken, eine bleierne Schwere ergriff ihn. Er schloss die Augen.

Als er das nächste Mal wach wurde, saß Christine an seiner Seite.

Stephan blickte sie an und murmelte wütend: »Dieses Schwein! Was hat er nur mit dir gemacht?«

Ihr Gesicht war geschwollen. Ein Verband klebte über ihrem Nasenrücken. Christine lächelte. »Mach dir keine Sorgen, Papa. Es wird wieder, sagen die Ärzte.«

Stephan tastete nach ihrer Hand, umschloss sie. »Was ist mit Voschner?«, fragte er nach einer Weile.

»Hat schwer verletzt überlebt.«

»Man könnte meinen, Gott hält eine schützende Hand über solche Typen.«

Christine zuckte mit den Schultern und sagte: »Er ist Pfarrer.«

»Nein!«, widersprach Stephan. »Jetzt nicht mehr.«

»Na, wie geht es denn unserem Helden heute?« Der Oberarzt stand am Bettende und lächelte.

»Beschissen«, presste Stephan hervor, jeder Atemzug schmerzte.

Der Oberarzt lachte. »Kann ich mir vorstellen. Aber es hilft nichts. Sie liegen jetzt schon über eine Woche hier. Es wird Zeit, dass Sie auf die Füße kommen. Also lassen Sie sich von der netten Dame helfen, die die ganze Zeit auf sie aufgepasst hat, und legen Sie los. Heute Nachmittag schaue ich wieder vorbei. Wehe, Sie haben bis dahin keine Runde gedreht.«

Am Mittag saß Stephan auf der Bettkante.

»Willst du dich wieder hinlegen?«

Stephan winkte ab. »Auf keinen Fall.«

Er spürte, wie Charlotte unter seine rechte Achsel griff, bereit, ihm aufzuhelfen. Als Stephan wieder Luft bekam und die Schmerzen abebbten, stand er auf. Er hielt die Luft an, sein Bauch spannte. Nach einer halben Ewigkeit ließen die Schmerzen nach. Stephan wusste, dass er das Schlimmste überstanden hatte.

Detlef räumte neue Ware in die Regale.

»Das reicht für die nächsten Monate«, sagte er zufrieden. Er riss gerade die nächste Kiste mit Polo-Shirts auf, als es klingelte. Er ging die Treppe hinunter und öffnete die Tür.

»Mensch, Dicker! Siehst ja gut aus.«

Detlef schaute Henning argwöhnisch an. Seit ihrem letzten Zusammentreffen waren sie sich aus dem Weg gegangen.

Detlef spürte Wut aufsteigen. »Ich glaube, wir haben nichts mehr miteinander zu besprechen«, sagte er und wollte die Tür schließen.

Mit einer schnellen Bewegung hielt Henning den Fuß dazwischen. »Steffi hat mir alles erzählt.«

Detlef zögerte. Seine Wut verrauchte und wurde durch Neugier ersetzt. »Jetzt erst? Reichlich spät.«

»Quatsch. Es hat nur eine Weile gedauert, äh …« Detlef stutzte und musterte Henning. Er hatte seinen Freund noch nie so verlegen gesehen.

»Äh was?«, fragte Detlef.

»Na, Mensch, ich hab dich zusammengekloppt. Das alles wäre nicht passiert, wenn ich nicht so, äh, anfällig für Kurzschlussreaktionen wäre. Ich habe mich nicht eher getraut, vorbeizukommen.«

»Okay.«

Henning sah auf. »Du hast allen Grund sauer zu sein. Aber ich will dich jetzt um Entschuldigung bitten. Es wird nicht mehr wieder vorkommen. In den letzten Wochen habe ich mein Leben komplett umgestellt. Ich bin sogar in Therapie, um meine Wut in den Griff zu kriegen.«

Detlef konnte Hennings Worte nicht glauben. Auch fühlte er sich überrumpelt. Er rieb sich seinen Nasenrücken. Es schmerzte immer noch leicht.

So weit war er noch nicht, dass es mit einer einfachen Entschuldigung aus der Welt wäre. »Lass mich drüber nachdenken.«

Henning öffnete den Mund, schloss ihn dann aber wieder, nickte. »Ruf mich an, wenn du dich entschieden hast.«

»Okay.«

Henning zog seinen Fuß zurück und Detlef schloss die Tür. Er ging in sein Arbeitszimmer und schaute aus dem Fenster auf die Straße hinaus. Henning ging mit hängenden Schultern auf einen Fiesta zu und stieg ein. Kurz darauf fuhr er davon.

Stephan und Charlotte saßen auf einer Bank in dem kleinen Park, der zum Krankenhausgelände gehörte. »Morgen werde ich entlassen«, sagte Stephan.

Charlotte hakte sich bei ihm unter. »Das freut mich.« Er sah sie von der Seite an. »Charlotte, ich … äh, möchte mich bedanken.«

Stephan spürte, dass er rot wurde. Seit Jahren hatte er keiner Frau mehr ein Geschenk überreicht, welches mehr als eine Aufmerksamkeit bedeutete. Selbst Monika oder Martina nicht.

»So verlegen kenn ich dich gar nicht«, stellte Charlotte fest.

»Äh, ja, bin ich nicht gut drin, mich zu bedanken. Habe da keine Übung.« Die Worte schienen an seiner Zunge zu kleben. Um nicht mehr sagen zu müssen, zog er das kleine Kästchen aus seiner linken Hosentasche.

»Ist das für mich?«

»Blöde Frage. Nimm. Bitte.«

Stephan drückte Charlotte das Kästchen in die Hand. Er sah ihr zu, wie sie den Deckel anhob.

»Stephan, unglaublich, dieser schöne Ring! Er ist fantastisch! Wo hast du den denn her?«

Sie hielt das Schmuckstück in die Sonne, drehte und wendete es. Der Smaragd funkelte grün im Sonnenlicht.

»Den hat mein Freund Fritz besorgt. Auf den ist in solchen Dingen Verlass.«

»Ist der Ring echt? Der muss Unsummen gekostet haben!«

Stephan winkte ab. Es stimmte, der Ring war etwas Besonderes, doch darüber wollte er nicht sprechen.

Plötzlich wurde Charlotte ernst. »Das kann ich nicht annehmen!«

Sie steckte den Ring zurück, klappte den Deckel zu und gab ihm das Schmuckkästchen zurück.

»Charlotte, du hast mir das Leben gerettet. Ich möchte mich bei dir bedanken.«

Stephan nahm den Ring aus der Schatulle und griff nach Charlottes Hand. Sie zuckte kurz zurück, doch Stephan gab nicht nach. Er steckte Charlotte den Ring an den Finger.

»Zier dich nicht so«, sagte er bestimmt und lächelte.

Charlotte öffnete den Mund. Stephan schüttelte den Kopf.

Zögernd hob Charlotte die Hand mit dem Ring und spreizte die Finger. »Wunderschön.«

Stephan grinste. »Ja«, sagte er, »der passt zu dir.«

Es klingelte.

»Ich mache auf«, rief Christine aus dem geöffneten Fenster ihres Zimmers. Stephan lag im Garten auf einem Liegestuhl und genoss ein Bier. Die Sonne stand im Westen dicht über den Baumwipfeln und wärmte sein Gesicht. Stephan zog die Luft durch die Nase ein und roch den aromatischen Duft des Flieders. Er öffnete seine Augen und blinzelte. Dann setzte er sich überrascht auf. Stephan hatte Charlotte erwartet.

»Lutz!«, rief er überrascht aus.

Sein Partner lächelte belustigt und nickte. »Ah, du kennst mich noch.«

Stephan wollte aufstehen, doch Lutz schüttelte den Kopf und sagte: »Bleib sitzen.«

Sein Partner humpelte zwei Schritte zu dem anderen Gartenstuhl. Lutz setzte sich mit einem Stöhnen.

»Noch nicht ganz der Alte, hm?«, stellte Stephan fest. »Nicht der Rede wert.«

Sie schwiegen einen Moment, dann bot Stephan seinem Freund ein Bier an. Er öffnete die Kühlbox, die rechts neben ihm auf dem Rasen stand. Er nahm eine eisgekühlte Dose heraus und warf sie Lutz zu. Dieser schnappte sich das Bier und drückte das kühle Blech an die Stirn.

»Ah, klasse!«

Es zischte, als Lutz die Dose öffnete. Stephan musterte seinen Partner, der gierig das Bier trank. Lutz hatte zugenommen. Sein

T-Shirt spannte über den Bauch und der Bund seiner kurzen Jeans saß tief unten.

»Bist du schon wieder im Dienst?«

Lutz nickte. »Innendienst. Du kennst mich ja. Das Zuhause ist am schönsten, wenn man im Dienst daran denkt. Mir ist die Decke auf den Kopf gefallen.«

»Bist dicker geworden.«

»Wie vermisse ich deine sachlichen und überaus gefühlvollen Feststellungen.« Lutz grinste.

»Bist ja bescheuert. Jetzt schon wieder im Dienst«, stellte Stephan fest und nahm sich ein neues Bier.

»Aber total«, stimmte Lutz zu, »Mal was anderes. Interessiert es dich nicht, warum ich da bin?«

Eine Hummel schwirrte vor Stephans Augen und er scheuchte sie mit einer Handbewegung weg. »Um mit mir ein Bier zu trinken?«

»Schon klar, aber ich dachte, dich würde vielleicht das Motiv deines Pfarrers interessieren.«

Stephan richtet sich auf. »Was weißt du darüber? Erzähl mir nicht, du bist in dem Fall mit drin.«

Lutz winkte ab. »Natürlich nicht. Fällt nicht in meine Zuständigkeit.«

Stephan grinste. »Also Flurfunk. Einiges konnte ich der Presse entnehmen. Aber lass mal die offizielle Version hören.«

»Du wirst es nicht glauben. Der gute Pfarrer Voschner wollte nur helfen.«

»Doch, glaube ich. Meine Tochter hat mir das Gleiche erzählt.« Stephan tippte sich mit dem rechten Zeigefinger an die Stirn.

Lutz nickte und fuhr fort: »Der Pfarrer hat in seiner frühen Kindheit einen Knacks bekommen, als er mit ansehen musste, wie seine Eltern vor seinen Augen an Krebs dahinsiechten. Zum Schluss bettelten sein Vater und seine Mutter darum, von den Qualen erlöst zu werden, doch niemand half. Seine Eltern sind unter grausamen Schmerzen gestorben. Eine Tante von ihm erbarmte sich und nahm den Waisen auf. Und was meinst du, was mit der passierte?«

»Sag nicht Krebs.«

»Doch. Er musste bei der Tante nochmals genau das Gleiche wie mit seinen Eltern durchleben. Muss schrecklich für ihn gewesen sein. Nun, er hat dem Psychiater erzählt, dass er nicht einfach zusehen könne, wie die ihm Anvertrauten ihre Leiden ertragen müssten.«

»Aber er hätte doch erkennen müssen, dass viele von denen noch eine Weile gelebt hätten!«

Lutz schüttelte den Kopf. »Das Gutachten des Psychiaters bestätigt eindeutig, dass Voschner diese Realität nicht mehr erkennen konnte.«

Stephan lehnte sich wieder in den Stuhl zurück und nippte an seinem Bier. »Also verminderte Schuldfähigkeit.« Er zerknüllte ärgerlich seine leere Dose.

»Das liegt nicht mehr in unserer Hand.«

Stephan sah zu, wie Lutz sich ächzend aus seinem Stuhl stemmte.

»Bleib doch noch. Ich möchte dir noch jemanden vorstellen.«

Lutz winkte ab. »Muss morgen früh raus. Ich komm die Tage nochmal vorbei und bringe dann auch mehr Zeit mit. Versprochen. Ach, eins noch, fast hätte ich es vergessen.«

Stephan lachte. »Dachte ich mir doch, dass es noch einen anderen Grund für deinen Besuch gibt.«

»Okay, okay, ja«, bestätige Lutz und grinste. »Ich soll dich noch vom Chef grüßen und fragen, ob du nicht bald wiederkommen willst. Er meint, du bräuchtest nicht privat zu ermitteln. Du kannst jederzeit wieder deinen Dienst aufnehmen.«

Stephan spitzte die Lippen und zog nachdenklich die Stirn kraus.

»Private Ermittlung? Warum nicht? Das muss ich mir mal durch den Kopf gehen lassen. Privatdetektiv Stephan Tries!«

Stephan grinste.

Lutz tippte sich mit dem Zeigefinger an die Stirn, wandte sich lachend ab und humpelte über den Rasen davon.